dtv

Berlin, Triest und Salzburg: Drei »Metropolen des Wahnsinns« durchläuft der Held dieses rasanten Schelmenromans. Aus Salzburg entflohen, wo er eine bedrückende Jugend im Zeichen von Tafelspitz und Kirschknödel verbracht hat, zieht es ihn nach Berlin. Hier bewirbt sich der unlustige Student auf eine ordentliche Professur für Tonsatz – und bekommt die Stelle. Daß er nicht dafür qualifiziert ist, fällt in den Wirren der Wiedervereinigung nicht weiter auf. Als nach immerhin zehn Jahren Lehrtätigkeit seine Hochstaplerexistenz auffliegt, folgt die Verbannung auf dem Fuße: ausgerechnet nach Triest, in dessen Nähe schon Dante den Eingang zur Hölle lokalisiert haben soll.
In einem atemberaubenden Monolog erzählt Sauer von den irrwitzigen Verstrickungen seines Helden, folgt ihm, sichtlich vergnügt, durch alle Täuschungsmanöver, verschränkt gekonnt Zitat mit Beobachtung und schlägt Funken noch aus dem kleinsten Detail.

Jörg Uwe Sauer wurde 1963 in Wanne-Eickel geboren. Er studierte Germanistik, Kommunikationswissenschaft und Geschichte und arbeitet heute als freier Journalist. Für sein Debüt »Uniklinik« (1999) erhielt er den Literaturpreis des Landes Nordrhein-Westfalen.

Jörg Uwe Sauer
Das Traumpaar

Roman

Deutscher Taschenbuch Verlag

Das Zitieren geht mir auf die Nerven. Aber wir sind eingeschlossen in eine fortwährend alles zitierende Welt, in ein fortwährendes Zitieren, das die Welt *ist*, Doktor.

Thomas Bernhard, *Verstörung*

Ungekürzte Ausgabe
Februar 2003
Deutscher Taschenbuch Verlag GmbH & Co. KG,
München
www.dtv.de

Umschlagkonzept: Balk & Brumshagen
Umschlaggestaltung: Stephanie Weischer
unter Verwendung einer Fotografie von
© Getty Images/Antonio Mo
Gesetzt aus der Stempel Garamond
Satz: Fotosatz Reinhard Amann, Aichstetten,
nach einer Vorlage von Fotosatz Rizner, Salzburg
Druck und Bindung: Druckerei C. H. Beck, Nördlingen
Gedruckt auf säurefreiem, chlorfrei gebleichtem Papier
Printed in Germany · ISBN 3-423-13046-6

Das also ist Triest, eine weitere Metropole des Wahnsinns, so dachte ich damals, praktisch erst vor wenigen Monaten, direkt aus Berlin mit meiner DS (Citroën), mit meiner Göttin, die eigentlich genaugenommen die Déesse meines Vaters war, und in Begleitung Mignons anreisend, *das also ist Triest,* war mein *erster* Gedanke bei unserer Ankunft in dieser Stadt des Todes, in dieser Metropole des Merkantilen, in dieser somit geist- und auch kulturfeindlichen Stadt, in dieser künstlichen, nicht naturgemäß entstandenen Stadt, in dieser Stadt ohne Geschichte, diesem Unort, in dieser einst mitteleuropäischen Stadt, die nach dem Ende Mitteleuropas eine nur noch völlig unbedeutende ist, in dieser Grenzstadt mit ihrer österreichischen und ebenso faschistischen Vergangenheit, in dieser *Frau,* wie Umberto Saba schrieb, in dieser *Stadt aus Papier,* wie es bei Claudio Magris heißt, *in questa città senza hinterland,* wie das übrige Italien abwertend feststellt, *das also ist Triest,* dachte ich im Parcheggio *il Silos* in der Nähe des Triester Hauptbahnhofs an der Piazza della Libertà, ein paar sogenannte Muntermacher schluckend, das Bedürfnis verspürend, mir die Hände waschen zu müssen, während ich Mignon, die sowieso nicht mitgegangen wäre, im Automobil zurückließ, um die Via San Nicolò ausfindig zu machen, in der, wie man mir in der Autorenbuchhandlung in der Carmerstraße in Berlin versicherte, man das Touristeninformationsbüro vorfinden könne, das einen Stadtplan von Triest bereithalte, damit man sich in dieser durch und durch unübersichtlichen Stadt, in dieser unnatürlich gebauten, in dieser geradezu schon surrealistischen Stadt nicht andauernd verläuft, obwohl das Sich-andauernd-Verlaufen nur das geringste Übel ist, das diese Stadt an und für sich zu bieten hat, wie ich schon bald nach meiner Anreise aus Berlin, die nicht über Salzburg geführt hatte, in diesem steinernen Kunstgebilde erfahren mußte, und obwohl dieses Sich-andauernd-Verlaufen die Denktätigkeit ungemein erhöht, da man durch jedwedes Gehen immer Anregung zum Denken findet, mir sind jedenfalls immer *die besten* Gedanken beim Gehen gekommen, so auch in Salzburg, in Madrid und eben besonders in Berlin, wo ich an jedem Donnerstag mit Dornbirner, Köflacher und Hauensteiner von der Cafeteria der HDK in der Fasanenstraße aus über die Straße des 17. Juni und die Straße Unter den Linden zum Pergamonmuseum gegangen bin, regelmäßig immer donnerstags, außer an den auf einen Donnerstag fallenden Feiertagen – dann gingen wir erst freitags –, zumindest sind wir so lange immer donnerstags *denkend* zum Pergamonmuseum gegangen, die ganzen zehn Kilometer nur fortwährend denkend, nicht sprechend, bis Dornbirner, der in Berlin recht bekannte, aus Österreich stammende Aktionskünstler Dornbirner, nach einem kurzen Intermezzo in einer namhaften Berliner Nervenheilanstalt nach Schloß Schermberg überstellt wurde, sodaß ich nur noch mit Hauensteiner, dem Altertumsforscher, und Köflacher, dem Musikphilosophen, an jedem Donnerstag (außer in den bereits erwähnten Ausnahmefällen) zur Museumsinsel und somit naturgemäß ins Pergamonmuseum gehen konnte, allerdings nur bis zu dem Zeitpunkt, an dem Hauensteiner aus Berlin abreiste, um in seinem Heimatdorf in Oberösterreich einen ausgewiesen unappetitlichen Selbstmord zu begehen, und Köflacher wegen eines *unaussprechlichen* (so Köflacher selbst) Verbrechens (Vatermord? Notzucht?) zu einer Gefängnisstrafe verurteilt wurde (die Berliner Presse berichtete nicht darüber), die er, Köflacher, wegen seiner österreichischen Staatsangehörigkeit nicht im berüchtigten Berliner Gefängnis Moabit (wo auch Erich Honecker zweimal einsaß; einmal während der Nazizeit, das zweite Mal nach der Wendezeit) absitzen mußte, sondern in der vergleichsweise nicht minder berüchtigten Strafvollzugsanstalt Garsten in Oberösterreich, womit unsere Zweckgemeinschaft des Denkens und Gehens gewissermaßen aufgelöst war, denn *alleine* konnte ich nicht gleichzeitig gehen *und* denken; da bot mir selbst Mignon keine Unterstützung, da sie nie mitging, *nicht mitgehen konnte,* so dachte ich damals in Berlin, in Triest dagegen, auf dem Weg in die Via San Nicolò, dachte ich nur an *Schönberg,* an meine Schönberg-Studie, die ich in Triest beginnen und in der Tat vollenden wollte, wozu es wegen der unerträglichen Zustände in dieser sterbenden Stadt natürlich nicht kommen sollte, ja strenggenommen hatte ich die ganze Zeit über nur Schönberg im Kopf, nicht erst bei meiner Ankunft in Triest, sondern schon vorher, so erinnere ich mich jetzt, während ich an diesem meinem für die Kommission bestimmten und von dieser eingeforderten Bericht schreibe, immer wieder zwischendurch den Blick aus dem Fenster gerichtet, auf den diesem Pavillon gegenüberüberliegenden Pavillon, den dahinterliegenden, sogenannten Narrenturm nur erahnend, den Knauf des abgebrochenen Wählhebels der Halbautomatik der DS (Citroën), der mir vor vier Wochen im Salzburger Unfallkrankenhaus auf dilettantische und schmerzhafte Weise aus meinem rechten Unterarm herausoperiert worden ist, alle paar Minuten betastend, denn Gegenstände sind, in Kombination mit ihrem Geruch (bzw. Geschmack), das beste Vehikel, um eine Erinnerungstätigkeit in Gang zu setzen, wie wir seit Prousts *A la recherche du temps perdu* wissen. Der Knauf des Wählhebels meiner DS (Citroën) roch nach Blut und Plastik. Nie zuvor war ich in Triest, nicht einmal in Pola, Fiume oder Mitterburg, gerade mal bis Görz kam ich, mehr hatte ich zuvor vom ehemaligen österreichischen Küstenland noch nicht gesehen; und ich kann hier nur andeuten, daß ich in keinster Weise jemals beabsichtigt hatte, nach Triest zu reisen, ja diese Stadt der Verrückten auch nur eine Minute mit meiner Anwesenheit zu beehren hatte ich nicht beabsichtigt. Ich bin nur aus äußerem Zwang nach Triest gereist, nur weil ich mußte, weil ich gar keine andere Möglichkeit, gar keine andere Option, gar keine Alternative hatte, meine Existenz überhaupt noch irgendwie fortsetzen zu können, als diese meine letzte Existenzmöglichkeit namens *Triest* zu nutzen, nachdem man mich aus Berlin hinausgejagt hatte, nachdem man mich aus Berlin *hinausgeekelt* hatte, nachdem ich zur *persona non grata* erklärt worden war, da ich für Berlin, und namentlich für den Berliner Wissenschaftsbetrieb, falls es diesen überhaupt geben sollte, untragbar geworden war; ich war kein Wissenschaftler mehr für diese Stadt, ich war kein Mensch mehr, ich war *Dynamit* für diese Stadt, für diesen Wissenschaftsbetrieb, für diesen sogenannten. Ich hatte mehr oder weniger durch Zufall diesen ganzen Berliner Wissenschaftsbetrieb in seinen Grundfesten erschüttert, ich hatte diesen ganzen Berliner Wissenschaftsbetrieb vor aller Welt lächerlich gemacht, ich hatte die Berliner Universitäten auf ihre eigentliche, naturgemäße (geistige) Größe zurückgestutzt, ich hatte den kompletten Berliner Universitätsbetrieb *vorgeführt;* ich konnte ihn vorführen, ad absurdum führen, weil ich diesen ganzen durch und durch schwachsinnigen, sogar unsinnigen, ja sogar widersinnigen, nicht-sinnigen, sinnlosen und sinnfreien Berliner Universitätsbetrieb praktisch von Anfang an durchschaut hatte. Von Anfang an hatte ich diese ganze hoffnungslose Situation in Berlin durchschaut, wie ich schon zuvor den in fast vollkommener Sinn- und also somit auch Hoffnungslosigkeit ablaufenden Salzburger Universitätsbetrieb von Anfang an durchschaut hatte, hier möchte ich namentlich das Germanistische Seminar in der Akademiestraße würdigen. Ich hatte von Anfang an *alles* durchschaut, sagte ich noch in der vorletzten Woche zu Hollhof, aber, wissen Sie, und Sie wissen das, sagte ich zu Hollhof, in Berlin und danach in Triest verfügte ich noch über meine vollständige Geistesschärfe, vorher in Salzburg, zwischendurch in Madrid, in Berlin, in Triest und auch noch zuletzt in Salzburg konnte ich alles sofort durchschauen und gleichzeitig noch an meine Schönberg-Studie denken, jetzt nicht mehr; jetzt höre ich nur noch Geräusche im Kopf, Glasklirren und einen Schrei, nicht mehr Schönberg oder auch Stockhausen; aber zurück zum Berliner Universitätsbetrieb, sagte ich zu Hollhof. Es war wirklich nur ein Zufall, Doktor, sagte ich zu Hollhof, neunzehnhundertachtundachtzig kam ich, nach diesen furchtbaren Salzburger Vorfällen, von denen ich unbedingt Abstand nehmen mußte und von denen ich Ihnen, Doktor, noch berichten werde, zu gegebener Zeit, wie ich sagte, nach Berlin, um hier an der FU, der Freien Universität, meine Studien der Germanistik, die ich in Salzburg begonnen, jedoch abgebrochen hatte, fortzusetzen. *Freie* Universität – diese Bezeichnung ist schon eine gemeine Perfidie an sich, eine unglaubliche Geschmacklosigkeit, eine absolut niederträchtige Verhöhnung aller wirklich freien Geister, eine Geistfeindlichkeit, die ihresgleichen noch sucht und niemals finden wird, so dachte ich, denn in Berlin ist alles so eng, sogar *engstirnig,* womit jedem frei denkenden Geist jedwede Existenzmöglichkeit *a priori* genommen wird. Berlin *wirkt* auf den Betrachter bloß groß und weit, Berlin *sieht* nur groß und weit *aus,* was ich sofort durchschaute, Berlin *ist* keine wirklich große Stadt, etwa im Gegensatz zu Madrid, Berlin *hält sich* nur für eine große, eine wirklich große Stadt; Berlin ist nur ein Spektakel, eine sich selbst inszenierende, zur Urbanität gewordene Großmäuligkeit, eine Ansammlung von metropolisierten Kuhdörfern, von Marktflecken, auf denen die schnelle Mark regiert; Berlin ist eine sogenannte Stadt, jetzt sogar Hauptstadt des Reiches, deren Enge eine so *offensichtliche* ist, daß ich nicht glauben mag, diese doch so vollkommen offenliegende Enge Berlins sei noch niemandem vor mir aufgefallen. Man muß ja nur ein einziges Mal den Kurfürstendamm hinauf und hinunter wandern, schon sieht man hunderte, ja sogar tausende Berliner, die zu enge Kleidung tragen, zu kurze Hosen, zu kurze Rockärmel, zu kleine Schuhe, minimalste Rucksäcke, alles ist viel zu klein, alles ist viel zu eng, die Straßen sind zu schmal, um einen Verkehr in beiden Richtungen gewährleisten zu können, trotzdem gibt es praktisch keine Einbahnstraßen, im Gegensatz zu Wien, selbst die Automobile sind viel zu eng und zu klein, weshalb die Fahrer die Scheiben hinunterkurbeln und die Ellbogen hinaushängen lassen; die Berliner Spitäler sind angefüllt mit Leuten, deren Ellbogen stationär behandelt werden müssen, da sie, da ein entgegenkommender Fahrer ebenfalls wegen der Enge seines Automobils den Ellbogen hat heraushängen lassen, aufgrund der Enge der Berliner Straßen im Gegenverkehr mit dem Ellbogen des Lenkers des entgegenkommenden Automobils zusammengestoßen sind und somit schwerste, in den meisten Fällen sogar *allerschwerste* Verletzungen, die oftmals unweigerlich zur Invalidität, in der Regel aber zur Unfähigkeit, ein Automobil fahren zu können, führen mußten, verursachten und auch immer noch verursachen, diese Verletzungen sind zumindest ein Garant für eine wochenlange, ja oftmals monatelange, in Einzelfällen, die jedoch langsam zum Normalfall werden, selbst jahrelange Odyssee durch Berliner Kliniken, die immer öfter in der Charité, dem berühmtesten, aber auch letalsten Berliner Krankenhaus ihr endgültiges Ende finden können, so erinnerte ich mich jetzt an meine Berliner Zeit, auf meine Schwester mit einem Nachschub an Muntermachern wartend. In Berlin steht die vorherrschende geistige Enge in einem diametral entgegengesetzten Verhältnis zur geographischen Ausdehnung der Stadt; Berlin ist kein Ort zum Denken, wie auch Triest kein Ort zum Denken ist, obwohl, was mir sofort bei meiner Ankunft in Triest auffiel, Triest zumindest den *Eindruck* einer gewissen Weite vermittelt, jedenfalls auf den ersten Blick; obschon Triest von seiner geographischen Ausdehnung her wesentlich kleiner ist als Berlin, über wesentlich weniger Einwohner verfügt als die Spreemetropole, so *erscheint* Triest doch – auf den ersten Blick – größer als Berlin, freier, ausgedehnter; wahrscheinlich ist dieser Anschein der Weite und Freiheit durch Triests Lage am Meer hervorgerufen, denn von (fast) jedem Punkt der Stadt aus kann man aufs Meer blicken, auf die ehemals österreichische Adria, während man in Berlin von jedem Punkt der Stadt aus nur Beton, Mauern, tote Bäume und Hundehaufen sehen kann; außerdem ist die ganze Stadt, also Berlin, von einem enggezogenen Ring von Gurkenfeldern umgeben. Um Berlin herum existieren Gurkenfelder unvorstellbaren Ausmaßes. Die Gurkenfelder an der Peripherie Berlins erreichen Dimensionen, die die menschliche Vorstellungskraft um ein Vielfaches übersteigen. Hier werden die sogenannten Spreewälder Gurken millionenfach, wenn nicht sogar milliardenfach, geerntet und in alle Welt verkauft. Es gibt keinen Londoner, New Yorker oder Tokioter Supermarkt ohne Regale voller Gläser mit sogenannten Spreewälder Gurken; selbst in der Gurkenabteilung von Harrod's kann man Spreewälder Gurken käuflich erwerben, wie mir Dornbirner nach seiner Rückkehr aus London, wo er irgendeine Kunstaktion mit dem Schlagwerker von Pink Floyd inszeniert hatte, mitteilte. Die Gurkenfelder Berlins sind von größerer Ausdehnung als der Zentralfriedhof Wiens, um mal einen faßbaren Vergleich anzustellen. In der Umgebung Berlins findet die größte Gurkenproduktion der Bundesrepublik statt, ja nicht nur der Bundesrepublik, sondern Europas, der ganzen Welt. Die Berliner Gurkenwirtschaft erreicht Ausmaße, die Columellas *Römische Landwirtschaft* zu einer kümmerlichen, lächerlichen Fußnote der Geschichte der Landwirtschaft verkommen läßt. Berlin steht im Zeichen der

Gurke. Das Stadtwappen dürfte nicht der Bär sein, sondern müßte eine Gurke sein, eine Spreewälder Gurke naturgemäß. Der Besucher Berlins dürfte an der Stadtgrenze Dreilinden, dem ehemaligen Grenzübergang, der heute samt Zollamt immer noch fast vollständig erhalten ist und vor dem Alt-Berliner immer noch ihr Automobil instinktiv abbremsen und damit so manchen Auffahrunfall verursachen, nicht von einem steinernen *Bären* willkommen geheißen werden, sondern müßte von einer steinernen *Gurke* begrüßt werden. Denke ich an Berlin, denke ich an Gurken. Die ganze Stadt ist *vergurkt.* Ebenso der ganze Berliner Wissenschafts- und also auch Universitätsbetrieb, welcher einen Gurkenbetrieb par excellence, einen Gurkenbetrieb in Reinkultur darstellt, wie auch der Lehrkörper der Berliner Universitäten eine reine Gurkentruppe in unappetitlichster Erscheinungsform abgibt. Kurz nach meiner Ankunft in Triest, auf der Suche nach dem Touristeninformationsbüro, in der Höhe der Piazza Duca degli Abruzzi, an der Mole IV, mußte ich noch an diese Berliner Gurkentruppe von sogenannten Gelehrten denken, ich mußte laut auflachen, mein Auflachen war ein spontaner Ausdruck des Gefühls, endlich befreit zu sein, befreit zu sein von dieser Gurkentruppe an dieser Gurkenuniversität in dieser durch und durch vergurkten Stadt, sogar Hauptstadt. Ich fragte mich kurz nach meiner Ankunft in Triest, wie ich es jahrelang mit dieser Gurkentruppe aushalten konnte, und wissen Sie, Doktor, sagte ich noch vor kurzem zu Hollhof, *ich habe auf diese meine an mich gestellte Frage bis heute noch keine mich in irgendeiner Weise zufriedenstellende Antwort gefunden,* und ich weiß ganz genau, daß ich nie eine brauchbare

Antwort finden werde, auch nicht beim Händewaschen. Ich mußte verrückt gewesen sein, dachte ich kurz nach meiner Ankunft in Triest, einige am Straßenrand abgestellte alte FIAT-, Lancia- und Alfa-Romeo-Modelle betrachtend, die man in Berlin nicht zu sehen bekam; ich mußte verrückt gewesen sein, sonst hätte ich es in Berlin *keine Minute* ausgehalten. Unter diesen Gurken war ich exakt zehn Jahre lang der *Gurkenkönig.* Und das kam so: In irgendeiner Berliner Zeitung, vielleicht war es sogar in der gleichnamigen, ich kann mich nicht mehr genau erinnern, da ich damals in Berlin regelmäßig unzählige Zeitungen las, vor allem Berliner, aber auch Frankfurter, die NZZ, die Süddeutsche und selbstverständlich die Salzburger Nachrichten, die ich während meiner Berliner Zeit abonniert hatte, die auch tatsächlich, wenn auch mit fast immer genau viertägiger Verspätung, in meinem Postkasten lag, die ich sofort verschlang, obwohl alle Nachrichten bereits völlig überholt waren, in der Regel bereits *vier Tage alt* waren, immerzu blätterte ich zuerst den Kulturteil der Salzburger Nachrichten durch, um nachzusehen, was der Thuswaldner schreibt, danach sah ich den Teil mit den Partezetteln durch, immer auf der Suche nach verstorbenen *Salzburger* Bekannten oder ehemaligen Mitschülern, die ihre verzweifelte Existenz selbsttätig beendet hatten, danach las ich den Rest, dazu die vielen anderen Zeitungen, die bereits erwähnten, aber zusätzlich auch das Neue Deutschland, ich war damals in Berlin von einem schon sprichwörtlichen *Zeitungswahnsinn* befallen, und in einer dieser vielen Zeitungen, es mag die BZ gewesen sein, was ich aber nicht glaube, in einer dieser Berliner Zeitungen fiel mir ein schlichtes Inserat auf: *Der Berliner Senat gibt* *die Ausschreibung einer Ordentlichen Professur im Bereich Musikpädagogik/Tonsatz bekannt. Geeignete Kandidaten bewerben sich mit den üblichen Unterlagen beim Fachbereichsdekan Herrn ***, Zimmer ***, FU Berlin, Tel.: ***.* Aus rechtlichen Gründen darf ich keine Namen, Zimmer- und Telefonnummern nennen, obwohl in Berlin eh schon jeder Bescheid wissen dürfte, dafür hat diese ganze Affäre, diese vollständige Bankrotterklärung des Berliner Universitätsbetriebes, dieser geistige Offenbarungseid eines gesamten Fachbereiches, zu weite, viel zu weite Kreise gezogen. Das vorstehende Inserat hatte meinen Geist angeregt, zu neuen Ufern aufzubrechen, meinen durch die Germanistik, durch mein in Salzburg abgebrochenes Germanistikstudium, das ich hatte abbrechen *müssen,* und durch mein in Berlin begonnenes, aber natürlich *vergurktes* Germanistikstudium, in die Bewußtlosigkeit überführten Geist zu erlösen und zur Kunst zurückzuführen; gewissermaßen dachte ich, meine alles in allem unnatürliche und traurige *vergurkte* Germanistenexistenz in eine meinem Geist und meinem Charakter viel naturgemäßere *vermeintliche* Künstlerexistenz umzuwandeln, indem ich eine Professur für Tonsatz annahm. Endlich wieder mit künstlerisch veranlagten, mit musischen Menschen zusammen zu sein, nicht mehr mit diesen Bücherwürmern, mit diesen Leimsiedern hoch drei, allein der Gedanke an diese Möglichkeit ließ mich wieder aufleben. Gleichzeitig wurde mir jedoch die völlige Unsinnigkeit meines Vorhabens, mich um diese Professur zu bewerben, bewußt: Ich hatte keinen Studienabschluß, ich hatte keine Lehrbefähigung, ich war nicht einmal auf einem Konservatorium gewesen. Ich war in keinster Weise für diesen

Posten qualifiziert, ich war für diese Lehrtätigkeit sicherlich der Ungeeignetste. Nur weil ich mich schon immer für Musik interessiert hatte, nur weil ich im Alter von fünf Jahren schon mehrere Streichquartette komponiert hatte, nur weil ich während meiner Schulzeit dreiundzwanzig Sinfonien komponiert hatte, zwölf davon dodekaphon, die ich alle vernichtete, nur weil mein berühmter Großvater, nach dem der Magistrat in Salzburg sogar eine Straße benannt hat, wenn auch nur im Norden, an der Peripherie, in Salzburg Tonsatz gelehrt hatte, nur weil mein Vater mit Karajan zusammen die Welt bereist hatte, und zwar als sein Erster Violinist, nur weil ich als so ziemlich einziger in Berlin Noten *wirklich lesen* kann und nur weil ich meine Stradivari genauso exzellent beherrsche wie meine Amati und meine Guarneri, die eigentlich aus der Sammlung meines Vaters stammten, nur wegen dieser meiner – unstrittigen – Vorzüge wird mir niemand eine Professur geben, jedenfalls nicht in Musikpädagogik, so dachte ich, und ich sollte mich gewaltig irren, wie ich mich in Berlin fast immer gewaltig geirrt habe. Ich dachte noch auf dem Weg zur FU, nachdem ich ein paar Muntermacher geschluckt hatte, du bist verrückt, du wirst erst gar nicht zum Dekan vorgelassen, dieses ganze Unternehmen ist von vornherein zum Scheitern verurteilt, du wirst ausgelacht werden, dein sogenanntes Vorstellungsgespräch wird im Höchstfall zehn Sekunden lang dauern, die anderen Kandidaten werden ihre ausgezeichneten Habilitationsschriften und kiloweise erstklassige Referenzen ankarren, und du hast nichts und bist ein Nichts, eine bloße Identität mit dir selbst, eine völlige Leere, ein Fehlen von Bestimmtheit und Inhalt, so dachte ich noch kurz vor der FU. Aber ich brauchte einen Neuanfang, eine Lebenswende in diesem aufgeblasenen Provinznest, in diesem den teuflischen Kult um das Nichts pflegenden Unort, der das Kunststück fertigbringt, das Nichts an sich auch ohne das das Nichts erst bedingende Sein existieren zu lassen, selbst die Leere ist immer noch die Leere *von etwas.* Trotzdem war ich mir noch vor dem Eingang zur FU sicher, mich auf einem Holzweg zu befinden, auf meinem persönlichen Weg in den Abgrund, aber ich sollte mich vollständig irren, zumindest vorerst. Ich betrat die FU in der Gewißheit, meine größte persönliche Niederlage zu erleiden, ich war mir der totalen Sinnlosigkeit meines Handelns, trotz der Blutstauungen in meinem Kopf, vollkommen bewußt. Aber dieses Phänomen zeichnet ja prinzipiell erst menschliches Handeln aus, Sie wissen das, Doktor, hatte ich noch vor kurzem zu Hollhof in Salzburg gesagt, der Mensch führt Handlungen aus, von denen er ganz genau weiß, wie vollkommen sinnlos diese Handlungen sind. Noch im Stiegenhaus der FU – ich benutze aus verschiedenen Gründen keinen Lift – dachte ich, du wirst dich zum Affen machen, du wirst als Schlagzeile in der Bild-Zeitung enden, du wirst wegen der größten Dreistigkeit aller Zeiten einen Eintrag ins Guinness-Buch der Rekorde bekommen, du wirst mit einem unanständig wirkenden, an eine Kindertröte erinnernden Geräusch das Büro des Dekans fliegend verlassen, weil man dir die Luft abgelassen haben wird, du wirst anschließend sogar den Fraß in der Mensa genußvoll hinunterschlingen, weil mit dem Erlös aus dem Verkauf der Obdachlosenzeitung nicht mehr drin sein wird, so dachte ich, wie gesagt, *irrtümlich,* vorerst jedenfalls. Neben dem Büro des Dekans standen bereits ein paar Personen, augenscheinlich aus dem sich gerade in Selbstauflösung befindenden sogenannten Osten, deren Herkunft schon durch ihre grotesk unmoderne, geschmacklose und sackartige Kleidung signalisiert wurde – wir schreiben den zwanzigsten Jänner neunzehnhundertneunzig – und die interessiert den Aushang der Stellenausschreibung, wegen der auch ich anweste, studierten. Einer las den Aushang den anderen vor, weil diese angeblich ihre *Lesebrillen* bei der überstürzten Flucht vergessen hatten. Es ist doch immer wieder dieselbe Ausrede. Während man in allen italienischen Zeitungen lesen kann, jedenfalls konnte ich das später in Triest, zwei Drittel aller Italiener seien praktisch Analphabeten, und unter den Akademikern befänden sich immerhin noch acht Prozent des Lesens und Schreibens Unkundige, ebenso konnte ich diese Statistik in den Salzburger Nachrichten nachlesen, so wird doch in ganz Dtschld. das Problem des Analphabetentums einfach nur verschwiegen oder genauer: totgeschwiegen. In stockdummer Selbstgefälligkeit taumelt somit das ganze sogenannte deutsche Bildungsbürgertum seiner schleichenden Auflösung entgegen. Der ganze deutsche Bildungsgeist ist vollkommen wurmstichig, dachte ich, noch ein paar Muntermacher schluckend. Als Nummer acht hatte ich noch eine von mir als durchaus schikanös empfundene Wartezeit zu verbringen, die meine Mitbewerber aus dem sogenannten Osten mit stoischer Ruhe genossen. Ich kam mir vor wie in einem Wartezimmer. Man wartete, bis alle vor einem selbst Wartenden nach und nach aufgerufen wurden und man selbst an die Reihe kam und zur Behandlung schreiten konnte. In der Zwischenzeit saßen wir alle auf viel zu kleinen Stühlen herum, belauerten uns gegenseitig und blätterten in uralten Illustrierten, über die meine Ost-Konkurrenten geradezu hergefallen waren. Ich konnte einen Spiegel erhaschen, in dem über die gerade abgeschlossenen sogenannten Ostverträge berichtet wurde, und zwar über die vor nur wenigen Tagen erfolgte Ratifizierung derselben. Angewidert warf ich den Uralt-Spiegel in die Ecke und betrieb statt des Lesens lieber Personenstudien. Heute, beim Abfassen meines Berichtes, wird mir erst richtig bewußt, wie listig und durchtrieben Analphabeten in unserer Gesellschaft, die sehr stark schriftorientiert ausgelegt ist, sein müssen; listig, durchtrieben und dreist. Diese Analphabeten sind immer auf Hilfe ihrer Mitmenschen angewiesen, denke ich jetzt beim Schreiben, mich erinnernd, daß ich mich bei meiner Ankunft in Berlin, und später selbstredend auch bei meiner Ankunft in Triest, kaum getraut habe, jemanden nach dem richtigen Weg zu fragen, immer aus der unbewußten Angst heraus, ich könnte für einen Analphabeten gehalten werden, der die Straßenschilder oder die Stadtpläne nicht lesen könne. Dabei kann ich in der Tat mit Stadtplänen nur wenig anfangen, aber nicht, weil ich sie nicht lesen kann, sondern weil ich an einem Defekt der Deixis am Phantasma leide. Inzwischen hatten einige Ostkandidaten mit hängenden Schultern und langen Gesichtern nach und nach das Büro des Dekans verlassen; ich bemerkte, wie sich zwei noch nach mir eingetroffene Bewerber um die Professur auf französisch unterhielten. Der eine wollte für Pierre Boulez gearbeitet haben, er erwähnte jedoch Werke, die Boulez weder dirigiert noch komponiert hatte, und ich kenne wirklich alles von Boulez, ich hatte Boulez vor Jahren sogar einige meiner Sinfonien nach Paris geschickt,

25, quai André Citroën, aber nie Antwort erhalten, wie ich irrtümlich dachte. Eben noch von gotischem Schmerz beseelt, sah ich meine Chancen nun langsam steigen, zumal beide Franzosen Anzüge trugen, die selbst in Musikerkreisen als absolut geschmacklos gelten dürften. Endlich bat mich die Sekretärin des Dekans herein, eine weitere Stufe des akademischen Rituals wurde in Gang gesetzt. Die Sekretärin des Dekans schenkte mir ein Lächeln ihres durch Aus- und Aufzehrung vernichteten Gesichts und reichte mir ihre gedrungene Schulmädchenhand. Zuviel Sonnenstudio, dachte ich, meinen Namen nennend. Sie führte mich ins nächste Zimmer, wo sie dem Dekan meinen Namen nannte. Das Büro des Dekans war bis auf die allernötigsten Schreibmöbel nahezu leer; an einer Wand hing ein großes Foto von Anne-Sophie Mutter – damals war diese noch jung und hübsch, appetitlich und knusprig –, das als Zielscheibe für ein Dartspiel mißbraucht worden war; in einer Ecke stand eine edel wirkende Vitrine, in der eine Stradivari ausgestellt wurde, die ich auf den ersten Blick als dilettantisch ausgeführte Kopie entlarven konnte. Der Dekan bat mich, während er sich meinen Namen notierte, Platz zu nehmen; die Herren schwärmten heute hier im Zwanzig-Minuten-Takt ein, so versuchte der Dekan einen mühsamen Gesprächseröffnungsscherz anzubringen. Ich lachte herzlich. Das erste Mißverständnis erfolgte sogleich. Der Dekan fragte mich, woher ich komme. *Aus Salzburg*, sagte ich, was ja genaugenommen nicht einmal ganz falsch oder etwa gar gelogen war. Und damit war wohl alles reine Formsache. Der Dekan, der verstanden hatte, ich hätte in Salzburg gearbeitet, am Mozarteum oder an der Universität, erwähnte im schönsten, das heißt also im übelsten Berlinerisch, das ich mir dann auch angewöhnt habe, das ich mir bis jetzt nicht mehr vollständig abgewöhnen konnte, dieses Berlinerisch, welches Handke sich jedoch abgewöhnen konnte, nicht aber ich, der Dekan erwähnte nun also, auch aus Salzburg zu stammen. (Wie ich später erfahren konnte, war das eine dreiste Lüge; er, der Dekan, stammte keineswegs aus Salzburg, sondern aus *Salzgitter.* Meine Informationen habe ich aus den originalen Personalakten des Dekans, die ich um eine nicht geringe Summe unter konspirativen Bedingungen in der Nähe der Glienicker Brücke einem ehemaligen Stasi-Spitzel abgekauft habe.) Ich hatte den Dekan sofort durchschaut, der Dekan brauchte, um mich zu durchschauen, exakt zehn Jahre. Er erwähnte das Mozarteum, ich erwähnte Karajan. Ich schwärmte von den Festspielen im allgemeinen, er von der Aufführung des *Jedermann* im besonderen. Er fragte mich, welche Instrumente ich aktiv spiele, ich nannte die Stradivari, die Amati und die Guarneri. Der Dekan fragte mich, ob ich mehr der Praxis oder der Hexis zugeneigt sei, ich antwortete: Eher nicht, meistens aber doch. So redeten wir noch ein paar Minuten aneinander vorbei. Zum Schluß fragte er mich, ob ich Brahmsianer oder Wagnerianer sei und wie ich *Ton* definieren würde. Ich antwortete, mich niemals in irgendwelche Streitigkeiten einzumischen, vor allem nicht in den Konflikt zwischen Brahmsianern und Wagnerianern, und ein *Ton,* das sei eben ein mehr oder weniger runder, fast schon elliptischer Punkt mit einem Hals und einem Fähnchen. Diese Definition hat mir wohl letztendlich die restlichen Punkte eingefahren, so denke ich heute. Er müsse erst mit dem Personalrat sprechen, der sich ungünstigerweise momentan auf einer Dienstreise nach

Florenz befinde, so der Dekan, aber, das könne er schon jetzt sagen, und ich solle von unserem Gespräch in den nächsten Tagen nichts, absolut nichts, an die Öffentlichkeit dringen lassen, daß ich *guten Mutes* in die Zukunft meiner universitären Karriere blicken könne; Floskeln eben, für die man sich in der Regel nichts kaufen kann. Er werde sich in den nächsten Tagen telefonisch bei mir melden, berühmte Abschiedsworte, dachte ich, bis der Dekan den Fehler machte, mir zum Abschied seine Flosse hinzuhalten, ein anderer Ausdruck für eine fette, schwabbelige Hand, die schon, selbst für einen Nicht-Mediziner, deutlich zu erkennende erste Symptome von Gicht oder Arthritis aufscheinen ließ, diese arglos dargebotene Hand, wurde von mir unter Aufbringung aller vorhandenen Willenskraft gedrückt, gequetscht, malträtiert. Der Dekan mußte sich jedenfalls extrem zusammennehmen, um einen Schmerzensschrei noch so eben unterdrücken zu können. Ich hatte ihm seine körperlichen (wie zuvor auch schon seine geistigen) Grenzen aufgezeigt; von diesem Zeitpunkt an wußte ich, daß ich diesen Job bekommen werde, und zwar nicht durch meine universitäre Qualifikation, über die ich, objektiv gesehen, wirklich in keinster Weise verfügte, sondern nur durch Dreistigkeit und rohe Gewalt. Und das ist eben das Problem des deutschen Universitätssystems, dort ist man eben nur durch Dreistigkeit und rohe Gewalt erfolgreich, nicht durch fachliche Qualifikation oder intellektuelle Fähigkeiten. Ich gebe dem deutschen Universitätssystem allenfalls noch zehn Jahre, in zehn Jahren wird das deutsche Universitätssystem sicherlich zusammengebrochen sein, vielleicht schon eher. Man hat ja am Beispiel der sogenannten DDR und auch am Beispiel des sogenannten Ostblocks gesehen, *wie schnell* ein solcher Totalzusammenbruch vonstatten gehen kann; und das deutsche Universitätssystem ist viel maroder, als es der sogenannte Ostblock jemals war. Die deutsche Universität ist wie eine DDR im Kleinformat: Sobald irgend etwas am System geändert würde, wäre der Zusammenbruch ein vorprogrammierter. Eigentlich schade um eine Institution, die seit dem Mittelalter besteht, sich aber seitdem auch nicht mehr weiterentwickelt hat. Ich gab der Sekretärin noch meine Konto- und meine Telefonnummer (in dieser Reihenfolge), während der Dekan sich von seinen Schmerzen erholte. Am nächsten Tag rief bereits die Sekretärin des Dekans an, um mir mitzuteilen, ich hätte bei der Auswahl der Kandidaten den ersten Platz gemacht; die Vertragsunterzeichnung sei für den ersten Februar (Feber) anberaumt. Von dem Personalrat war keine Rede mehr. Die Umstände, unter denen an deutschen Universitäten Professuren vergeben werden, sind wirklich unglaubliche, so denke ich heute. Da bewirbt sich jemand, der Karajan *nur erwähnt,* der die Salzburger Festspiele *nur erwähnt,* und dieses Nichts bekommt eine Musikpädagogikprofessur; nicht einmal nach meinem Maturazeugnis bin ich gefragt worden; wenn man diesen Gedankengang einmal weiterführt, sich auf dieses Gedankenspiel weiter einläßt, tun sich einem Abgründe auf. Professoren in Medizin sind vielleicht nur berufen worden, weil sie als Kind Doktorspiele durchgeführt haben; Professoren in Politikwissenschaft sind vielleicht nur berufen worden, weil sie wußten, was die Abkürzung NSDAP bedeutet; Professoren in Germanistik sind vielleicht nur berufen worden, weil sie als einzige die Stellenausschreibung *überhaupt lesen konnten;* Professoren in Philosophie sind vielleicht nur berufen worden, weil sie folgende Sätze fehlerfrei aufsagen konnten: *Das Sein ist. Das Sein ist an sich. Das Sein ist das, was es ist.* Zehn Jahre lang hat jedenfalls an der Berliner FU niemand bemerkt, wie ich eine sogenannte Doppelexistenz führte, nämlich einerseits als ein an der FU eingeschriebener Germanistikstudent ohne irgendeinen Abschluß, und andererseits als Inhaber eines Lehrstuhles (Welch ein Wort! Oh, elende deutsche Sprache!) für Musikpädagogik, wofür ich überhaupt keine Qualifikation innerhalb des Wissenschaftsbetriebes vorweisen konnte, wonach ich allerdings auch nicht gefragt worden war. Ich würde mich sowieso eher als Musiker sehen, nicht als Pädagoge; ich verspüre nur selten die Lust, anderen irgend etwas zu erklären, was jeder eigentlich schon wissen müßte und was man überall nachlesen kann. Am ersten Feber neunzehnhundertneunzig, mit der Vertragsunterzeichnung im Büro des Dekans, wurde der Beginn meiner sogenannten Doppelexistenz *amtlich.* Nebenbei bemerkt, unterschrieb ich an diesem Tag gewissermaßen mein Todesurteil, was ich aber damals noch nicht wissen konnte. Ich sollte – lt. Vertrag – sechs SWS (Semesterwochenstunden) in Tonsatz lehren und irgendeine Vorlesung über Musik halten. Bei einem Gläschen Prosecco verriet mir der Dekan noch, unter meinen Mitbewerbern hätten sich nicht nur *Subjekte,* so der Dekan wörtlich, befunden, die ganz offen zugegeben hätten, gar keine Noten lesen zu können, was an sich nichts Verwerfliches sei, Pavarotti könne schließlich auch keine Noten lesen wie die meisten Musiker und Sänger, obwohl gar keine Noten lesen zu können, im Fach Tonsatz durchaus hinderlich sein könne, nein, er habe bei der *Durch-*

leuchtung meiner Mitbewerber, so der Dekan wörtlich, bei einigen durchaus ganz leichte, erste Anzeichen von *Verrücktheit* feststellen müssen. Ist mir nicht aufgefallen, entgegnete ich nur ausweichend. Beim Händewaschen auf dem Abort der Universität mußte ich noch kurz über diesen Satz nachdenken, schluckte ein paar Muntermacher, die sich nicht mit dem Prosecco vertrugen, und ging mit meinem Vertrag nach Kreuzberg, in meine Studentenbruchbude, die ich kurz darauf kündigte, um mich standesgemäß in Charlottenburg, in der Fasanenstraße direkt gegenüber dem Literaturhaus, einer der ersten Adressen Berlins, ich meine nicht das Literaturhaus, sondern die Fasanenstraße mit ihren Nobelboutiquen an sich, in einer Sechs-Zimmer-Wohnung, die sündhaft teuer war, einzumieten. Die Übersiedlung hatte den Vorteil, dachte ich zumindest damals, endlich in Ruhe arbeiten zu können, da man in Charlottenburg, im Gegensatz zu Kreuzberg, die sogenannten Mauerspechte nicht mehr hören konnte. Berlin befand sich damals, also im Feber/März neunzehnhundertneunzig, am Rande des Kollapses. Ganz Berlin (West) war vollgestopft mit Flüchtlingen, die in Turnhallen, Großmarkthallen und Konzerthallen, in sogenannten Übergangslagern, untergebracht waren. Manche kampierten sogar auf Parkplätzen, auf dem Savigny-Platz oder in ihrem Lada auf der Uhlandstraße, unter den S-Bahn-Bögen und vor dem KaDeWe. Der ganze Kurfürstendamm war mit Trabis zugestellt. Ganz Berlin (Ost) dagegen war vollgestopft mit Flüchtlingen aus Rumänien, die hofften, über die Hauptstadt der DDR in den sogenannten Goldenen Westen gelangen zu können. An allen Ecken und Enden Berlins (auch und gerade im Westen) regierte das vollkommene Durcheinander, das Chaos, die Anarchie hatte kurzzeitig die Macht übernommen; es herrschte das Gesetz der Straße, das Gesetz der Schieberbanden, Gesetzmäßigkeiten eben, die aus dem Auftreten eines Machtvakuums resultieren. Während der Ministerpräsident der DDR, Modrow, noch auf Betteltournee zwischen Moskau und Bonn hin- und herpendelte, während Mitterand noch demonstrativ der DDR einen Staatsbesuch abstattete, schlitterte dieser sogenannte Arbeiter- und Bauernstaat in einem vollkommen unaufhaltsamen Prozeß der Selbstauflösung in einer Art freiem Fall seinem Ende entgegen; während die DDR noch in einer nach außen hin aufrechterhaltenen Scheinexistenz fortbestand, konnte man den unmittelbar bevorstehenden Kollaps auf dem Alexanderplatz regelrecht riechen. Wenn mich neunzehnhundertachtzig jemand gefragt hätte, was zuerst zusammenbrechen werde, der Warschauer Pakt oder das deutsche Universitätssystem, mir wäre die Antwort nicht schwer gefallen. Nichts riecht mehr nach Kollaps als diese typische, unnachahmliche, leicht muffige, unverwechselbare Luft in jedem x-beliebigen Hörsaal einer x-beliebigen deutschen Universität. Und dann derselbe Geruch auf dem Alexanderplatz, wo es heute noch genauso riecht. Mir wäre dieser Geruch gar nicht aufgefallen, genauer: Mir wäre *der Umstand der Gleichheit des Geruchs,* wie er einerseits auf dem Alexanderplatz, andererseits aber auch in jedem x-beliebigen Hörsaal jeder x-beliebigen deutschen Universität vorherrscht, gar nicht aufgefallen, wenn mich nicht Köflacher an einem Tag kurz vor der Währungsunion auf dem Alexanderplatz selbst auf diesen offensichtlichen Sachverhalt hingewiesen und also aufmerksam gemacht hätte. Immer, wenn ich danach einen x-beliebigen Hörsaal einer x-beliebigen deutschen Universität betreten mußte, kam mir sofort zu Bewußtsein, wie sehr es hier nach Alexanderplatz roch, obwohl ich mich doch in einem Hörsaal, meist in einem Hörsaal der Berliner FU, befand. Und ausgerechnet Köflacher mußte diese unbestreitbare Tatsache des Identisch-Seins des Geruchs des Alexanderplatzes und des Geruchs eines x-beliebigen Hörsaals einer x-beliebigen deutschen Universität aufdecken, ausgerechnet Köflacher, der wahrscheinlich weder den Alexanderplatz (jedenfalls nicht in natura) noch einen x-beliebigen Hörsaal einer x-beliebigen deutschen Universität (jedenfalls nicht in natura) jemals wiedersehen, ja nicht einmal wiederriechen wird, da er, Köflacher, wie ich schon sagte, wegen eines unaussprechlichen (so Köflacher selbst zu mir kurz vor seiner Verhaftung) Verbrechens (Vatermord? Notzucht?) letztendlich in der Strafvollzugsanstalt Garsten in Oberösterreich seinen neuen (und sicherlich letzten) Lebensmittelpunkt gefunden hat. Diesmal wird Köflacher nicht mehr aus Garsten herauskommen, dieses Mal nicht, wußte ich sofort. Köflacher, wie auch Dornbirner und Hauensteiner und gewissermaßen selbst Mignon, hatte ich übrigens am Tag meiner Inauguralvorlesung kennengelernt, aber das ist eine andere Geschichte, die ich später erzählen bzw. aufschreiben werde; das in Berlin herrschende Chaos darf sich nicht auf meinen Bericht auswirken, so denke ich jetzt, beim Aufschreiben vom Schreibtisch aus dem Fenster auf den gegenüberliegenden Pavillon (Planung: Otto Wagner) blickend. Zurück zum Grund des Zusammenbruchs. Von besonderer Absurdität, und das dachte ich auch noch in Triest, ist der Fall der Humboldt-Universität. Im Osten Berlins, in Berlin-Mitte, ganz in der Nähe des Alexanderplatzes gelegen und immer schon sehr streng nach Kollaps riechend, hat die Humboldt-Universität, obwohl gleich mehrfach für einen Kollaps geradezu prädestiniert, den ganzen Zusammenbruch der DDR am besten überstanden, jedenfalls besser als der Westberliner Universitätsbetrieb. An sich ist schlußendlich der Zusammenbruch der DDR mit dem Zusammenbruch des deutschen Universitätsbetriebes gar nicht vergleichbar, selbst wenn der Geruch des Kollapses der DDR mit dem der deutschen Universitäten identisch ist. Der Prozeß des Zusammenbruchs der DDR war ein abrupter, absichtlich herbeigeführter, der Prozeß des Zusammenbruchs der deutschen Universität ist ein schleichender, unabsichtlich herbeigeführter; das Ende des Prozesses des Zusammenbruchs des deutschen Wissenschaftsbetriebes ist noch nicht völlig klar abzusehen, der Zusammenbruch der DDR ist dagegen ein bereits erfolgter, schon geschichtlich zu nennender. Die DDR als Lebenssackgasse für Millionen existiert nicht mehr, die deutsche Universität als Lebenssackgasse für Abermillionen existiert dagegen weiterhin; wie lange noch, weiß man nicht. Und den kurz bevorstehenden Zusammenbruch des deutschen Universitätsbetriebes kann man auch nicht dem Schmierer Schwanitz in die Schuhe schieben, wie es einmal Köflacher im Pergamonmuseum versuchte; alles, was wir jemals aufgebaut haben, zerstört uns dieser Schwanitz mit seinem Geschmiere, so Köflacher damals an einem Freitag, an dem wir ausnahmsweise ins Pergamonmuseum gegangen waren, weil der Donnerstag, an dem wir sonst immer das Pergamonmuseum aufsuchten, der diesem Freitag vorausging, ein Feiertag gewesen ist. Köflacher ist vor dem

Pergamonaltar wahrscheinlich nur auf Schwanitz und damit auf den Universitätsbetrieb gekommen, weil es im Pergamonmuseum genauso wie in den Hörsälen deutscher Universitäten riecht. Zuerst hatte ich an konservierten DDR-Mief gedacht, schließlich machte Köflacher seine Bemerkung über Schwanitz erst neunzehnhundertsiebenundneunzig, aber sehr schnell wurde mir deutlich, wie extrem der Geruch im Pergamonmuseum dem eines Hörsaales und dem des Alexanderplatzes ähnelt. Es war der Geruch des Kollapses. Vor lauter Angst, das Pergamonmuseum könnte zusammenbrechen, ich sah bereits Sprünge in der Glasdecke, rannte ich von der Museumsinsel, um so lange draußen zu warten, bis Hauensteiner seinen immergleichen Vortrag über den Pergamonaltar, der ziemlich genau den ersten Seiten der *Ästhetik des Widerstands* von Peter Weiss entsprach, beendet hatte und mit Köflacher und Dornbirner das Pergamonmuseum verließ, das ich, bis auf eine einzige Ausnahme, danach nie wieder betrat. Dornbirner hatte bald darauf einen gewaltigen Sprung in der Schüssel, sodaß wir sowieso nicht mehr zum Pergamonmuseum gehen konnten, zumindest nicht mit Dornbirner. Falls der deutsche Universitätsbetrieb kollabieren sollte, kann man diesen Endpunkt einer vorherzusehenden Entwicklung auf keinen Fall nur diesem Schmierer Schwanitz anlasten, so denke ich noch jetzt, vor meiner Behandlung. Mitte Feber neunzehnhundertneunzig wäre ich beinahe selbst zusammengebrochen. Im Zuge meiner Übersiedlung, von meiner Studentenbruchbude in Kreuzberg in die Fasanenstraße nähe Kurfürstendamm, wollte ich meine DS (Citroën) von den Parkplätzen im Niemandsland zwischen Funkturm, Messegelände und Avus, wo ich mein Automobil abgestellt hatte, da man in Berlin praktisch keinen Wagen gebrauchen kann, gerade in Kreuzberg nicht, der unsichersten Gegend Berlins, wo allein der Besitz eines Automobils schon als politische Entgleisung gewertet wurde, zumindest damals, zurückholen. Ich wanderte zu Fuß von Kreuzberg zum Messegelände, doch schon von weitem, als ich erst die Spitze des Funkturms sehen konnte, nahm ich einen gewissen Geruch wahr, der mich sofort an Hörsäle erinnerte; und, Doktor, sagte ich schon in Salzburg zu Hollhof, zu jenem Zeitpunkt hatte Köflacher seine bahnbrechende Bemerkung über den Geruch *noch gar nicht gemacht,* zu jenem Zeitpunkt kannte ich Köflacher noch gar nicht, ganz unbewußt beschleunigte ich aufgrund des für diese Umgebung völlig ungewöhnlichen Auftretens von Hörsaal-Geruch meine Schritte, und ich erreichte den Parkplatz, auf dem ich meine DS (die meines Vaters) abgestellt hatte, noch gerade rechtzeitig, um eine Katastrophe zu verhindern. Ich konnte nun Kollaps nicht nur riechen, sondern auch *sehen.* Auf den verschiedenen Parkplätzen zwischen den Autobahnaus- und -auffahrten, da wo heute mal ein altes Sofa, ein ausgebranntes Automobil oder ein rostiger polnischer Sattelschlepper steht, auf diesem Gelände hatte der damalige Handstricksenat (so benannt, weil damals Stricken schwer in Mode war und der Mann mit dem roten Schal, der Regierende Bürgermeister Berlins, Momper, überwiegend Frauen in sein Kabinett berufen hatte) ein Container- und Zeltdorf für DDR-Flüchtlinge aufgestellt. Tausende von Personen in Moon-washed-Jeans-Anzügen biwakierten nahe meiner DS, die jedoch völlig unversehrt war, da die sogenannten Ossis alten Automobilen nichts abgewinnen konnten und somit überhaupt nicht bemerkt hatten, neben welcher Pretiose sie ihren Schlafsack ausgerollt hatten. Vielleicht hatten sie das Kennzeichen meiner DS, weiße Schrift auf schwarzem Grund, nicht als ein österreichisches erkannt, sondern für ein polnisches gehalten und so mein Automobil für prinzipiell wertlos erachtet. Dabei ist (war) meine DS ein richtiges Schmuckstück. Der Familienlegende nach, es war vor meiner Zeit, ich bin erst neunzehnhundertsechzig *zur Welt gekommen,* soll mein Vater neunzehnhundertfünfundfünfzig mit Pierre Boulez zusammen auf dem Pariser Autosalon gewesen sein, wo die neue DS debütierte. Mein Vater soll beim Anblick des Designs der DS fast einen Schock erlitten haben und trotzdem (gerade deshalb?) sofort, wie tausende andere auch, blind und ohne Probefahrt eine DS geordert haben. Mein Vater bekam im Frühjahr neunzehnhundertsechsundfünfzig die sechshundertsechsundsechzigste produzierte DS nach Salzburg in die Steingasse geliefert und stellte die Göttin einstweilen nur in die Garage. Mein Vater kam mit der Halbautomatik und dem ungewöhnlichen Bremspilz nicht zurecht, das Design von Flaminio Bertoni (nicht Bertone!) war für Salzburger Verhältnisse einfach zu zukunftsorientiert, zu auffällig, zu extravagant, zu fortschrittlich usf. Außerdem kann man in Salzburg mit einem Automobil praktisch nichts anfangen, da in Salzburg die Straßen noch enger als in Berlin sind. Und die rote Hydraulikflüssigkeit der DS lief auch immer aus. Als ich den Traum in Schwarz für meine Fahrt nach Berlin ausmottete, hatte die DS erst gute dreitausend Kilometer auf dem Tacho. Der Citroën-Händler in Innsbruck, der als einziger bereit war, sich die Hydraulik einmal anzusehen, dachte, ich spinne, bis ich ihm das Service-Heft unter die Nase hielt, in dem nur der Stempel von der ersten Inspektion aufschien. Am anderen Ende des Parkplatzes besichtigte *Maggi,* so hieß Momper in Berlin während der sogenannten Wendezeit, weil er überall dabei war, gerade mehrere Zelte, was einen ziemlichen Auflauf verursachte, sodaß ich ohne Probleme meine DS, die am äußersten Rand des Platzes parkiert war, aus diesem weiteren Zentrum des bevorstehenden Kollapses sicher wegfahren konnte. So transportierte ich meine wenigen Habseligkeiten *mit meiner so eben noch geretteten DS* von Kreuzberg nach Charlottenburg, in die Fasanenstraße. Ich mußte nur drei Touren fahren; die dicksten Brocken waren die Stradivari, die Amati und die Guarneri nebst Kästen, der Koffer mit der Million Schilling in bar, den ich aus Salzburg mitgenommen hatte, eine umfangreiche Plattensammlung, darunter Glenn Goulds *The Goldberg-Variations* in der Erstaufnahme, die ich aber nie besonders geschätzt hatte, und eben der übliche Haushaltströdel, den ich nun geschmackvoll in einer völlig leeren Sechs-Zimmer-Wohnung verteilen konnte. Mit der letzten Fuhre transportierte ich noch die zwei Zwölf-mal-ein-Liter-Gebinde mit der roten Hydraulikflüssigkeit (LHS) für meine DS, die man damals nirgendwo mehr kaufen konnte, dachte ich zumindest, da schon im September neunzehnhundertsechsundsechzig, nach einer Übergangsphase mit klarer (LHS 2), die grüne Hydraulikflüssigkeit (LHM) eingeführt worden war. Überhaupt ist den französischen Konstrukteuren mit der DS gelungen, einen technischen Gegenstand zu erschaffen, der in seiner Form, in seinem ganzen Aussehen und in seiner Art der Bewegung einem Lebewesen am nächsten kommt. Nach dem Anlassen pustet sich die DS auf wie ein Maikäfer vor dem Abfliegen, den Eindruck hat man jedenfalls, wenn die Hydraulik den ganzen Wagen anhebt und man wie auf einem Luftkissen schwebend vorangetragen wird, die Halbautomatik gibt bei jedem Gangwechsel ein akustisches Signal, das sich wie ein Seufzen anhört, von sich, die ganze Form des Wagens erinnert an die eines Fisches, ist somit eine natürliche, der Natur abgeschaute, und Doktor, sagte ich schon in Salzburg zu Hollhof, allein die Vorstellung, in einem Automobil zu fahren, in dem mehrere Kilometer Leitungen, die rotes, zirkulierendes Öl beinhalten, verlegt sind, kann einen im höchsten Maße verwirren. Hat der Mensch hier ein künstliches Lebewesen geschaffen? Hat der Mensch hier in die Schöpfung eingegriffen? Oder ist die Déesse doch nur ein ganz normales Automobil? Wissen Sie, Doktor, ich glaube nicht unbedingt an Gott, aber ich kann über Gott nachdenken. Ich halte Gott für ein vollkommen gescheitertes Auslaufmodell. Das Ein-Gott-Universum ist eine heillos verfahrene Angelegenheit, von der sich jeder wache Verstand mit einem Höchstmaß an Grausen abwendet. *ER* ist allmächtig und allwissend. *ER* kann alles tun, und deshalb kann *ER* überhaupt nichts tun, denn mangels Widerstandes hat *ER* keinen Anlaß, irgend etwas zu tun. *ER* weiß alles, also gibt es für *IHN* nichts zu lernen. *ER* kann nirgends hin, denn *ER* ist ja schon allgegenwärtig, etwa wie Mozartkugeln in Salzburg, sagte ich. Schon als Kind hielt ich nicht allzuviel von Gott; ich war vielleicht sechs oder sieben Jahre alt, als ich meiner Mutter, die gerade am Eiskasten gestanden ist, um den dort gelagerten Tafelspitz für unser Sonntagsmahl zu entnehmen, denn bei uns gab es *immer sonntags* Tafelspitz mit Kirschknödel, eine Art der

Ernährung, die mir seit meiner frühesten Kindheit, seit ich mich erinnern kann, aufs tiefste verhaßt ist und immer aufs allertiefste verhaßt bleiben wird, wie praktisch alle sogenannten österreichischen Spezialitäten, die sich nicht einmal mehr Touristen in ihre Wampen löffeln, solchermaßen schon durch den Anblick des noch nicht zubereiteten Tafelspitzes angewidert, eröffnete, *nicht mehr an Gott zu glauben.* Wie gesagt, ich war noch *ein Kind,* ich konnte damals noch nicht mittels eines philosophischen Diskurses logisch begründen, warum ich nicht an Gott glaubte, warum ich nicht mehr an Gott glaubte. Damals konnte ich es nicht, heute *könnte* ich es nicht mehr. Damals, in der Küche unseres Steingassenhauses, als meine Mutter gerade Wasser aufstellen wollte, in dem dann die von mir immer so gefürchteten Kirschknödel gekocht werden sollten, war meine Argumentation eher von schlichter Einfachheit, unter Umständen als dumm, vielleicht sogar als saudumm zu charakterisieren. Ich argumentierte, nicht mehr an Gott glauben zu können, da Menschen nicht aus Lehm gemacht werden und vor allem, da diese unmöglich wieder zu Erde, also zu Staub und Dreck, werden können. Wenn man sich schneidet, rieselt kein Staub aus einem heraus. Meine Mutter sagte gar nichts, sie brauchte nichts zu sagen. Statt dessen nahm sie meine beiden kleinen Kinderhände, rieb meine Handflächen gegeneinander, und als Ergebnis konnte ich auf eine nicht unbeträchtliche Menge kleiner, tiefschwarzer Röllchen blicken, die offensichtlich aus meinem Körper stammten und durch die der Gottesbeweis erbracht worden ist: Zumindest für mich als Kind war damit stringent erwiesen, daß der Mensch in der Tat aus Erde besteht bzw. aus von Gott umgewandelter

Erde, und der Mensch wieder in Erde zurückverwandelt wird, soweit die offensichtlichen Konsequenzen aus dieser Demonstration meiner Mutter. Die viel schrecklichere Konsequenz für mich als Kind aber ergab sich aus dem von diesem Experiment ableitbaren Schluß, der Mensch habe naturgemäß den Tod schon in seinem Körper miteingebaut, und zwar in Form kleiner, schwarzer Würstel, die an den Handflächen entstehen. Seitdem wusch ich mir bei jeder sich darbietenden Gelegenheit die Hände, um erst gar keine Erde an den Händen entstehen zu lassen. Außerdem entwickelte ich eine extreme Phobie gegen Tafelspitz mit Kirschknödel und auch gegen den *Radetzky-Marsch* von Johann Strauß (Vater), den mein Vater *immer sonntags* nach dem Essen hören wollte, bei voller, ja fast schon vollster Lautstärke. Könnte es ein besseres Symbol für den Tod als den den *Radetzky-Marsch* hörenden Vater geben?, so denke ich noch heute, Doktor, trotz, oder gerade wegen der danach sich ereignenden... Vorkommnisse. Die Berliner Universitätsbürokratie konnte mir immerhin, trotz der wirren, chaotischen und anarchischen Zustände, die im Frühjahr neunzehnhundertneunzig herrschten, ohne Probleme einen sogenannten Anwohnerparkschein der Parkzone 6 der Fasanenstraße zuschustern, wie man in Berlin sagt, sodaß ich meine DS, die eigentlich die DS meines Vaters war, unter der S-Bahn-Brücke direkt vor dem Trödler *Zille im Hof* und direkt, nein, schräg gegenüber einer nicht namhaften, aber traditionsreichen Bank mit eigenem Wachdienst dauerparkieren konnte, wo ich die DS dann auch die nächsten (und auch letzten) zehn Jahre meines Berlin-Aufenthaltes dauerparkiert beließ, da man in Berlin nichts mit einem

Automobil anfangen kann, absolut gar nichts. Anfangs, kurz nach meinem Eintreffen in Berlin, habe ich schon mal ab und zu eine sogenannte Spritztour in die Berliner Umgebung unternommen, *j. w. d.*, in die Berliner Umgebung, die damals noch DDR hieß. Nicht nur, daß damals mein österreichisches Kennzeichen regelmäßig für großes Aufsehen sorgte, auch an den diversen Grenzübergängen gab es bei den strengen Grenzkontrollen der DDR-Grenzer immer wieder Probleme. Mehrmals wiederholte sich dasselbe Schauspiel, dreimal allein im Zuge meiner Ausreise von der Hauptstadt der DDR nach Westberlin, wie es damals hieß, jedesmal, wenn ich kontrolliert werden sollte, lief alles nach einer sich immer und immer wieder exakt gleich wiederholenden, sehr strikt festgelegten Dramaturgie ab: Ich fuhr vor, kurbelte die Scheibe herunter, der DDR-Grenzer schnarrte mir sein *Papiere! Motor ausstellen!* entgegen, und jedesmal, und ich wußte ganz genau, was passieren würde, jedesmal stellte ich den Motor (auf Befehl) aus, und jedesmal, wenn so eine Marionette der sozialistischen Weltrevolution die Spiegel unter meine Göttin geschoben hatte, um überprüfen zu können, ob sich eventuell ein Rudel sogenannter Republikflüchtlinge unter dem völlig glatten Fahrzeugboden der DS festklammerte, jedesmal, wenn sich die Spiegel unter dem Wagen befanden, sackte meine DS aufgrund des abgestellten Motors und der dadurch nicht mehr Druck aufbauenden Hydraulik zusammen und zerstörte die sich unter ihr befindlichen DDR-Spiegel, was sich durch ein deutlich hörbares Geräusch berstenden Glases aus dem Hause Carl-Zeiss-Jena bemerkbar machte. Die *gute* Laune der DDR-Grenzposten war dann jedesmal verflogen. Das sei Zerstörung von sozialistischem Volkseigentum, war noch die harmloseste Reaktion. Nachdem meine DS dreimal am selben Berliner Grenzübergang das Eigentum des Volkes der DDR gemindert hatte, wurde ich beim vierten Mal einfach *ohne jegliche Kontrolle* durchgewunken; ich hätte mit dieser Tour Hunderte, wenn nicht sogar Tausende sogenannter Republikflüchtlinge an Bord haben können, ich wäre trotzdem durchgewunken worden, *ohne jegliche Kontrolle,* so bin ich mir noch heute vollkommen sicher. Ich hätte damals, neunzehnhundertachtundachtzig, wahrscheinlich das Bundesverdienstkreuz Erster Klasse mit Eichenlaub und Schwertern vom Staatsoberhaupt verliehen bekommen, wenn ich mir damals am Prenzlauer Berg den ganzen Wagen mit Leuten vollgepackt hätte, die die sogenannte DDR auf *illegalem* Wege verlassen wollten, und ich wäre einfach am DDR-Grenzübergang durchgewunken worden. Ich wäre gar nicht auf eine solche Idee gekommen; weder auf die Idee, beim vierten Mal einfach nicht kontrolliert zu werden, noch auf die Idee, in meiner DS fremde Personen mitzunehmen, schon gar nicht welche aus dem Osten, da sich dadurch der Geruch von Kollaps, der den DDR-Bürgern schon damals anhaftete, in meinem Automobil eingenistet hätte. Ich habe nie irgendwelche Personen in meiner DS transportiert, außer natürlich Mignon und später, in Triest, Berenice. Damals jedenfalls, bevor ich meine DS vorerst endgültig in der Fasanenstraße vor *Zille im Hof* abstellte, wurde ich, sobald mich DDR-Grenzer nur von weitem heranfahren sahen, einfach durchgewunken. Meine DS, obwohl schwarz lackiert, war für die gesamte DDR und ihr Volkseigentum zum roten Tuch geworden. Ich hatte, unabsichtlich, einen hohen Prozentsatz der

Kontrollspiegel an den DDR-Grenzübergängen zerstört; wahrscheinlich habe ich damit, unbeabsichtigt, da eine wirklich funktionierende Kontrolle der DDR-Grenze wegen der fehlenden Spiegel, für die in einer Planwirtschaft nicht umgehend Ersatz beschafft werden konnte, nicht mehr gewährleistet war, den sich damals schon abzeichnenden Zusammenbruch der DDR, den man schon überall riechen konnte, nochmals zusätzlich beschleunigt. Praktisch hat nicht die DDR-Bürgerrechtsbewegung oder die sogenannte Abstimmung mit den Füßen den Arbeiter- und Bauernstaat kollabieren lassen, sondern meine DS. Aber wer hätte das damals ahnen können; schließlich waren zur selben Zeit die meisten über den Handwaschbecken hängenden Spiegel auf den Aborten der deutschen Universitäten zerstört, die Hörsäle rochen penetrant nach Kollaps, und trotzdem sind die deutschen Universitäten, im Gegensatz zur DDR, *bis heute noch nicht kollabiert.* Kurz vor der sogenannten Wendezeit soll die DDR-Führung noch erwogen haben, sämtliche Citroën-Limousinen aus ihrem Fuhrpark zu verbannen, so informierte mich später ein ehemaliger Stasi-Mitarbeiter. Sinnlos. Ich stellte in der Fasanenstraße einige Kratzer am Unterboden meiner DS fest, engagierte daraufhin einen Anwalt aus Kreuzberg und verklagte die Deutsche Demokratische Republik auf Schadenersatz. Das Verfahren läuft noch heute, obwohl meine DS gar nicht mehr existiert, da ich anschließend, nach dem Kollaps der DDR, die Bundesrepublik verklagen mußte, da diese die Rechtsnachfolgerin der DDR geworden war. Den kommenden Gerichtstermin werde ich jedoch nicht mehr wahrnehmen können, da ich hier nicht mehr wegkommen werde, dachte ich während des Aufschreibens. Nach und nach richtete ich meine fast leere Sechs-Zimmer-Wohnung ein, viele Einrichtungsgegenstände erstand ich bei *Zille im Hof*, wo ich sogar mehrere Dosen roter Hydraulikflüssigkeit für meine DS sicherstellen konnte. Ich hätte meine Möbel auch in Nobelläden kaufen können, ich hätte mich aufgrund meiner astronomisch hohen Professorenbezüge nicht mit leicht wurmstichigen Kästen aus diesem Berliner Zentrum des *bric-à-brac* abgeben müssen, aber trotz meiner (ergaunerten) Professur blieb ich auf dem Boden der Tatsachen, ich wurde nicht größenwahnsinnig, ich begann nicht, *verrückt zu spielen*, wie fast alle anderen Professoren. Ende Feber etablierte ich mich endgültig in der Fasanenstraße gegenüber dem Literaturhaus, Kreuzberg endgültig hinter mir lassend; im Germanistischen Seminar ließ ich mich im folgenden praktisch nicht mehr blicken, obwohl mein Germanistik-Professor, der, schon steinalt und vollkommen zerstreut, den Prototyp des *Père Ubu* verkörperte, mich in der Cafeteria der FU, in der ich mich aufgrund meiner Doppelexistenz als Student der Germanistik und als Professor für Musikpädagogik nur in den seltensten Fällen aufhielt, wiederholt bat, doch mal wieder seine Seminare zu besuchen. Beinahe wäre meine ursprüngliche, für meine Verhältnisse natürliche Großstadtexistenz, die ich selbst in eine mehr oder weniger unnatürliche, *künstliche* Doppelexistenz transformiert hatte, zu einer völlig widernatürlichen Dreifachexistenz mutiert, da meine Vermieterin nach meiner Berufsbezeichnung fragte, und ich, da mir Titel schon immer zuwider waren – in Wien wird man ja immer und grundsätzlich mit dem Titel *Meister* angeredet, wenn man in einem Wiener Kaffeehaus nach einer Zeitung langt, wird man sofort mit *Herr Professor* angeredet, wenn man eine Banknote in der Hand hält, ist man sofort der *Herr Kommerzialrat* usf., selbst in Salzburg greift diese Unsitte immer mehr um sich –, nicht *Professor* als Beruf angab, sondern *Tonsetzer,* was ja nicht völlig falsch war, letztendlich hatte ich dreiundzwanzig Sinfonien komponiert, allerdings wieder vernichtet. Die Vermieterin schrieb nicht *Tonsetzer* in ihre Unterlagen, sondern *Töpfer.* Allein die Vorstellung davon, beruflich mit Lehm zu tun haben zu müssen, dieses glitschige Zeug in meine Hände nehmen und zwischen meinen Fingern spüren zu müssen, rief bei mir zuerst Entsetzen, dann Grausen, Abscheu und eine leichte Nervenzerrüttung hervor, was sich nicht zuletzt in dem wochenlang verspürten Zwang, mir mit noch größerer Intensität die Hände waschen zu müssen, manifestierte. Wenn ich mir normalerweise nur hundert Mal am Tag die Hände waschen mußte, waren es nun tausend Mal. Trotzdem gelang es mir nicht, die Erde, den Tod, von meinen Händen abzuwaschen. Ich fühlte regelrecht, wie der Tod sich beständig in meinen Händen aufhielt und sich auch noch immer aufhält, wie der Tod mich andererseits beständig in seinen Klauen hat; wie ich mich auch verhalte, er ist überall da. Anfang März, ich blätterte gerade nach dem Händewaschen die Salzburger Nachrichten durch, die, wie immer, mit viertägiger Verspätung in Berlin angekommen waren, klärte sich auch das Schicksal des Personalrates auf; in einem Bericht auf der Chronik-Seite konnte ich über ein Busunglück in der Nähe Triests lesen, bei dem alle Insassen, ein paar Italiener, der jugoslawische Busfahrer und, jetzt kommt der Hammer, mehrere Angehörige der Berliner FU, *ums Leben gekommen* waren;

die Unglücksursache sei ungeklärt, kein weiteres Fahrzeug sei in den Unfall verwickelt gewesen; der Unglücksbus sei von der Küstenstraße kurz vor Triest abgekommen und ins Meer gestürzt. Es werde noch ermittelt, hieß es in dem Bericht. Wieso haben die eine Reise nach Triest unternommen, wenn es doch eigentlich nach Florenz gehen sollte?, so fragte ich mich spontan. Diese Frage beschäftigte mich in den nächsten zehn Jahren noch des öfteren; anscheinend beschäftigte diese Frage *nur mich.* Selbst am dreizehnten April neunzehnhundertneunzig, an meinem Geburtstag, den ich nicht mehr feiern *wollte,* und gleichzeitig an Jacques Lacans Geburtstag, den dieser nicht mehr feiern *konnte,* da dieser bereits in Paris seine ewige Ruhe gefunden hatte, an diesem dreizehnten April, dem Tag meiner Inauguralvorlesung, dachte ich noch daran, wie stark doch das Desinteresse an einer Aufklärung dieses mysteriösen Busunglücks in der Nähe Triests war. In der ganzen FU sprach praktisch niemand darüber. Vor der FU, wo Kennedy im Juni neunzehnhundertdreiundsechzig, als er schon längst auf der Abschußliste der CIA gestanden war, seine berühmte Rede gehalten hatte, in der er zugab, ein *Krapfen* zu sein, hatte der Berliner Senat ein Übergangslager für DDR-Flüchtlinge errichten lassen. Den Geruch von Kollaps in der Nase, mußte ich mir den Weg durch Kochgeschirr, Wäscheleinen und Campingsessel bahnen, um den Hörsaal erreichen zu können, wo meine Antrittsvorlesung stattfinden sollte und in welchem es eindeutig nach Kollaps roch. Im Hörsaal, der sicher an die dreihundert Personen fassen konnte und in dem gerade zwei Mitarbeiter des Deutschen Roten Kreuzes darüber berieten, wie man hier noch Etagen- oder Feldbetten für weitere Flüchtlinge aufstellen könnte, befanden sich nur neun Personen, die meinem Vortrag lauschen wollten, die höchste Zahl von Hörern, die ich in meiner zehnjährigen Lehrtätigkeit in Berlin überhaupt erreichte, was ich zu jenem Zeitpunkt selbstredend noch nicht wissen konnte. Die Anwesenden waren der Herr Dekan mit seiner Sekretärin, Dornbirner, Köflacher und Hauensteiner, die ich erst nach meinem Vortrag näher kennenlernen sollte, sowie vier junge, sehr anmutige Damen in viel zu engen Claudia-Skoda-Strickkleidern, die damals in Berlin schwer angesagt waren, wie man damals sagte, wie überhaupt Stricken in Berlin, und nicht nur dort, damals schwer angesagt war, vor allem Handstricken, nicht Maschinstricken. In meinem ersten Semester als Professor wurde selbst in meinen Tonsatz-Seminaren fortwährend gestrickt, selbst Männer strickten andauernd. Stellen Sie sich vor, Doktor, sagte ich schon in Salzburg zu Hollhof, Sie sitzen im Seminarraum am Pult, erklären den Aufbau und die Funktion des Tristan-Akkordes und hören als Reaktion einen Chor klappernder Stricknadeln; stellen Sie sich vor, Doktor, so ich weiter zu Hollhof, Sie wollen sich über die Stille im Werke John Cages verbreiten, und während Ihrer Ausführungen über die Stille hören Sie Hunderte klappernder Stricknadeln; stellen Sie sich vor, Doktor, Sie legen zur Demonstration eine Platte mit einem x-beliebigen Streichquartett Haydns auf, und statt der üblichen Knackser und des üblichen Rauschens wird Haydns Streichquartett von dem Geklapper von Millionen Stricknadeln begleitet, *und dann noch im falschen Takt!* Stellen Sie sich das doch nur einmal vor, Doktor, sagte ich zu Hollhof, da muß man doch verzweifeln, da muß man doch verrückt werden. Aber ich verzweifelte nicht, Doktor, ich bin nicht verrückt geworden, wissen Sie, was ich gemacht habe, Doktor? Ich habe dieses strickende Klapperpack eigenhändig hinausgeworfen, an die sogenannte frische Luft gesetzt. Die Kurse *Tonsatz I*, *Tonsatz II* und *Tonsatz III* existierten nach kurzer Zeit einfach nicht mehr, jedenfalls nicht zur Handstrick-Zeit. Die Vorlesung mußte ich allerdings weiter halten; diese wurde jedoch nur von einer Handvoll steinalter Leute besucht, deren Finger bereits zu arthritisch waren, um noch Stricknadeln beherrschen zu können. Die vier Schönheiten in ihren viel zu engen Strickkleidern, in Berlin ist sozusagen alles viel zu eng, legten sich gerade Notenblätter zurecht oder fummelten an ihren Violinen herum. Mir schwante nichts Gutes, ich ahnte, es würde arg werden, aber ich hätte nicht gedacht, daß es so arg werden würde. Diese Jungschnecken waren offensichtlich noch nicht lange auf dem Konservatorium, da ihnen sämtliche typische körperliche Haltungsschäden professioneller Geigenvirtuosen noch abgingen. Sie hatten keine Gorillaarme, kein vorstehendes Kinn, keinen Katzenbuckel, ihre Finger waren noch nicht verkrüppelt. Mit langjährigen Konzertgeigern könnte man ganze Bewegungstherapiezentren füllen, dachte ich, und du kannst froh sein, dachte ich, damals die Aufnahmsprüfung am Mozarteum nicht geschafft zu haben, diese praktisch in gewisser Weise *vergeigt* zu haben. So konnte ich, statt mir mit dem Heruntergeigen der immergleichen Etüden irreparable, die Haltung betreffende körperliche Schäden zuzufügen, mir mit einem gewissenhaften Selbststudium der wirklich wichtigen Werke ohne Einschränkung meines körperlichen Erscheinungsbildes eine wesentlich größere Kenntnisfülle und Virtuosität aneignen, als dies im Salzburger Mozarteum jemals möglich gewesen wäre. Ich schluckte noch schnell ein paar Muntermacher, während schon der Dekan auf mich zugesprungen kam und eine der jungen Damen ihren Bogen wie eine Stricknadel festhielt. Der Dekan entschuldigte sich als erstes bei mir; normalerweise würde aus Anlaß einer Inauguralvorlesung selbstverständlich das gesamte Hochschulorchester aufspielen, nur habe dieses, wegen der überall deutlich sichtbaren (und riechbaren, denke ich jetzt) chaotischen Zustände seit Wochen nicht proben können, da der ganze Senatssaal, in dem normalerweise geprobt werde, schon seit Wochen mit sogenannten Übersiedlern vollgestopft sei; so gehe das nicht mehr lange weiter, so der Dekan, unter solchen Umständen könne man nicht mehr arbeiten, nicht mehr denken, vor allem nicht mehr *logisch denken,* so der Dekan weiter. Er habe eben mit Momper erörtert, welche rechtlichen Möglichkeiten es gäbe, die FU räumen zu lassen; keine, habe dieser geantwortet, man könne diese Verzweifelten nicht einfach in irgendwelche Flugzeuge setzen und nach München oder Hamburg ausfliegen lassen. *Maggi* Momper wurde bei der nächsten Gelegenheit abgewählt, und meine Antrittsvorlesung fand eben in einem etwas schlichteren Rahmen als üblicherweise vorgesehen statt. Zu Beginn zersägte das eilig zusammengestellte Hochschulorchesterersatzstreichquartett Haydns *Kaiserquartett* mit lustvollbösartiger Hingabe. Beim Andante hätte ich beinahe *Gott erhalte Franz den Kaiser* intoniert, aber dazu kam es nicht, da die Violine II mit ihrem Bogen in einer Masche des Strickkleides von Violine I hängenblieb und das Quartett noch einmal von vorn begonnen werden mußte. Haydn hat es nicht nur im Leben schwerer als alle anderen gehabt, so dachte ich. Gidon Kremer hat einmal gesagt, im Gegensatz zur Gitarre muß man bei einer Geige jeden Ton erst suchen; was prinzipiell stimmt, aber man müßte wenigstens ungefähr wissen, wo sich die richtigen Töne befinden, dachte ich jetzt, das verstümmelte *Kaiserquartett* in meine Gehörgänge eindringen fühlend. Es gibt sechs *Erdödy-Quartette,* das kann ja ein heiterer Abend werden, dachte ich, aber dieses eilig zusammengestellte Ensemble konnte nur zwei davon spielen, genauer: Es wurden nur zwei aufgeführt; zum Abschluß der Veranstaltung wurde noch die Nr. 2 der *Erdödy-Quartette* gegeben, das sogenannte Quintenquartett. Die zwei absteigenden Quinten des Hauptthemas wurden wirklich adäquat ausgeführt, das war in der Tat ein Abstieg hoch fünf. Nach dem ersten Haydn-Quartett folgte Punkt zwei des einer solchen Veranstaltung gemäßen akademischen Rituals: Eine Lobhudelrede auf die bisherigen wissenschaftlichen Tätigkeiten und Verdienste des Vortragenden durch den Einlader. Der Dekan erwähnte in seiner Rede, ich hätte zuvor, nach meiner Ausbildung am Salzburger Mozarteum (wovon ich nichts gesagt hatte) als Schüler Karajans (starker Tobak!) an der Salzburger Universität Tonsatz gelehrt (das war mein Großvater) und nebenbei über zwanzig Sinfonien komponiert (war mir das etwa während des Vorstellungsgespräches herausgerutscht?), außerdem hätte ich unzählige wichtige Aufsätze in den renommiertesten musikwissenschaftlichen Zeitschriften veröffentlicht (die Aufsätze in den Zeitschriften ziehen immer, da sich niemand die Mühe macht, diese herauszusuchen). Das war, genau wie die Aufführung der Streichquartette, gut gemeint, aber *falsch gespielt.* Unter dem tosenden

Applaus von neun Handpaaren trat ich an den Katheder, um mich zuerst artig für alle Lobhudeleien des Dekans zu bedanken, dann aber, einer Tradition des Ungeschriebenen folgend, einen meiner berüchtigten Stegreifvorträge zu halten. Damals war ich Meister des Stegreifvortrages, heute nicht mehr; heute habe ich schon Schwierigkeiten, überhaupt noch irgend etwas zu denken, immer höre ich dieses Glasklirren und diesen Schrei in meinem Kopf, momentan wäre für mich ein Stegreifvortrag ein vollkommen *undenkbarer.* Mein Geistesstandard ist inzwischen abgesunken, meine Gehirnsubstanz eine deutlich geringere, damals, in Berlin, verfügte ich noch annähernd über meine vollständige Geisteskraft. Gespickt mit einigen Bonmots aus Nietzsches nie gehaltenen Vorlesungen *Über die Zukunft unserer Bildungsanstalten* hielt ich einen Monstervortrag über die Anfänge der Musikgeschichte bis zu ihrer Gegenwart; ich erntete Sonderapplaus für eine gemeine Auslassung gegen Max Bruch, ließ nicht unerwähnt, wie schwer es doch Haydn gehabt hatte, ich spannte den Bogen über Janáček, Mahler, Bartók zu Schönbergs sogenannter Zweiter Wiener Schule, um schließlich bei Varèse und Stockhausen anzugelangen. Gerade in dem Moment, in dem ich die Anekdote vom ersten Zusammentreffen Karajans mit Stockhausen an einem Dienstag aus Licht, die mir mein Vater erzählt hatte, zum besten geben wollte, kam irgendein Vollidiot in den Hörsaal gerannt und schrie: *Auf dem Alex wollense jetzn Anschluß!* Durch diese Störung, die eine wesentlich gravierendere darstellte als das immerzu fortwährende Geklapper von Stricknadeln, ist mein Gehirn sozusagen leergeputzt worden, mein Gedankengebäude zusammengebrochen, mein Vortrag letztendlich gescheitert. Ich konnte nicht mehr weitersprechen und mußte somit meine Vorlesung einem vorzeitigen Ende zuführen. Der Dekan warf den Störenfried hinaus, dankte mir für meinen ausgezeichneten, intellektuell anregenden Vortrag und bat die jungen Damen, nun das sogenannte Quintenquartett zu Gehör zu bringen. Die vier Grazien, die schon während meines Vortrages gespannt darauf gelauert hatten, nochmals aufgeigen zu können, quälten ihre Instrumente in der Art eines geradezu schon professionell zu nennenden Dilettantismus, was sich nur auf den ersten Blick wie ein Widerspruch liest. Man muß *dieses* Quintenquartett mit eigenen Ohren gehört haben; und allzusehr überraschte mich nicht, hinterher erfahren zu müssen, es mit vier Musikerinnen der Berliner Philharmoniker zu tun zu haben, die jedoch ab und zu als sogenannte Frauenrockband in diversen Berliner Kneipen auftraten. Der Begriff *Dilettantismus* erinnert mich ans Salzburger Mozarteum; ich muß das alles aufschreiben, obwohl ich mich lieber nicht an diese für mich doch äußerst schmachvolle persönliche Niederlage erinnern würde; wenn ich das alles aufschriebe, ginge es mir danach besser, so Hollhof in Salzburg; dieser mein Bericht *sei gewissermaßen der Flugschreiber meines Nervensystems, nicht mehr und nicht weniger,* so Hollhof. Wie bereits erwähnt, konnte ich bei der Aufnahmsprüfung am Mozarteum, das damals noch nicht wegen Verseuchung geschlossen war, nicht reüssieren. Im Alter von dreiundzwanzig hatte ich maturiert (ich hatte drei Klassen doppelt durchlaufen müssen und zwei Jahre in Madrid verloren, obwohl *das* genaugenommen keine verlorenen Jahre waren) und war von dem Gedanken beseelt, aufs Konservatorium gehen zu müssen, um meine berufliche Zukunft in der Welt der Musik ausgestalten zu können. Ich wollte das Fach Violine studieren und meldete mich zur Aufnahmsprüfung an. Immer, wenn man am Mozarteum, das sich schließlich in unmittelbarer Nähe der Steingasse befindet, vorbeiging, mußte man falsch gespielte Werke hören, es war praktisch für jemanden wie mich, der das *absolute Gehör* hat, oder zumindest damals hatte, heute höre ich nur noch Glasklirren und einen Schrei, eine unvorstellbare Qual, am Mozarteum vorbeigehen zu müssen und andauernd diesem nicht-tonalen Dilettantismus ausgesetzt zu werden; hören denn das die Lehrer nicht, dachte ich, wenn ich am Mozarteum vorbeiging und einen auf f-h-d-g reduzierten sogenannten Tristan-Akkord wahrnehmen mußte, der um sein ganzes Spannungsfeld von Dissonanz und Konsonanz gebracht worden war, der um seine Existenz als Sehnsuchtsmotiv gebracht worden war, der *umgebracht* worden war, vollständig vernichtet. Ich stellte mich vor die Eingangstür des Mozarteums und schrie eine halbe Stunde lang: *f-h-dis-gis! f-h-dis-gis! f-h-dis-gis!* Ich wurde anschließend zur Feststellung meiner Personalien in die Alpenstraße abtransportiert. Ich war mir nicht mehr sicher, überhaupt diese vom Mozarteum ausgehenden akustischen Qualen ertragen zu können, akustische Qualen, die schon *vor* dem Mozarteum zu den unerträglichsten überhaupt gerechnet werden müssen, akustische Qualen, die schon durch Mauerwerk *gedämpft* nicht mehr zu ertragen sind, dachte ich, von welcher Intensität mögen erst die akustischen Qualen *im Innern* des Mozarteums sein, so fragte ich mich, und trotzdem, obwohl mir von vornherein bewußt war, diesen akustischen Qualen weder psychisch noch physisch gewachsen zu sein, meldete ich mich zur Aufnahmsprüfung an eben diesem Mozarteum, das schon immer ein Garant für akustische Höllenqualen war, an. Ich wußte ganz genau, ich würde meinem Körper und meinem Geist und vor allem meiner Gesundheit mit einem Studium am Mozarteum und also auch mit der Anmeldung zur Aufnahmsprüfung am selbigen Institut, keinen Gefallen tun. Ich wußte ganz genau, ein Studium am Mozarteum, zu dem es dann ja glücklicherweise nicht kam, wäre ein Schritt auf dem Weg zu meiner psychisch-physischen Selbstvernichtung, ein großer Schritt. Mein Körper hätte ja vielleicht die Qualen des Mozarteums eventuell noch aushalten können, nicht jedoch mein Geist. In dem Bewußtsein, selbst im Falle des Bestehens der Aufnahmsprüfung, im Falle meiner Aufnahme auf das Konservatorium, von vornherein vollkommen gescheitert zu sein, geistig und körperlich, meldete ich mich zur Aufnahmsprüfung an. Selbst in Triest mußte ich mich öfter fragen, *weshalb* ich mich überhaupt zur Aufnahmsprüfung des Mozarteums angemeldet hatte, obzwar ich ganz genau über die völlige Sinnlosigkeit meines Handelns unterrichtet gewesen sein mußte, denn im Gegensatz zu den Millionen, die jährlich aus der ganzen Welt, etwa aus New York, Moskau und Tokio, nach Salzburg reisen, um sich für die Aufnahmsprüfung des Mozarteums anzumelden, und die gar nicht ahnen können, auf welche qualvolle Weise sie mit einer bestandenen Aufnahmsprüfung im Mozarteum ihrem Körper und ihrem Geist, also ihrem *Leben,* ein Ende bereiten, hatte ich das Mozarteum durchschaut, und zwar bis auf seine Grundmauern, weil ich das Mozarteum vom *Hören* kenne, während diese sogenannten Auswärtigen das Mozarteum nur vom *Hörensagen* kennen und diese von weither Angereisten schließlich in völliger Unwissenheit ob der hiesigen (dortigen) Verhältnisse die Anmeldung zur Aufnahmsprüfung unterschreiben, im Gegensatz zu mir, der doch ganz genau wissen mußte, mit dieser Anmeldung zur Aufnahmsprüfung würde das Leben zu Ende sein, wären alle weiteren Entwicklungsmöglichkeiten verbaut, wäre eine Art Todesurteil unterschrieben, – selbst mein berühmter Großvater sprach immer davon, daß das Mozarteum uns alle eines Tages umbringen werde –, konnten Künstler etwa aus New York, Moskau oder Tokio ja gar nicht wissen, welchen Qualen sie sich durch die Anmeldung zur Aufnahmsprüfung aussetzen würden; ich wußte es, und ich meldete mich trotzdem an. Das mag jetzt grotesk klingen, aber innerlich hoffte ich, die Aufnahmsprüfung *nicht zu bestehen,* obwohl ich schon immer davon geträumt hatte, am weltberühmten Salzburger Mozarteum studieren zu können, was auch immer. Anstatt nun aber für diese sogenannte Aufnahmsprüfung das angesagte Standardrepertoire, das ich, nebenbei bemerkt, eh wie im Schlaf beherrschte, jedenfalls auf einer *brauchbaren* Geige, zu üben, verlor ich die meiste Zeit mit dem Nachdenken über das Problem, mit *welcher* Violine ich zum Vorspielen erscheinen sollte: mit der Stradivari, der Amati oder der Guarneri? Mein Vater hatte mir nämlich vor Jahren alle drei Violinen überlassen, als sich die absolute Interesselosigkeit der Musik gegenüber bei meinen beiden älteren Geschwistern abzuzeichnen begann. Mein Bruder interessierte sich nur für Motorräder, meine Schwester nur für sogenannte Handarbeiten; meine Geschwister waren die allerdümmsten. Zuerst entschied ich mich naturgemäß, mit der Stradivari zum Mozarteum zu gehen; die Stradivari ist der absolute Klassiker unter den Violinen, die Stradivari klingt vielleicht etwas zu oboenartig, aber allein der Name ist schon die halbe Miete, dachte ich. Später tendierte ich zur Amati, die zierlicher gebaut ist und, dadurch bedingt, einen eher flötenartigen Klang erzeugt; außerdem ist die Amati sicherlich die formvollendetste Violine. Die Guarneri, meine ist von Giuseppe Antonio Guarneri gebaut worden, mithin also eine echte *Del Gesù,* liegt mir besser in der Hand, dachte ich, meine Guarneri ist besser eingespielt, zudem müßte ich bei der Amati erst neue Saiten aufziehen, die jetzt aufgezogenen sind minderwertig, mit minderwertigen Saiten läßt sich nur ein unappetitlicher Klang erzeugen, dieser für eine Amati typische sanfte, schmelzende Ton läßt sich nur mit hochwertigen Saiten produzieren, niemals mit minderwertigen, dachte ich. Obwohl mir völlig bewußt war, ich würde niemals mit meiner Amati an einer Aufnahmsprüfung teilnehmen, und schon gar nicht an der des Mozarteums, kaufte ich einen neuen Satz Saiten für meine Amati, und zwar die allerteuersten, die ich bis heute nicht aufgezogen habe. Innerlich hatte ich mich dazu entschlossen, lieber mit meiner Guarneri die Aufnahmsprüfung zu bestreiten; die Guarneri ist einfach meine Lieblingsgeige; trotzdem sollte man beim Erscheinen zu einem so wichtigen Termin, der über den ganzen weiteren Verlauf einer Existenz entscheiden kann, es handelte sich bei diesem Vorspielen gewissermaßen um ein *Spiel auf Leben und Tod,* auf Nummer sicher gehen; ich würde somit also endgültig mit der Stradivari zum Vorspielen erscheinen, und damit basta, dachte ich. Sollte ich Karajan in Berlin anrufen, um ihn um Rat zu fragen?

Nein, das konnte ich nicht machen, mein Vater hatte Karajan bereits bearbeitet, damit mich dieser der Aufnahmskommission des Mozarteums empfehlen möge; Karajan konnte nicht schon wieder wegen einer solchen Lappalie belästigt werden. Ich werde mit der Stradivari antreten, und damit Ende der Diskussion. Am selben Abend rief Karajan bei uns an, weil irgendeine wichtige Violine der Philharmoniker *unvorhergesehenerweise* ausgefallen war (Selbstmord?) und deshalb nun mein Vater als Ersatz einspringen sollte; mein Vater machte sofort seine Tieffenbrucker, seine Da Salò und seine Maggini reisefertig, seine Stradivari würdigte er keines Blickes. Als ich meinen Vater am nächsten Morgen, seine drei Geigenkästen schleppend, zum Salzburger Hauptbahnhof begleitete, hatte ich bereits von der Idee Abstand genommen, mit der Stradivari zur Aufnahmsprüfung zu erscheinen. Auf dem Rückweg vom Bahnhof ist mir erstmals das ganze Ausmaß meiner Unüberlegtheit aufgegangen: Ich *konnte* ja gar nicht mit der Stradivari zur Aufnahmsprüfung gehen, auch nicht mit der Amati oder der Guarneri, man kann nicht mit einem Instrument an einer Aufnahmsprüfung zum Konservatorium teilnehmen, das sicherlich einige Millionen Schilling wert ist, wenn nicht gar mehr. Man fährt ja auch nicht im Jaguar beim Arbeitsamt vor, um seine Unterstützung zu beantragen; nein, eine Stradivari im Mozarteum, das geht nicht. Ich werde es mit absoluten Experten zu tun haben, die zwar ein g nicht von einem *gis* unterscheiden können, die aber sicherlich eine Stradivari erkennen werden und die sich denken werden, dieser Kandidat, also ich, hat ja gar kein Talent, sondern nur ein sündhaft teures Instrument. Kurzum erstand ich in einer Musikalienhandlung eine preiswerte Schülergeige, ein sogenanntes Zweigroschencello, um zweitausend Schilling. Der Steg war schief, die Wirbel drohten beim Stimmen zu zerbrechen, der Korpus schien aus handverleimtem Zigarrenkistenholz zu bestehen; wegen der vielen Reparatur- und Optimierungsarbeiten an dieser sogenannten Violine hatte ich keine Zeit mehr, das neue Instrument einzuspielen. Am Tag der Aufnahmsprüfung hörte ich schon hundert Meter vor dem Mozarteum eine ganze Reihe geschmackloser Verspieler der widerwärtigsten Art. Im Wiener Saal des Mozarteums, in dem das Vorspielen stattfand, roch es nach Kollaps, würde ich heute sagen. Die Kandidatin direkt vor mir, die heute allerdings weltberühmt ist und als die Geigenvirtuosin *schlechthin* gilt, fand nicht einmal den Grundton und führte ihren Bogen wie ein Bagger die Abrißbirne. Trotzdem hätte ich meine Geige erst gar nicht auspacken zu brauchen, ich durchschaute auf den allerersten Blick, nur ein Zählkandidat in einem abgekarteten Spiel zu sein, in der Prüfungskommission erkannte ich sofort einige ausgewiesene und in Salzburg stadtbekannte Karajan-Hasser, die wahrscheinlich sofort den Hörer auf die Gabel *geschmissen* hatten, wenn Karajan sie wirklich wegen mir angerufen hatte. Ich wurde nervös, vielleicht hatte ich auch zu viele Muntermacher geschluckt, mir war beim Erklingen des ersten Tons bewußt, vor *dieser* Kommission hätte ich mit einer Stradivari, einer Fender Stratocaster oder mit einem Fußball aufspielen können, ich wäre in jedem Fall auf der Verliererseite gewesen; beim letzten Stück zerbrach zudem der Bogen, aber dieser Vorfall hatte das von vornherein feststehende Prüfungsergebnis nicht mehr verändert. *Ich war mit Pauken und Trompeten durchgefallen.* Der Vorsitzende der Prüfungskommission bemerkte nur noch sarkastisch: *Gehns doch in die Germanistik, des is a nett!* In der Linzer Gasse zertrümmerte ich meine Schülergeige und warf sie samt Kasten in die Salzach, in der Steingasse vernichtete ich meine dreiundzwanzig Sinfonien, um mich anschließend, gewissermaßen als geistige Schwerpunktverlagerung, in der Akademiestraße ins Germanistische Seminar einzuschreiben, Alte und Neue Germanistik, der ganze Tinnef. Wie war ich überhaupt zum Thema Mozarteum gekommen? Wegen der Geigenquälerinnen in Berlin am Tage meiner Antrittsvorlesung; jetzt kann ich den Faden wieder aufnehmen. Meine Schwester hat mir gerade die heutige Dosis Muntermacher vorbeigebracht, wir sind noch kurz am Fenster gestanden, um die Otto-Wagner-Architektur zu bewundern, nur schade, daß man hier alles so verkommen läßt, so meine Schwester, die wirklich entzückend ausschaut. Doktor Hollhof habe eben angerufen, so die Schwester, ich solle bei meinem Bericht das Parataxen-Problem nicht außer acht lassen, das bekanntermaßen als Phänomen des Irreseins gewertet werden würde und somit die Kommission in ihrer Entscheidung negativ beeinflussen könnte, wenn sie meinen Bericht vorliegen habe. Das sind immer diese schönen Analogieschlüsse der Psychologen: Parataxe gleich verrückt, Hypotaxe gleich nicht verrückt, bis sich der Stand der Forschung genau umkehrt. Zurück nach Berlin. Nach meiner Antrittsvorlesung wurden mir meine Kollegen Dornbirner, Köflacher und Hauensteiner vorgestellt, mit denen mich schon bald eine wunderbare Geistesfreundschaft verband; danach gingen wir nicht alle zusammen zum Alex, um uns den Kollaps der DDR anzusehen, sondern wir gingen ins Büro des Dekans, in dem wir den Prosecco-Vorrat des Dekans auf Null reduzierten. Die Viola erzählte mir, ihr Kleid selbst gestrickt zu haben, nur die Ärmel seien ihr mißlungen, diese seien zu eng. Köflacher machte einige vermischte Bemerkungen über den Geruch von Tönen, die später auch in gebundener Form in einem namhaften Verlag erschienen, der von den Autoren Druckkostenzuschuß verlangt. Die Sekretärin des Dekans lobte meine Ausführungen über Schönberg; sie selbst sei noch neulich in Schönberg gewesen, ein so hübsches Dörfchen, so die Sekretärin schwärmend. Ihr Strickkleid, das viel zu eng war, verfügte auf der Rückenpartie über eine recht ordentliche Laufmasche. Obwohl wir alle schon genug intus hatten, wollte der Dekan den Umtrunk unbedingt noch in der sogenannten Szene-Kneipe *Diener* fortsetzen. *Nimm Mampe, gieß dir einen auf die Lampe!* Und hinterher sieht man weiße Elefanten. Draußen vor der Tür ereignete sich das Unglaubliche: Wir stießen auf einen älteren Herrn, der mich freudig begrüßte und sich erkundigte, was mein Vater mache. Er kann nie wieder spielen, anwortete ich. Tragisch, tragisch, bekam ich zu hören; gleich darauf bot er mir eine Million für die Tieffenbrucker meines Vaters, ein Angebot, das ich selbstverständlich sofort ablehnte. Der alte Gauner weiß ganz genau, ich könnte bei Sotheby's oder Christie's das Dreifache für dieses Schmuckstück der Geigenbauerkunst bekommen, dachte ich. Ich erzählte ihm von meiner Professur, und er entgegnete, schon immer viel von meinem Talent gehalten zu haben, schon beim Aufsetzen des Empfehlungsschreibens vor Jahren sei er sich meiner bevorstehenden Künstlerkarriere sicher gewesen. Im Weggehen rief er noch, das Angebot über eine Million stehe. *Wat warn det fürn Kerl?* fragte der Dekan. Das war Herbert von Karajan, antwortete ich gleichgültig. Der Dekan, der bereits viel zu betrunken gewesen war, um meinem Gespräch mit Karajan folgen zu können, war nun in den folgenden Jahren, bis zum bitteren Ende, besonders stolz darauf, einen Mitarbeiter in seinen Reihen zu haben, der sich selbst um eine Million Mark vom weltberühmten Herbert von Karajan nicht abwerben ließ. Wir kämpften uns durch verschiedene Flüchtlingscamps zur vollkommen heruntergekommenen, nach Franz Diener benannten, ehemaligen Boxer- und heutigen Intellektuellenkneipe durch, um noch einige Schultheiss zu uns zu nehmen. Karajan, der schon im Jahr zuvor von seinem Posten als Chefdirigent der Berliner Philharmoniker zurückgetreten war, hatte hier wohl jetzt ein Engagement zur Truppenbetreuung in diesem Frontstadttheater. Im *Diener* roch es nicht nach Kollaps, sondern nach Schweiß, Bier und Zigarettenrauch. An alle Details dieses Abends kann ich mich nicht mehr erinnern, ich war viel zu betrunken, ich weiß nur noch, wie der Dekan eine neue Gelehrtenrepublik ausrief, an der jetzt auch endlich Frauen teilhaben sollten, wie die Violine II in ihrem viel zu engen Strickkleid auf dem grob gehobelten Tisch tanzte, mehrere Gläser Schultheiss zertretend, und wie Dornbirner das Signal zum Aufbruch gab, indem er mit der Violoncellistin verschwand. Nach und nach absentierte sich auch der Rest des Lehrkörpers, nicht ohne sich noch eine Geige mitzunehmen. Als ich die Zeche zahlte, es hatte sich ganz schön was zusammengeleppert, und das *Diener* verlassen wollte, hakte sich die Sekretärin des Dekans bei mir unter, wogegen ich nichts hatte, warum sollten sich zwei Betrunkene nicht gegenseitig stützen, dachte ich. Sie flüsterte mir noch draußen, vor dem *Diener*, ins Ohr, mir noch ihr Schmuckstück zeigen zu wollen. Warum eigentlich nicht, dachte ich arglos, es war sicherlich zu spät, um sich ein Automobil anzusehen, ich war auch etwas zu betrunken, aber, warum nicht, dachte ich, also ging ich mit. Mein Geist zeigte die ersten Verschleißerscheinungen; zumindest konnte man mir, aufgrund des übermäßigen Alkohol- und Muntermacherkonsums, eine gewisse Trübung der Sinne und auch des Verstandes nicht absprechen. Mein Gehirn befand sich nicht mehr in einem philosophisch-mathematischen Zustand. Ich fand mich nicht in einer Garage wieder, sondern in einer gemütlich, aber geschmacklos eingerichteten Mietwohnung über einem für Berlin so typischen Döner-Kebab-Grill in der Nähe des Savigny-Platzes. Ich war so ahnungslos, wie ich es mir selbst nicht mehr vorstellen kann. Während sie weitere Drinks herholte und wir anstießen, fragte ich allen Ernstes noch, welches Automobil sie fahre. Sie sagte: Taxi!, und kicherte. Sie machte die Bemerkung, wie warm es doch im Zimmer sei, obwohl sie unter ihrem selbstgestrickten Kleid selbstverständlich gar nichts trage. Zur Demonstration legte sie ihr selbstgestricktes Kleid ab und präsentierte mir ihr Schmuckstück. Ich blickte auf einen abstoßend mageren weiblichen Körper, dessen Haut durch exzessives Abliegen unter der Höhensonne bereits stark in Mitleidenschaft gezogen war. Und wissen Sie, Doktor, sagte ich ja schon in Salzburg zu Hollhof, es mag heute lächerlich klingen, aber damals haben mich Frauen nicht interessiert; ich lebte ausschließlich für die Wissenschaft und meine Musik; bevor ich Berenice kennenlernte, hatte ich mit Frauen praktisch nichts zu tun, Doktor, sagte ich schon in Salzburg zu Hollhof; und speziell an jenem Abend hatte ich überhaupt keine *Lust,* mich mit allen Konsequenzen den Initiationsriten der gerade eben ausgerufenen neuen Gelehrtenrepublik eines stockbetrunkenen Dekans zu unterwerfen. Noch in Triest dachte ich, also zehn Jahre später, *wie arglos ich doch damals gewesen bin.* Wie konnte ich nur in eine so peinliche Lage kommen? Mein Gehirn mußte zum größten Teil ausgefallen sein, wofür es keine Entschuldigung geben kann, auch nicht den übermäßigen Konsum von Prosecco, Muntermachern und Schultheiss. Was hätte wohl Karajan in so einer Situation gemacht? Die Sekretärin des Dekans, deren Vornamen ich bis dahin nicht einmal kannte, trug ihr Schmuckstück an von mir völlig unerwarteter Stelle. Sie stürzte ihr Glas hinunter, um mir mit dem starren Blick der Volltrunkenen mitzuteilen, ich könne es ruhig mal anfassen. Ich zog die Notbremse. Ich erzählte dieser Liebeshungrigen, bereits liiert zu sein, und zwar schon über zehn Jahre; sie heiße Mignon, und wir hätten uns ewige Treue geschworen. Ich entwickelte das Märchen dahingehend, Mignon auf einer Fahrt von Madrid nach Salzburg im französischen Städtchen Combray kennengelernt zu haben; sie, also Mignon, sei mit einer Seiltänzergesellschaft unterwegs gewesen und, noch sehr jung, von den anderen Mitgliedern der Truppe aufs ärgste mißhandelt worden. Ich selbst konnte beobachten, wie Mignon an den Haaren herbeigezogen und mit einer Peitsche unbarmherzig malträtiert wurde, und zwar anläßlich einer Vorstellung vor einem Gasthof. Während die Zuschauer offensichtlich glaubten, dieses widerwärtige Verprügeln der Kleinen sei eine Sondereinlage zur Auflockerung der doch eher ernsten Kunst des sogenannten Seiltanzens, so durchschaute ich als einziger die ganze Szenerie sofort und fuhr wie der Blitz auf den Mann zu, der die Kleine so entsetzlich quälte, schrie ihn wie ein Rasender an, er solle das Kind loslassen, und unter dem Gelächter der Menge streckte ich diesen Berserker mit ein paar wohlgezielten Faustschlägen nieder. Später verkaufte mir dieser Mann von der Seiltänzergesellschaft das Mädchen; ich mußte jedoch nur die Kleidung bezahlen, Mignon selbst erschien ihm als völlig wertlos und unbrauchbar. Mignon trug Männerkleidung, nämlich die abgelegte Garderobe der Männer der Seiltänzergesellschaft. Ihr ganzes ungepflegtes Erscheinungsbild gab Mignon die Aura des Sinti-und-Roma-haften. Mignon hatte nie eine Schule besucht, sie sprach nur ein rudimentäres Deutsch mit italienischen und französischen Brocken. Ich ging mit Mignon sofort zum Damenschneider, und schon am Abend saß eine völlig verwandelte Mignon auf meinem Schoß und bedeckte mein Haupt unter Tränen der Dankbarkeit mit Küssen. Seitdem sind wir beide unzertrennlich. Die Sekretärin des Dekans lauschte mit einem merkwürdig entrückten Gesicht meiner lächerlichen Geschichte und führte mich wortlos zur Tür. Ich hatte in den nachfolgenden Tagen die Rache der Sekretärin des Dekans befürchtet, ein paar zerstochene Reifen, ein kleiner Brand in meiner Fasanenstraßenwohnung, eine Bombe unter meinem Schreibtisch, nichts davon. Im Gegenteil: Die Sekretärin des Dekans erzählte meine rührselige Geschichte in der ganzen Universität weiter, sodaß Mignon und meine Wenigkeit inoffiziell zum *Traumpaar* der Berliner FU avancierten. Selbst die Bild-Zeitung titelte in ihrer Berliner Ausgabe mit den üblichen Entstellungen und

Verdrehungen: FOLTERUNI: FU-PROF KAUFT UND QUÄLT ZIGEUNERMÄDCHEN (13); eine Meldung, die in den Wirren der Wiedervereinigung glücklicherweise nicht beachtet wurde. Seitdem hatte ich Mignon am Hals, wie man in Berlin sagt. Was hätte ich machen sollen? Niemals hätte ich gedacht, eine derart abgeschmackte Geschichte würde *mit der Wirklichkeit gleichgesetzt*, und ich möchte nichts behaupten, aber ganz offensichtlich ist man doch nur in Berlin gewillt, einen solch hanebüchenen Blödsinn zu glauben und also auch zu akzeptieren und, das ist der Gipfel, diesen absoluten Oberblödsinn auch noch weiterzuerzählen und damit gewissermaßen zu tradieren und damit salonfähig zu machen für nachfolgende Generationen, die sich an solch einer in jeder Hinsicht schwachsinnigen Geschichte ergötzen werden. Während meiner Berliner Zeit klebte Mignon an mir wie ein Kaugummi unter der Schuhsohle, wie der Nationalsozialismus an unseren Vorfahren, wie ein blaues Auge an Regina Halmich. Der Sender RIAS rief bei mir an, um einen Interviewtermin mit Mignon zu vereinbaren, die Redaktion des deutschen Playboy versuchte, einen Fototermin festzumachen (mit Mignon!, nicht mit mir), Karajan erkundigte sich, ob Mignon vielleicht irgendein Instrument beherrsche, später wollte auch das Neue Deutschland einen Bericht über das kurzzeitig bekannteste Berliner Liebespaar bringen, und zwar mit besonderer Berücksichtigung der Unmöglichkeit erfüllter Liebe unter den Bedingungen des kapitalistischen Produktionsprozesses usf. Als ich wirklich Hilfe brauchte, hat sich niemand um mich gekümmert, weder der Sender RIAS noch der Playboy; Karajan und das Neue Deutschland konnten sich nicht mehr um mich kümmern, aus völlig unterschiedlichen Gründen. Genauso, wie sich Thomas Bernhard in den fünfziger Jahren bei meinen Eltern in der Steingasse *durchgefressen hat,* so mein Vater immer, frißt sich die sogenannte Presse bei uns Prominenten durch, bis wir *abgefrühstückt* sind, so dachte ich damals, und sobald die sogenannte Presse uns verschlungen hat, werden wir ausgespuckt, da wir zu nichts mehr nutze sind, zumindest nicht für die sogenannte Presse, auch Thomas Bernhard hat unsere ganze Familie *fallengelassen* wie eine vergurkte Masche in einem vergeigten Strickkleid, sobald er uns (meine Eltern und meinen Großvater) nicht mehr nötig hatte, weil *er noch berühmter* als mein Großvater geworden war, im Gegensatz zu Karajan, der sich bis zuletzt um Vater gekümmert hat, bis zuletzt hat sich Karajan um meinen Vater gekümmert. Selbst in Berlin hat sich Karajan noch um meinen Vater gekümmert, nicht so Bernhard, der sich ja nicht einmal in Salzburg um meinen Vater kümmerte, obwohl Ohlsdorf nicht einmal eine Autostunde von Salzburg entfernt liegt und Bernhard mit seinem Geländewagen jederzeit hätte vorbeischauen können. Trotz der unmöglichen Affäre mit Mignon verlief meine sogenannte Doppelexistenz in Berlin doch in sehr starren Abläufen: Montags gab ich *Tonsatz I* und *Tonsatz II* (für die Dauer des Semesters), dienstags ging ich mit Dornbirner, Köflacher und Hauensteiner ins österreichische Spezialitätenrestaurant in der Kantstraße, den Mittwoch verbrachte ich mit akuten Magenbeschwerden auf dem Abort, donnerstags gab ich ab acht Uhr morgens c. t. (für die Dauer des Semesters) meine Vorlesung; gegen acht Uhr morgens kommt niemand, außer steinalten, schwerhörigen Seniorenstudenten, zusätzlich sind donnerstags (zumindest im Sommersemester) die meisten Feiertage; ich machte auch nicht den Fehler, meinen Vorlesungen allgemeine oder interessante Titel zu geben, etwa *Einführung in die Komposition* oder *Die Wiener atonale Revolution* oder *Klassik und Heavy Metal,* meine Vorlesungen streiften eher Spezialgebiete eines sehr abgehobenen Publikums von Hörern; z. B. *Über die kanonischen zweistimmigen Madrigale und dreistimmigen Caccien des Piero di Firenze* (zwei Hörer, Durchschnittsalter achtundsiebzig); danach ging ich mit Dornbirner, Köflacher und Hauensteiner, wenn der Donnerstag nicht ausgerechnet mit einem Feiertag zusammenfiel, zum Pergamonmuseum, um dort stundenlang vor dem Pergamonaltar auszuharren und Hauensteiners Vortrag über denselben zu lauschen, der in dieser Form fast wörtlich bei Peter Weiss nachzulesen war, anschließend statteten wir zwecks Semmelkaufs dem sogenannten Alex, wo Köflacher seine inzwischen berühmt gewordene Bemerkung über den Geruch des Kollapses machte, einen Besuch ab und verspeisten zum Ausklang des Tages in der Cafeteria der HDK die am Alex erstandenen Semmeln zu einem Kaffee, der in der Cafeteria der HDK in Relation zu seinem Preis der schmackhafteste und also auch aromatischste war und vielleicht immer noch ist; Semmeln, die wir uns nach einer Laufleistung von gut und gerne zwanzig Kilometern redlich verdient hatten, und Semmeln, die letztendlich Dornbirner in den Wahnsinn getrieben haben, letztendlich nach Schermberg getrieben haben, was nicht anders zu erwarten war, vom heutigen Standpunkt aus gesehen. Freitags lehrte ich *Tonsatz III,* und zwar erst ab sechzehn Uhr, so konnte ich lange ausschlafen, mich von den donnerstäglichen Pergamon-Strapazen erholen und gleichzeitig, durch das Ansetzen dieser sogenannten Pflichtveranstaltung am späten Freitagnachmittag, das lange Wochenende der musikinteressierten Studenten empfindlich reduzieren und somit schlußendlich *vergurken.* Meine Wochenenden verbrachte ich, wie alle Berliner Intellektuellen, saufend im *Diener.* Auf den Tag genau zehn Jahre lief mein Leben in diesen immergleichen Bahnen ab; zehn Jahre, die ich mit den geistigen Vorarbeiten zu meiner Schönberg-Studie verbrachte. Sooft es ging, an sich herrschte sowieso eine sogenannte *Residenzpflicht,* die jedoch niemand kontrollierte, saß ich an meinem Schreibtisch vor einem leeren Blatt Papier, in Gedanken über Schönberg versunken. Tausende von Stunden weste ich vor diesem leeren Blatt Papier an, Tausende Möglichkeiten der Formulierung des *ersten Satzes* meiner Schönberg-Studie durchspielend und somit auch *durchdenkend.* Der erste Satz einer Studie ist immer der wichtigste, sogar der allerwichtigste. Mit einem verdorbenen, also *vergurkten,* ersten Satz kann eine *ganze Studie fallen,* war mir aufs deutlichste bewußt, so auch meine Schönberg-Studie, die wie keine zweite vom ersten Satz abhing. Geht der erste Satz daneben, ist die ganze Studie von vornherein zum Scheitern verurteilt, so auch meine Schönberg-Studie. Mir kam die Idee, zuerst das Vorwort zu meiner Schönberg-Studie zu verfassen; nach zwei, drei Jahren des Überlegens mußte ich feststellen, es hier nur mit einer *Problemverlagerung* zu tun zu haben; der erste Satz des Vorworts zu einer Studie ist ja noch schwieriger zu formulieren, viele Wissenschaftler lesen ja nur noch Vorworte, nicht mehr die sich daran anschließenden Studien selbst. Im ganzen deutschen Universitätsbetrieb ist ja bekanntermaßen die Kenntnis wichtiger wissenschaftlicher Werke in der Regel auf eine *Vorwort-Kenntnis* beschränkt, meistens sogar auf eine sogenannte *Klappentext-Kenntnis.* Erleichtert darüber, nicht auch noch den Klappentext verfassen zu müssen, dachte ich in meinen letzten Berliner Jahren über den *zweiten Satz* meiner Schönberg-Studie nach. Ein Problem, an dem ich fast geistig zerbrach, da es ein ungemein schwieriges Unterfangen ist, den zweiten Satz einer Studie, in diesem Fall meiner Schönberg-Studie, in Worte zu fassen, wenn der erste Satz einer Studie, der allgemein als der wichtigste Satz einer Studie gilt, *noch gar nicht existiert.* Und immer wieder wurde ich in Berlin während meiner Denktätigkeit gestört; kaum hatte ich einen brauchbaren ersten oder später auch zweiten Satz in meinem Kopf zurechtgelegt, klopfte irgendein Student an meine Tür, der irgend etwas über irgendeine Prüfungsordnung wissen wollte; kaum hatte ich eine blendende Idee im Kopf, kam die Sekretärin herein, um mir das wöchentliche Geld für unsere sogenannte Kaffeekasse abzuknöpfen; kaum hatte ich im Kopf eine geistreiche Formulierung über Schönbergs Postulat des Wiederholungsverbotes zusammengebaut, klingelte das Telefon, weil Karajan mich wegen irgendeiner unglaublich unwichtigen Lappalie sprechen wollte. Ich riß daraufhin den Anschluß aus der Wand und warf die Leitung samt Apparat aus dem Fenster unserer *Folteruni.* Ich hörte Reifenquietschen, Hupen, Scheppern, Martinshörner. Als draußen endlich wieder Ruhe eingekehrt war, drang wieder der Krach aus dem Vorzimmer in meine Denkstube, dieses unablässige Einhacken von Daten in den Computer durch die Sekretärin, das sämtliche Gedankengänge in ihrem Keim ersticken ließ und somit zunichte machte. Noch in Triest mußte ich mich andauernd fragen, wie ich diesen fortwährenden Schwachsinn überhaupt aushalten konnte, und das zehn Jahre lang. Das wissen Sie genau, Doktor, so sagte ich schon in Salzburg zu Hollhof, *diesen fortwährend andauernden Schwachsinn hätte kein normaler Mensch zehn Jahre lang aushalten können.* Ich konnte unter jenen Arbeitsbedingungen, wie sie in Berlin herrschten, meine Schönberg-Studie komplett vergessen, von vornherein. Ich wußte ganz genau, hier in Berlin würde dieses Blatt Papier, vor dem ich manchmal tagelang saß, leer bleiben, und zwar leer von etwas, in diesem Fall leer von meiner Schönberg-Studie. Berlin ist ein Unort zum Denken. Und dann war da noch die Sache mit Mignon, die ich mir selbst eingebrockt hatte. Ich litt nicht nur unter der ständigen Angst, meine sogenannte Doppelexistenz könnte aufgedeckt werden, sondern auch unter der ständigen Angst, Mignons Nichtexistenz könnte entdeckt werden. Ich hatte mir meine zutiefst unappetitliche Mignon-Suppe selbst eingebrockt, somit mußte ich diese meine Mignon-Suppe auch wieder auslöffeln, was mir in jeder Hinsicht zuwider war. Ich konnte mich nicht in der FU blicken lassen, ohne nach Mignon gefragt zu werden, ich wurde im *Diener* wegen Mignon gelöchert, selbst Karajan äußerte einmal den Wunsch, Mignon persönlich kennenzulernen. In Supermärkten, selbst bei *Ulrich* in der Kantstraße unter den S-Bahn-Bögen, wurde ich schief angesehen, wenn ich nur für eine Person einkaufte. Der Dekan lud Mignon und mich zum Abendessen in sein Gartenhaus ein, ich sagte im letzten Moment mit der Begründung ab, Mignon fühle sich unwohl. In Wirklichkeit fühlte ich mich so. Die Sekretärin des Dekans gab mir ein selbstgestricktes Kleid für Mignon mit, das ich ihr am folgenden Tag mit der Bemerkung zurückgab, Mignon habe sich sehr gefreut, aber das Kleid sei ihr viel zu eng. Ich meditierte gerade über *A Survivor from Warsaw,* als Dornbirner, ohne anzuklopfen, mein Büro betrat, um anzufragen, ob Mignon sich eventuell für eine seiner Body-Painting-Aktionen zur Verfügung stellen würde. Ich hatte später die Gelegenheit, einem von Dornbirners sogenannten Art-Events beiwohnen zu dürfen, und ich dachte mir, Mignon konnte froh sein, hier, in dieser miesesten aller Welten, nicht existieren zu müssen. Warum sich Frauen zu solchen Aktionen, wie sie Dornbirner durchführte, überhaupt hergaben, wird mir ein ewiges Rätsel bleiben. Für meine Begriffe hatte Dornbirner schon damals einen gewaltigen Sprung in der Schüssel. Ich hatte im Diener noch nicht mein erstes Schultheiss angerührt, als schon das Cello auf mich zugestürzt kam, ob Mignon nicht als Schlagzeugerin in ihrer sogenannten Frauenrockband mitwirken wolle; man nähme auch Anfängerinnen, eine ausgebildete Schlagwerkerin sei in Berlin eh nicht aufzutreiben; man sei sehr verlegen um eine Ersatzmusikerin, da sich die Vorgängerin an der *Schießbude,* so das Cello wörtlich, auf einem Abort des Bahnhof Zoo den *Goldenen Schuß* gegeben habe. Mignon habe Rockmusik schon immer wie die Pest gehaßt, auch wenn diese von Frauen gemacht werde, sagte ich und vermittelte dem Cello eine Durchgeknallte mit violetten Haaren aus *Tonsatz II,* die immer mit ihren Stricknadeln im *richtigen Takt* klapperte, wenn ich mal zur Demonstration klanglicher Beispiele eine Schallplatte aufgelegt hatte. Jedenfalls hörte ich überall nur noch *Mignon, Mignon, Mignon.* Wenn ich abends nach Hause kam, erwischte ich mich immer öfter dabei, wie ich rief: *Mignon, ich bin wieder daheim!* Während der gesamten Zeit meiner Berliner Professorenexistenz, die genaugenommen eine nur erschlichene war, folgte mir Mignon auf Schritt und Tritt. Ihre ständige Anwesenheit gründete sich auf eine dauernde Abwesenheit. Ich überlegte schon, irgendeine Frau für einen Tag zu bezahlen, damit diese sich für Mignon ausgibt und endlich Ruhe ist. Eine Idee, die sich sofort als eine meiner undurchführbarsten herauszukristallisieren begann: Ich konnte unmöglich irgendeine Frau auf der Straße ansprechen, ob sie – gegen Bezahlung – für einen Tag Mignon mimen würde, jede wildfremde Frau, der ich auf offener Straße mit einem solch grotesken Anliegen gekommen wäre, hätte mich doch schlichtweg für verrückt gehalten; noch bei *Ulrich* in der Kantstraße vor dem Spirituosenregal dachte ich, wenn du jetzt diese junge, wildfremde, neben dir stehende Frau, die gerade dem Regal eine Flasche Mampe entnimmt, um am heutigen Abend für ein paar Stunden dieser durch und durch grauen Realität zu entschwinden, wenn du diese, dir im Grunde genommen vollständig fremde, eben wildfremde Frau einfach so fragst, ob sie – gegen Bezahlung – mal für einen Tag als Mignon einspringen würde, brauchtest du zumindest einen guten Arzt. Noch als die Frau mit der Mampe-Flasche vor mir in der Kassenschlange stand und sich mehrmals nach mir umschaute, dachte ich, frag sie, und du wirst sofort in die Klapsmühle kommen. Frag sie doch, forderte mich irgendeine innere Stimme auf, die mich mit aller Gewalt ins Verderben führen wollte. Halt die Goschen, flüsterte eine andere innere Stimme, die es gut mit mir meinte. Weitere innere Stimmen konnte ich nicht mehr hören, da eine S-Bahn ratternd über die S-Bahn-Bögen und also auch direkt über diesen Supermarkt fuhr. Alles vibrierte, rumpelte, klirrte. Wie kann man das nur den ganzen Tag über aushalten, fragte ich mich. Die Mampe-Kundin hatte inzwischen bezahlt und den Laden verlassen. Ich war gerettet. Gewissenhaft verstaute ich meine beiden Flaschen Sechsämtertropfen in einem damals in Berlin vorgeschriebenen Jutebeutel und verließ *Ulrich am Zoo – Der Hit in Berlin* (Eigenwerbung). Draußen vor der Ausgangstür stand wieder diese Frau. Sie goß sich schon mal einen beherzten Schluck auf die Lampe. Sie setzte die schwere Likörflasche kurz ab, mir zurufend: *Ey, Kleener, wat kiekstn so komisch? Willste wat von einem? Binnick dein Typ?* Ich rannte, so schnell es der fragile Inhalt meines Jutesackerls gestattete, weg. Ich hatte extra *zwei* Flaschen gekauft, damit die Kassiererin mich nicht wieder so vorwurfsvoll anschaute, und dann sowas. Eine Mignon mit einem derart grauenhaften Dialekt wäre ungefähr so glaubwürdig gewesen wie ein schwäbelnder Hitler. Selbst spreche ich heute auch diesen grauenhaften Dialekt, ich kann es mir, im Gegensatz zu Handke, nicht mehr abgewöhnen. Über zehn Jahre Berlin müssen mein Sprachzentrum nachhaltig lädiert haben. Das Mignon-Problem blieb somit akut-ungelöst. Im Italienischen dagegen sind Probleme immer männlich *(il problema).* Ich konnte ja auch keine Professionelle fragen, ich meine jetzt eine Schauspielerin vom Theater, das wäre sofort aufgeflogen; Berlin ist ein Dorf, da kennt jeder jeden, spätestens beim nächsten Umtrunk im *Diener* hätte irgend jemand die frappante Ähnlichkeit meiner Mignon mit der Schauspielerin XY vom Theater des Westens bemerkt; so ging es nicht. Ich konnte auch keine der Studentinnen aus meinen Seminaren um diesen Mignon-Dienst bitten, weil so ja wirklich alles aufgeflogen wäre, selbst meine sogenannte Doppelexistenz. So blieb zehn Jahre lang alles beim alten. Zehn Jahre lang gab ich jeweils drei Seminare *Tonsatz* und hielt eine Vorlesung pro Semester. Zu meinen Vorlesungen kamen immer nur sehr wenige, absolut steinalte Hörer, weil meine Vorträge als schwierig galten, während die Seminare, da Pflichtveranstaltungen, sich immer regen Zuspruchs erfreuten, im Laufe der Zeit konnte auch ein leichter Wandel der Art des Publikums festgestellt werden. Kamen zuerst nur Kommilitonen (und -innen), die die Zeit meiner Seminare zum exzessiven Stricken nutzten, so blickte ich bald nur noch auf Mitglieder dieser Hip-Hop-Community, diese Typen mit Baseballcaps, massiven Goldpanzerketten, Trainingsanzügen und Walkmen, die den Unterschied zwischen Musik und Rhythmusmaschine nicht kennen, danach überwog die Zahl der exaltierten, sonnengebräunten Frauen, die immer eine anderthalb Liter fassende Flasche mit Mineralwasser mit sich herumschleppen und daraus anderthalb Stunden lang ununterbrochen trinken, ohne die Flasche leer zu bekommen, und ganz zum Schluß, im letzten Jahr vor meiner Demission, liebte man es wieder etwas bleicher: Das Völkchen der *Goths* hielt Einzug in meine Seminare; wissen Sie, Doktor, das sind diese Leute, die immer in Schwarz herumlaufen, bleich geschminktes Gesicht, schwarzes Make-up (auch die Männer), meterlange Haare, die sich falsche Eckzähne ankleben, um Nosferatu Konkurrenz machen zu können, die die Nächte auf Friedhöfen oder im Sarg schlafend verbringen. Diese Leute, Doktor, die ihren ganzen melancholischen Weltschmerz, ihre zutiefst gotischen Empfindungen, diese ganzen Weltuntergangsgefühle mit dieser Mischung aus Heavy Metal und klassischem Operngesang artikulieren, saßen nun in meinen Seminaren, um das Handwerk des Komponierens zu erlernen. Und dieses äußerlich abstoßende Gesindel bestand aus den dankbarsten Lernenden, Doktor, und ich persönlich konnte ja zu dem Zeitpunkt noch nicht wissen, wie sehr ich solche Gestalten einmal nötig haben würde, um nicht vollständig zu verzweifeln, in Triest, Doktor. Vor allem in *Tonsatz I* hatte ich es immer mit absolut Unbedarften zu tun, praktisch ohne Vorkenntnisse. Kreaturen, die Weber nicht von Webern unterscheiden konnten, menschliche Wracks, die mit den Begriffen Tonika, Dominante und Subdominante nichts anfangen konnten, Vollidioten, die noch nie etwas vom Streit zwischen Brahmsianern und Wagnerianern gehört hatten, Kretins, denen ich eine Partitur von Krzysztof Penderecki vorlegen und dazu eine Schallplatte irgendeiner Sinfonie Mahlers vorspielen konnte und die trotzdem wichtigtuerisch Seite für Seite umblätterten, bis ich nebenbei auflöste, die Partituren eines anderen Komponisten verteilt zu haben. Hinterher mußte ich mir noch sagen lassen, *ich hätte zerstreut gewirkt.* Diese uralte Methode, das eigene Unvermögen, die eigene Unkenntnis, das eigene Scheitern zu kaschieren zu versuchen, indem man andere als noch unfähiger verunglimpft wie in diesem Fall, mich als *zerstreut* zu bezeichnen, wo ich doch mit absoluter Absicht die falschen Partituren ausgeteilt hatte, um diesem dumpfen Idiotenpack mal zu zeigen, wer hier der Meister ist, ich hatte ja mit vollkommener Absicht die falschen Partituren verteilt, weil ich mit einem Blick erkannt hatte, auf welch niedrigem

Niveau sich diese geistigen Irrläufer befanden, und, Doktor, so sagte ich schon in Salzburg zu Hollhof, *das sind eben typische Nazimethoden, den anderen herunterzumachen, um die eigenen Unfähigkeiten zu verschleiern;* dieselben sogenannten Kommilitonen, die mich eine Stunde lang Akkorde an die Tafel schreiben ließen, um dann erst zuzugeben, *gar keine Noten lesen zu können,* genau dieselben Kommilitonen verbreiteten sich hinterher in einem Artikel der Berliner *Zitty,* ich hätte *öfters einen zerstreuten Eindruck gemacht.* Diese unglaubliche Geschmacklosigkeit muß man sich erst einmal auf der Zunge zergehen lassen, Doktor. Ich war diesen sogenannten Nazimethoden, wie sie in Berlin vorherrschten und auch heute noch vorherrschen, nicht gewachsen, Doktor, auch Dornbirner, Hauensteiner und Köflacher waren diesen Nazimethoden in keinster Weise gewachsen. Als Österreicher waren wir in Berlin *a priori* zum Abschuß freigegeben, Doktor. Wir standen praktisch schon auf Berlins Abschußlisten, bevor wir überhaupt von der Existenz dieser sogenannten Abschußlisten wissen konnten, ebenso wie Kennedy, der schon vor seiner berühmten Krapfen-Rede vor der Berliner FU auf der Abschußliste des CIA stand, ohne davon zu wissen. Und die Methode, wie die Bild-Zeitung diese sogenannte Krapfen-Rede Kennedys für ihre niedersten (kapitalistischen) Zwecke ausschlachtete, ist eben eine dem Nationalsozialismus gemäße. Diese Plakate, die zum Ende meiner sogenannten Berliner Zeit überall lanciert worden sind, diese Plakate, die einen offensichtlich schon zum Abschuß freigegebenen, aber dennoch vollkommen arglosen Kennedy in Schwarzweiß am Rednerpult vor einem (!) Mikrofon mit der Beschriftung RIAS vor der Berliner FU zeigen, Plakate, die einen Kennedy zeigen, der zu jenem Zeitpunkt bereits erledigt, letztendlich gescheitert war, ein Auslaufmodell eben, das von der sogenannten Achtundsechzigerbewegung eh zum Teufel gejagt worden wäre, und eben dieses Auslaufmodell nutzt die Bild-Zeitung mit ihren bekannten *journalistischen* Nazimethoden, um mit der Plakataufschrift *Wer etwas Wichtiges zu sagen hat, macht keine langen Sätze* auf ihre berühmt-berüchtigten kurzen Sätze aufmerksam zu machen, als ob die wirklich anerkannt kurzen Sätze der Bild-Zeitung wichtiger wären als längere Sätze, zudem der weltbekannte kurze Satz, der auf dem Plakat nicht abgedruckt wird, da sich inzwischen schon bis zu den letzten Halbidioten die vollkommen logische Falschheit dieses nicht abgedruckten Satzes, der da lautet *Ich bin ein Berliner!,* herumgesprochen hat, und der nicht nur den wirren Geisteszustand Kennedys dokumentiert, sondern auch die schlampige Vorbereitung dieses sogenannten Berlin-Besuches durch seine Berater, Redenschreiber usf. und der gleichzeitig, indem die Bild-Zeitung in berechnender Bösartigkeit diesen berühmten Satz nicht zitiert, sondern nur darauf anspielt, womit sie auf die Dummheit ihrer Kundschaft hofft und auf den guten Namen Kennedys baut, was alles nichts nutzt, wenn dieser angeblich wichtige, kurze Satz, grammatisch und, was vielleicht auch nicht ganz unerheblich ist, auch noch inhaltlich falsch ist, da Kennedy, zumindest meinen Informationen nach, nie ein Krapfen gewesen ist und somit dieser ganze Satz, der einer der berühmtesten der Geschichte ist, ohne Zweifel, dieser Satz *Ich bin ein Berliner!* schlicht und ergreifend *eine Lüge ist,* wodurch deutlich wird, in welcher besonders auffälligen

Weise diese sogenannte Bild-Zeitung, ohne es zu wollen, ein Eigentor geschossen hat und ausnahmsweise einmal die Wahrheit über ihr Lügenblatt verbreitet hat, obwohl die Idee, FU mit Folteruni zu übersetzen, nicht ganz schlecht ist, das muß ich zugeben, aber die andauernde Verwendung der Parataxe in der Bild-Zeitung läßt doch eindeutige Rückschlüsse auf den Geisteszustand der Bild-Redakteure zu, so dachte ich, auch noch in Triest, wo man die Bild-Zeitung überall kaufen konnte, mit nur eintägiger Verspätung, und auch sicher heute noch überall kaufen kann. Und obwohl mir die volksverdummende Niedertracht dieser Bild-Zeitungs-Schmierer immer schon bewußt gewesen ist, kaufte ich jeden Morgen eine Bild-Zeitung, wie auch alle anderen Intellektuellen, jedenfalls in Berlin. Die Bild-Zeitung, wie auch viele andere Zeitungen, war meine allmorgendliche Pflichtlektüre, jedenfalls in Berlin. Verspürte ich frühmorgens noch einen leichten Schwindel wegen der Überfüllung meines Gehirns mit allzu vielen Gedanken, so wirkte der allmorgendliche Konsum unzähliger kurzer Sätze, die streng nach dem Schema Subjekt-Prädikat-Objekt gebaut waren, wie ein Stahlbad auf mein Gehirn, ja, Doktor, diese schlichten Subjekt-Prädikat-Objekt-Sätze hatten auf mein Gehirn die reinigende Wirkung eines starken Sommergewitters, diese an sich vollkommen anspruchslosen Sätze räumten mein Gehirn wie ein Bulldozer frei. Mein Gehirn befand sich nach der allmorgendlichen Lektüre der Bild-Zeitung immer in einem Zustand vollkommener Leere, ich konnte mich nach dem Verschlingen dieser Subjekt-Prädikat-Objekt-Sätze mit allergrößter Intensität meinem leeren Blatt widmen, auf dem meine Schönberg-Studie im Entstehen begriffen war. Je länger ich in Berlin vor mich hin grübelte, desto deutlicher wurde mir bewußt, wie unmöglich es hier (dort) sein würde, überhaupt irgendeinen Satz niederschreiben zu können, der über das Schema Subjekt-Prädikat-Objekt hinausgehen könnte und der zudem auch noch eine Abhandlung zum Thema Schönberg eröffnen müßte. Je länger ich hier (dort) in Berlin mit dem Geruch von Kollaps in der Nase und dem Geschmack von Verfall auf der Zunge vor mich hin grübelte, desto bewußter wurde mir, warum mein Vater, der die ganze Welt bereist hatte, ausgerechnet hier (dort) in Berlin seinen Zusammenbruch erlitten hatte. Ich hatte ihn auch noch zum Bahnhof gebracht, in sein Verderben fahren lassen. Wenn ich damals nicht den Kopf voll mit Gedanken über meine unmittelbar bevorstehende Aufnahmsprüfung am Mozarteum gehabt hätte, wäre mir sicherlich, als ich meinem Vater seine drei Geigenkästen trug, ich war gewissermaßen immer der *Caddy meines Vaters,* sofort aufgefallen, in welch desaströsem Zustand sich dieser Mann befunden haben mußte. Mein Vater war damals, objektiv gesehen, gar nicht *reisefähig,* was ich aber nicht bemerkt hatte. Als zwei oder drei Tage später der Anruf aus Berlin, mein Herr Vater habe einen Zusammenbruch erlitten, der sich später als Schlaganfall entpuppte – mein Vater konnte nie wieder ein Instrument spielen –, kam, war ich vollkommen überrascht. Heute weiß ich, diese Tragödie war eine durch und durch vorhersehbare gewesen. Ich hätte meinen Vater nicht nach Berlin fahren lassen dürfen. Als die Ambulanz mit Berliner Kennzeichen in der Steingasse vorfuhr, war ich noch zu überrascht, um zu ahnen, welch hoffnungsloses menschliches Wrack da ausgeladen wurde. Mein Vater, zuvor einer der wichtigsten

Geigenvirtuosen Österreichs, wenn nicht der ganzen Welt, konnte nun, nach seinem Berliner Schlaganfall, eine Violine gar nicht mehr in den Händen halten, geschweige denn spielen. Mein Vater konnte nicht einmal mehr fließend sprechen. Den ganzen Tag saß er auf dem Ohrensessel und hörte seine schon abgenudelte Schallplatte mit dem *Radetzky-Marsch* von Johann Strauß (Vater), und das bei vollster Lautstärke. Regelmäßig wurde ich deshalb in die Alpenstraße einbestellt, weil sich Tausende Einwohner ganz Salzburgs über diesen Lärm, den *Radetzky-Marsch*, beschwert hatten. Jeden Tag wollte mein Vater jetzt Tafelspitz mit Kirschknödel verspeisen, jeden Tag gab es jetzt bei uns Tafelspitz mit Kirschknödel, als Nachspeise den *Radetzky-Marsch* zuoberst, bis einem alles zu den Ohren wieder herauskam. Mein Vater war praktisch, aufgrund seines Berliner Schlaganfalls, von einer Geigenvirtuosen-Existenz ersten Ranges zu einer sogenannten Tafelspitz-Kirschknödel-Radetzky-Marsch-Existenz verkommen, und das mit allen Konsequenzen. Unser Steingassenland im Hause Österreich war zu einem Tafelspitz-Kirschknödel-Radetzky-Marsch-Lazarett abgesackt. Diese unsere ganze Situation war die allerunerträglichste in ihrer offenkundigen Ausweglosigkeit. Mein Vater zeigte nicht einmal mehr Interesse an seinem Jaguar, den er gekauft hatte, weil er mit der DS nicht zurechtkam. Bis auf die eine, tragische Ausnahme war mein Vater nie wieder in einem Automobil gesessen. Der Jaguar stand praktisch nur noch in der Garage herum, neben der DS und den Vorgängern Gräf & Stift und Steyr Baby. Selbst an seinen wertvollen Violinen, die Karajan noch im Berliner Hotelzimmer meines Vaters sicherstellen konnte und die er als normales Postpaket (sic!) nach Salzburg schickte, zeigte mein Vater keinerlei Interesse mehr. Ich hielt diese vollkommen verfahrene, festgefahrene Situation nur mehr fünf Jahre lang aus, Doktor, dann war für mich Schluß. Ich konnte nicht mehr. Berlin bot mir zu Anfang eine neue Lebensperspektive, eine neue Existenzmöglichkeit, bis ich erfahren mußte, wie Berlin, bar jeder Existenzwirklichkeit, meine Existenz nur in eine Lebenssackgasse führte; in eine Sackgasse meiner Doppelexistenz. Immerhin hatte ich Berlin fast zwölf Jahre lang ausgehalten, aushalten müssen, mein Vater nur zwei oder drei Tage. Mir wäre fünf Jahre lang der *Radetzky-Marsch* (bei vollster Lautstärke!), Tafelspitz und Kirschknödel erspart geblieben, wenn ich damals meinen Vater, der die ganze Welt bereist hatte, von seiner Reise nach Berlin abgehalten hätte. Mein Vater war ja schon *gesundheitlich angeschlagen* nach Berlin gereist, von daher war das Erleiden eines *Schlaganfalls* in Berlin ein an sich natürlicher Vorgang, wenn man die in Berlin vorherrschenden Verhältnisse, wie ich sie daraufhin in allen ihren unfaßbaren Facetten kennenlernen durfte, mitberücksichtigt. Mein Vater war dieser Stadt, Berlin, *von Natur aus nicht gewachsen,* so dachte ich. Noch auf unserer Reise von Berlin nach Triest sagte ich zu Mignon, wir können zufrieden sein, in Berlin nicht auch noch zusätzlich einen Schlaganfall erlitten zu haben, wir können uns glücklich schätzen, noch einmal so davongekommen zu sein, Mignon, sagte ich. Selbst im österreichischen Spezialitätenrestaurant in der Kantstraße, wo ich mir aus Liebe zur Heimat immer dienstags zusammen mit Dornbirner, Hauensteiner und Köflacher den Magen verdarb, äußerte ich einmal den zugegebenermaßen paradoxen Gedanken, mein Vater könnte jetzt hier mit uns diese Palatschinken verspeisen, wenn er damals nicht nach Berlin gefahren wäre. Ich dachte noch in der Universität Triests, du müßtest jetzt nicht hier sein, wenn du deinen Vater von seiner Reise nach Berlin abgehalten hättest. Aber ich hatte nichts gemacht; genauso wie ich in Berlin nichts machte, hatte ich auch schon zuvor, also vor Berlin, *nichts gemacht.* Ich war einer der größten Nichts-Macher überhaupt, und vor allem in Berlin konnte ich meine Kunst des Nichts-Machens perfektionieren und somit zur absoluten Meisterschaft im Nichts-Machen führen. Ich hätte eine Schule des Nichts-Machens gründen sollen, eine Schule, die sämtliche Schulen vorher zur Bedeutungslosigkeit degradiert hätte, ob Wiener oder Frankfurter, aber ich habe nichts (in dieser Hinsicht) gemacht. Zu dem Zeitpunkt, als ich aus Berlin in hohem Bogen hinausgeworfen worden bin, dachte ich noch, was für ein Glück, endlich ist die Zeit des Nichts-Machens vorbei. Ein unvorstellbares Glück. Während sich in der Zeit vom ersten Feber neunzehnhundertneunzig bis zum ersten Feber zweitausend in Berlin alles mögliche änderte, änderte sich für mich persönlich praktisch nichts. Ich war zum Nichts-Machen verurteilt. Die Geldtransporter kamen, die DDR kollabierte, die Baukräne kamen, die Trabis verschwanden, das jedoch ist Geschichte, nicht aber *meine* Geschichte. Berlin wurde wieder Hauptstadt des Reiches, und ich konnte nichts machen. Dieses Nichts-Machen hätte noch bis in alle Ewigkeit fortgesetzt werden können, wäre nicht meine Doppelexistenz unerwarteterweise aufgeflogen, und das ausgerechnet an meinem zehnjährigen Dienstjubiläum, am ersten Feber zweitausend. Ich war ja zu diesem Zeitpunkt schon ganz allein in Berlin (Mignon nicht mitgerechnet), praktisch vollkommen isoliert. Dornbirner, Hauensteiner und Köflacher hatten bereits unter verschiedensten Umständen Berlin verlassen (müssen), wie ich schon mehrfach erwähnte, und so war unsere kleine österreichische Gelehrtenrepublik faktisch aufgelöst, da konnte man nichts machen. Wie oft war ich mit Dornbirner, Hauensteiner und Köflacher von der Cafeteria der HDK aus zum Pergamonmuseum gegangen, (normalerweise) immer donnerstags. Wie haben wir uns über die vielen schlecht ausgeführten Imitationen griechischer Architektur auf dem Weg zum Pergamonmuseum geärgert (Charlottenburger Tor, Siegessäule, Brandenburger Tor, Staatsbibliothek, Humboldtuniversität, Staatsoper, Neue Wache, Zeughaus usf.), wie haben wir uns gefreut, im Pergamonmuseum *endlich authentische klassisch-griechische Architektur* sehen zu können, und wie maßlos waren wir enttäuscht, feststellen zu müssen, bis auf wenige kleine Brocken *Rekonstruktionen,* also Imitationen, vor uns zu haben. Und obwohl uns Hauensteiner von vornherein auf diesen Umstand aufmerksam gemacht hatte, waren wir immer wieder von neuem maßlos enttäuscht, statt griechischer (und sonstiger) Ruinen aus der Zeit der Antike in erster Linie Gips aus der Neuzeit vorgesetzt zu bekommen, doch wir waren auch immer wieder von den gigantischen Ausmaßen des Pergamonaltars beeindruckt. Immer wieder lauschten wir dem immergleichen Vortrag Hauensteiners, der bei Peter Weiss in sehr ähnlicher Form nachzulesen ist; Hauensteiner hatte jedoch seinen Vortrag schon Jahre vor der *Ästhetik des Widerstands* publiziert. Danach ging es zwecks Semmelkaufs zum Alex. Weshalb sich Hauensteiner in seinem oberösterreichischen Heimatdorf schließlich umbrachte, entzieht sich bis heute meiner Kenntnis, ebensowenig weiß ich über das sogenannte unaussprechliche Verbrechen Köflachers; man hört zwar an der FU jedesmal, wenn so etwas passiert, *einschlägige Gerüchte,* aber Sie wissen ja selbst, Doktor, was an solchen Universitäten laufend geredet wird, und auf dem Gebiet des *Ondit* ist die FU wirklich führend. Nur weshalb Dornbirner in die Irrenanstalt eingewiesen wurde, weiß ich genau, ich war nämlich gewissermaßen dabei. Wir schickten jeden Donnerstag Dornbirner zum Wiener Feinbäcker vor dem Kaufhaus am Alex, der irgendwann zum Zeitpunkt der sogenannten Währungsunion die ehemals dort befindliche Sozialistische Backwarenverteilungsstelle, oder wie das genannt wurde, verdrängt hatte, um acht Roggensemmeln, also für jeden von uns zwei, zu erstehen. Wir gingen solange zum Kakteengarten, wo wir uns auf einer Bank niederließen, da Dornbirner immerzu eine Stunde brauchte, um acht lächerliche Roggensemmeln zu kaufen. Ich schluckte derweil ein paar Muntermacher, während Hauensteiner sich von seinem im Pergamonmuseum gehaltenen Vortrag erholte und Köflacher seine These vom Geruch des Kollapses weiterentwickelte. Er mußte diese seine These mehrmals modifizieren, da es auch Jahre nach dem bereits erfolgten Zusammenbruch der DDR auf dem Alex immer noch nach Kollaps roch. Oftmals hatte ich schon, auf der Bank im Kakteengarten am Alex sitzend, gedacht, es wäre besser gewesen, das leere Blatt meiner Schönberg-Studie mitgenommen zu haben, so hätte ich, während ich auf Dornbirner und die Roggensemmeln warten mußte, weiter an dem Beginn des ersten Satzes meiner Schönberg-Studie arbeiten können. In einer Stunde hätte ich einiges ausarbeiten, vielleicht sogar das erste Wort über Schönberg niederschreiben können. Weil ich wieder mein leeres Blatt vergessen hatte, machte ich den Fehler, während Hauensteiner und Köflacher schon Richtung Kakteengarten verschwanden, die Filiale des Wiener Feinbäckers am Alex direkt nach Dornbirner zu betreten. So wurde ich Zeuge, wie Dornbirner sich eine geschlagene Stunde mit der Verkäuferin der Wiener-Feinbäcker-Filiale darüber stritt, ob die Roggensemmeln, die hier (dort) in der Auslage vorrätig waren, *Schusterjungen* oder *Röggelchen* heißen müßten. Jeder weiß: Schusterjungen haben eine eher eckige Form, Röggelchen eine eher längliche Form. Bei Gebäck folgt die Form nicht unbedingt der Funktion. Diese Roggensemmeln waren, wir aßen sie schließlich (normalerweise) immer donnerstags, eindeutig länglich, auch auf dem dazugehörigen Preisschild stand *Röggelchen.* In schlichten Subjekt-Prädikat-Objekt-Sätzen behauptete Dornbirner nun, *Schusterjungen* vor sich zu haben. Die Verkäuferin hingegen versicherte Dornbirner wiederholt, sie hätte ihm bereits an Hunderten von vorausgegangenen Donnerstagen erklärt, sie verkaufe hier nur *Röggelchen, keine Schusterjungen.* Dornbirner beharrte auf seiner Position; nach etwa vierzig Minuten reduzierten sich seine sowieso schon bedenklich stimmenden Subjekt-Prädikat-Objekt-Sätze auf reine Objekt-Sätze, er sagte nur noch: *Schusterjungen.* Er sprach jetzt *furioso* und zeigte bereits erste Anzeichen eines psychischen Nichtungsprozesses, möglicherweise waren es auch erste Symptome eines leichten, sogenannten *zirkulären Irreseins.* Nach genau sechzig Minuten war die Vorstellung vorbei, Dornbirner ließ sich umstandslos acht Röggelchen einpacken, zahlte und verließ den Laden, ohne mich überhaupt zu erkennen. Ich forderte die Bäckerin auf, alles Nötige für eine Einweisung Dornbirners in eine psychiatrische Anstalt zu veranlassen, was diese umgehend erledigte. Dornbirner kam praktisch vom Alexanderplatz direkt in die Gummizelle, und später eben nach Schloß Schermberg. Er habe immer gedacht, es müsse mit Dornbirner einmal *soweit kommen,* so äußerte sich Köflacher spontan, als sich die Türen der Ambulanz hinter Dornbirner schlossen und sich die Menschenmenge um uns herum langsam wieder zerstreute. Für den ersten Feber zweitausend, den Tag meines zehnjährigen Dienstjubiläums, hatte ich, obwohl ich genau wußte, Dornbirner, Hauensteiner, Köflacher und auch Mignon würden sowieso nicht erscheinen, für uns alle für den Abend im *Kempinski,* einer allerersten Adresse Berlins, einen Tisch reserviert. Ich hätte auch einen Tisch im österreichischen Spezialitätenrestaurant vorbestellen können, da der erste Feber zweitausend eh auf einen Dienstag fiel, aber ich dachte, meinen Freunden und Mignon an meinem zehnjährigen Dienstjubiläum etwas Besonderes bieten zu müssen, und im österreichischen Spezialitätenrestaurant in der Kantstraße verdirbt man sich bloß den Magen. Wir sind nur immer dienstags in dieses Lokal gegangen, weil die sonstige Ernährungslage in Berlin eine zutiefst hoffnungslose und eintönige ist. Immer nur Minidöner, Dönerkebab, Maxidöner, Currywurst und Wiener Schnitzel mit Pommes frites und Salatgarnitur, immer wieder diese reinen Wampenfüller, das kann man vielleicht an sechs Tagen in der Woche essen, nicht jedoch jeden Tag. Ich reservierte somit also für meinen großen Tag einen Tisch für uns alle im *Kempinski,* nicht im österreichischen Spezialitätenrestaurant, obwohl ich fest damit rechnete, im Kempinski allein tafeln zu müssen. Ich konnte mir genau ausrechnen, nur aufgrund meines Dienstjubiläums wird man Dornbirner nicht von Schloß Schermberg weglassen, nur für so eine Lappalie wird man Köflacher nicht eine Minute Freigang von der Strafvollzugsanstalt Garsten gewähren und nur wegen meines Dienstjubiläums wird Hauensteiner sich nicht die Ehre geben, von den Toten wiederaufzuerstehen; und Mignon würde sicherlich wieder ihr Unwohlsein vorschützen, um wegbleiben zu können, dachte ich. Gedankengänge, die ich mir hätte sparen können, wie sich sehr bald herausstellen sollte. Wie bereits schon mehrfach angedeutet, flog meine Doppelexistenz, die nur eine Art von Zwischenexistenz oder auch nur Übergangsexistenz war, auf, und zwar mit allen von mir die ganze Zeit über befürchteten widerwärtigsten Konsequenzen. Am ersten Feber erhielt ich frühmorgens, ich war noch gar nicht angekleidet, einen Anruf der neuen, jüngeren Sekretärin des Dekans, der inzwischen zum Rektor der FU aufgestiegen war und bereits seine Speckfinger nach weiteren hochbezahlten Posten an der Humboldt-Universität und der TU (Torturuni?) ausstreckte, die mir kurz angebunden mitteilte, der Herr Rektor erwarte mich um punkt zehn Uhr in seinem Domizil, und legte auf, ohne meine Reaktion abzuwarten. Ich hätte mißtrauisch werden müssen, allein jemanden für punkt irgendwas zu bestellen, ohne das sogenannte akademische Viertel zu gewähren, gilt in Universitätskreisen schließlich schon als bösartigste Brüskierung. Ich wurde aber nicht mißtrauisch, im Gegenteil, ich schluckte ein paar Muntermacher, wusch mir die Hände und bildete mir ein, der Herr Rektor (vormals: Dekan) wolle mir sicherlich einen Blumenstrauß anläßlich meines Dienstjubiläums überreichen; völlig arglos sagte ich noch zu Mignon, Blumen schon immer gehaßt zu haben, weil diese so unnatürlich wirkten, und ich gab noch meiner Verärgerung darüber Ausdruck, welch unheimliche Frechheit es doch eigentlich darstelle, einen fast mitten in der Nacht (also um zehn Uhr morgens) von der Fasanenstraße zum Kurfürstendamm laufen zu lassen, wegen eines verdammten Blumenstraußes. Blumensträuße, die schon nach zwei oder drei Tagen zu welken und zu stinken beginnen und die man nach zwei oder drei Tagen nur noch mit Schutzhandschuhen und Atemmaske bekleidet in den Coloniakübel werfen konnte, diese Blumen des Bösen. Ich hatte Blumensträuße schon immer gehaßt, und zwar mit allen mir zur Verfügung stehenden Mitteln. Ich schluckte noch einige Muntermacher und wusch mir nochmals gründlich die Hände, bevor ich mich zum Gartenhaus des Dekans (jetzt: Rektors) aufmachte. Unterwegs erstand ich eine Bild-Zeitung. Ich mußte an Dornbirner denken. Hoffentlich bekommt Dornbirner im Irrenhaus wenigstens täglich eine Zeitung, um den geistigen Anschluß nicht zu verlieren, so dachte ich noch vor dem Gartenhaus Lks. III. Ich schluckte noch ein paar Muntermacher, bevor ich klingelte; die Hände konnte man sich hier nicht waschen. Die neue Sekretärin des Rektors öffnete mir im Bikini, über den sie einen transparenten Pareo geknotet hatte. Mit einem spöttischen Gesichtsausdruck, spätestens an diesem Punkt hätte ich meine vollkommene Arglosigkeit ablegen müssen, führte mich die Sekretärin in das am Gartenhaus angebaute Gewächshaus, in dem eine unvorstellbare, geradezu tropische Wärme herrschte.

Man blickte auf ein Meer von Orchideen und Rosen unterschiedlichster Farb- und bei den Orchideen auch Formgebung. In einer Ecke stand der Rektor, der über seinem Freizeitanzug eine grüne Gärtnerschürze trug, außerdem Gärtnerhandschuhe angelegt und sich einen riesigen Strohhut auf den kahlen Schädel gesetzt hatte. Er hegte und pflegte gerade einen *Frauenschuh,* als ich eintrat. Die Sekretärin ließ uns allein. Der Rektor würdigte mich keines Blickes. Auf meinem Gesicht bildeten sich Schweißperlen, hier in diesem Gewächshaus mußten mindestens fünfunddreißig Grad Celsius herrschen, und mit einem Mal durchschaute ich, viel zu spät, die ganze Szenerie. Deinen Blumenstrauß kannst du *abschreiben,* dachte ich. Langsam und artikuliert, ohne mich überhaupt anzusehen, begann der Rektor, in geschmacklosesten parataktischen Sätzen auf mich einzureden. Dornbirner, dachte ich, Subjekt-Prädikat-Objekt. Das sind meine Lieblinge, so der Rektor. Für meine Lieblinge tue ich alles. (Sie müssen sich diese Sätze in einem unappetitlichen Berlinerisch vorstellen, Doktor!) Ich beschütze meine Lieblinge. Ich nähre meine Lieblinge. Ich umsorge meine Lieblinge. Ich bekämpfe die Feinde meiner Lieblinge. (Er zerquetschte eine wohlgenährte Blattlaus, die er von einer Rose heruntergenommen hatte, zwischen Daumen und Zeigefinger.) Für meine Lieblinge bin ich immer da. (Ich zog mein Jackett aus; mein Hemd wies bereits zwei riesengroße Schweißflecken auf.) Dafür erwarte ich unbedingte Loyalität, bedingungslosen Gehorsam und absolute Wahrhaftigkeit. Manche meiner Lieblinge verwelken; dagegen kann ich nichts machen. Manche meiner Lieblinge hintergehen mich; dagegen kann ich etwas unternehmen, so der Rektor. Ich hatte inzwischen vier oder sechs Liter Körperflüssigkeit verloren. Naderer sei gestern aus Salzburg zurückgekommen, so der Rektor weiter. Naderer war im Mozarteum. Naderer war in der Salzburger Universität. Im Germanistischen Seminar kennt man Sie. Im Mozarteum kennt man Sie nicht. Ihre Personalakten sind unvollständig. Sie haben nie irgendeine Prüfung gemacht. Sie sind ein Hochstapler. *(Subjekt-Prädikat-Objekt,* dachte ich.) Diese Stadt ist zu klein für uns beide. Ich werde Sie entfernen lassen. Sie haben Hausverbot für alle Universitätsgebäude, einschließlich der Cafeterien und Aborte. Mit sofortiger Wirkung. Im nächsten Semester werden Sie in der Hölle schmoren. Ich schicke Sie nach Triest. *Und jetzt raus hier,* so der Rektor, seine Ansprache beendend. Ich hatte zuletzt nicht mehr genau zugehört, ich hatte zumindest gemeint, verstanden zu haben, meine Reise ginge nach Triest, eben in die Hölle; Dante soll ja schließlich den Eingang zur Hölle in der Nähe Mitterburgs, also in der Nähe Triests, lokalisiert haben. Aber ich hatte, wie gesagt, nicht so genau zugehört, ich hatte so viele Muntermacher geschluckt, und dann diese fürchterliche Hitze. Ich gab der Sekretärin meine Büroschlüssel, sie bemerkte daraufhin süffisant, man habe auch schon gestern meinen Schreibtisch ausgeräumt. Sie überreichte mir das eine leere Blatt Papier, das die Grundlage meiner Schönberg-Studie bilden sollte. Alles weitere bekäme ich schriftlich, *arrivederci,* so die Sekretärin in ihrem unpassenden Outfit. Auf dem Kurfürstendamm mußte ich erst nachdenken. War das gerade Geschehene Realität gewesen, oder war das ein böser Traum? War das die Wirklichkeit, oder war das nur eine sogenannte Berliner Simulation? Was wohl Mignon dazu sagen würde? Ich fühlte mich wie in einem dieser Italo-Western, noch warm, aber schon eine dicke Schicht Sand über dem Körper. Und alles nur wegen Naderer. Naderer ist ein absoluter Vollidiot, der es schon seit Wochen aus niedersten Beweggründen auf meine Position abgesehen hatte. Vor acht Jahren hatte ich Naderer in *Tonsatz III*, wo er die geistreiche Bemerkung machte, *Haydn habe es schwerer gehabt als andere.* Auf Nachfrage kam nichts mehr. Ich verdonnerte Naderer dazu, als Strafarbeit einen hundertseitigen Essay mit dem Titel *Warum es Haydn schwerer hatte als andere* zu verfassen. In der nächsten Woche gab Naderer mir hundert Blätter, auf denen immer wieder derselbe Satz, auf jeder Seite gut zwanzig Mal, zu lesen war: *Haydn hat es schwerer als andere gehabt, weil er einem Kommilitonen den Zopf abgeschnitten hat und deshalb seinen Freiplatz am Konservatorium verlor.* Naderer war damals nach seiner Prüfung als Liebling des ehemaligen Dekans und jetzigen Rektors in der Universitätshierarchie kometenhaft aufgestiegen und konnte nun seine seit Jahren gegen mich gehegten Rachegefühle frei ausleben. Was hatte denn Naderer überhaupt in Salzburg gewollt? Naderer ist so unbeschreiblich dumm, der mußte sich in Salzburg doch andauernd verlaufen haben wie fast alle Fremden. Wie hat der bloß wieder nach Berlin zurückfinden können? Wie ist Naderer überhaupt ins Mozarteum gekommen? Laut Bericht in den Salzburger Nachrichten vom Dezember neunzehnhundertachtundneunzig ist doch das Mozarteum zugesperrt, wegen Verseuchung. Man darf eben doch nicht alles glauben, was in den Zeitungen steht, dachte ich und warf die eben erst erstandene Bild weg. Das leere Blatt Papier steckte ich selbstredend ein. Anschließend suchte ich meinen steinalten Germanistikprofessor, den ich noch ab und zu, zwei- oder dreimal, in der Cafeteria der FU in der Garystraße gesprochen hatte, auf. Mein uralter Germanistikprofessor, der noch viel älter war, als ich zu jenem Zeitpunkt annahm, wohnte in einer direkten Seitenstraße des Kurfürstendamms, direkt gegenüber dem *Klo,* der laut Eigenwerbung beknacktesten Kneipe Berlins (oder der ganzen Welt). Die Haushälterin des Alt-Wissenschaftlers, eine gewisse Gloria Gonzales, die vor sechzig oder siebzig Jahren eine sicherlich herbe mexikanische Schönheit gewesen sein mag, öffnete mir und ließ mich, obwohl ich noch immer klitschnaß vor Schweiß war, ins Arbeitszimmer des *Grand-Père Ubu* vor. Hier war alles so kalt wie sonst nur in einem Eiskasten. In einem chaotischen Durcheinander von Papieren, Zeitungen und Büchern (und Staub) erblickte ich die weiße Mähne meines Professors, der unter seinem lilafarbenen, großkarierten Anzug ein zeitloses, helles Hemd mit Offizierskragen trug, darüber jedoch, wahrscheinlich aufgrund der herrschenden Kälte, einen grauen Persianermantel. Nachdem er mich endlich erkannt hatte, erzählte ich ihm, auf einem Papierstapel sitzend, die ganze Geschichte bis zu diesem Punkt, die ich später Hollhof in Salzburg erzählen sollte und die ich hiermit zu Papier bringe. Manchmal glaube ich, die geschriebene Spur meines Sprechens erscheinen zu sehen, und dann kippt alles in eine auditive Halluzination, Doktor. Mein Germanistikprofessor hörte sich unter größten Heiterkeitsausbrüchen meine Geschichte an. Er habe sich schon lange nicht mehr so amüsiert, er habe schon lange darauf gewartet, miterleben zu können, wie diese Musikdilettanten an der FU mal so richtig vorgeführt werden. Mir fielen die Eiszapfen aus dem

Gesicht, während dieser alte Mann meine Geschichte als Wärmequelle und Lebenselixier nutzte; er blühte regelrecht auf, als ich beim Treibhaus des Rektors anlangte. Mein Germanistikprofessor gab zu, schon immer Anarchist gewesen zu sein, jedoch diesen hohen Grad der Subversion, wie ich ihn erreicht hatte, hätte er nie erreicht. Sade sei ja praktisch der Anfangspunkt der Subversion, Kant der Drehpunkt, und ich sei der Endpunkt der Subversion. Ich hätte durch mein durch und durch subversives Handeln den höchsten Grad der Perfektionierung der Subversion erreicht. Er gratulierte mir aufs herzlichste zu meinem Zerstörungs- und Nichtungsunternehmen, vor allem meine Philosophie des Nichts-Machens begeisterte ihn aufs äußerste. Nur konnte er nicht verstehen, warum man mich wegen dieser geschickten Aushebelung des gesamten Universitätssystems gleich in die Hölle, nach Triest, schickte. Hat denn jemals jemand überprüft, ob unser Rektor irgendwo eine Prüfung zur Lehrbefähigung bestanden hat? stellte der Professor als Frage in den Raum. Und er hatte in ein Wespennest gestochen, unbeabsichtigt. Er selbst, so mein Professor, während ich vor mich hinfröstelte, habe auch keinerlei Lehrbefähigung erwerben müssen; die Alliierten hätten ihn damals schlichtweg von der sprichwörtlichen offenen Straße weggefangen, da sie händeringend Leute suchten, die nicht in der NSDAP gewesen waren, und er sei eben damals als ehemals persönlicher Bekannter Trotzkis, er habe Trotzki mehrmals in Mexiko besucht, für die Amerikaner und die Russen ein brauchbarer Kompromißkandidat für eine Professur gewesen. Reine KPD-Kader hatten bei den Amis keine Chance, damals, als die Alliierten Berlin noch gemeinsam regierten. Das seien damals Zeiten gewesen, so mein alter Professor von jenen, eben alten Zeiten schwärmend. Im Exil habe er Kontakt mit Trotzki und Breton gehalten, dann nach fünfundvierzig sei er selbstverständlich sofort in den Osten gegangen; er habe die erste Nachkriegsvorlesung überhaupt an der Humboldt-Universität gehalten, die sogenannte Freie Universität mit ihrem Henry-Ford-Bau habe es selbstredend fünfundvierzig noch nicht gegeben; die Kommilitonen hätten Kohlen zu seinen Vorlesungen mitbringen müssen, weshalb er bis heute nur im allerschlimmsten Notfall heize; damals habe man lieber gefroren, immer in dem Bewußtsein, endlich dieses verdammte Tausendjährige Reich überstanden zu haben und endlich wieder *frei denken* zu können, heute hingegen werde geheizt wie verrückt, und die Gedanken verdörrten in Sekundenschnelle. Er selbst habe miterleben müssen, wie wirklich begabte Studenten und Studentinnen Unter den Linden in den völlig überheizten Räumen in Sekundenschnelle geistig verdörrt und also auch ausgetrocknet seien, schließlich bestehe der Mensch zu etwa achtzig Prozent aus Wasser, Heizungsluft schade dem Menschen nur. Und deshalb sei ja auch nur die DDR kollabiert, weil in der DDR viel zuviel geheizt wurde. In der Hauptstadt der DDR sei es immer extrem warm gewesen (der Kakteengarten am Alex!!!), in Westberlin hingegen habe man immer frieren müssen. Er habe sich bewußt für die Kälte des Westens entschieden, schließlich habe er als Sozialist immer Entbehrungen hinnehmen müssen, *ganz bewußt hingenommen.* Allein durch seine Anwesenheit in Westberlin habe er der Welt des Kapitalismus schaden können, und zwar in allerschärfster Weise. Selbst Ulbricht habe zu ihm gesagt, man brauche Genossen wie ihn, der den Kampf gegen den Kapitalismus direkt vor Ort mit der Hand aufnehme, und nicht nur mit Worten von der Hauptstadt der DDR aus. Und, wissen Sie, so sagte mein Germanistikprofessor in diesem, verzeihen Sie, Doktor, den Ausdruck, *arschkalten* Zimmer zu mir, am Tage des Anschlusses habe er geweint. Wer hat da nicht geweint; das muß ja damals eine fürchterliche Situation gewesen sein, Hitler auf dem Heldenplatz, weil ihn die Vorsehung dorthin geführt hatte, das war achtunddreißig schon eine krasse Sache, dachte ich mir. Ich habe wirklich wie ein kleines Kind geheult, so mein Professor, als Bundeswehrsoldaten über den Alex marschierten, als die Abrißbirne Kohl wahllos Straßen sozialistischer Kampfgenossen umbenennen ließ, als das Lenindenkmal abgerissen wurde. Selbst den Fernsehturm wollte man abreißen, dieses weithin sichtbare Schmuckstück der DDR-Architektur, dieses weltberühmte Wahrzeichen der Hauptstadt der DDR wollte man einfach beseitigen. Mein altersschwacher Professor beweinte noch eine Weile den Kollaps des Sozialismus, bis es schon Zeit fürs Abendessen war. Also ging ich mit ihm und seiner Haushälterin zum *Kempinski*, wo der Türsteher desselben uns wegen unserer grotesk anmutenden Aufmachung – der Professor ging in dem Aufzug, in dem ich ihn angetroffen hatte, Gloria Gonzales hatte auf die schnelle ein verschossenes, leicht mottenzerfressenes Flamenco-Kleid übergeworfen, meine Kleidung bestand nur noch aus gefriergetrockneten Schweißflecken – nicht hereinlassen wollte, obwohl er in seinem grauen Frack mit Zylinder selbst wie eine personifizierte Lachnummer ausschaute. Mein Professor ließ den Geschäftsführer des *Kempinski* kommen und zog seine *Überlebender-*

des-Holocaust-Show ab. Es sei eine Schande für das *Kempinski*, für Berlin, für ganz Dtschld., ihn nicht ins Restaurant zu lassen, nur weil er Jude sei. Er habe das Gestapo-Gefängnis überlebt, er habe wegen dieser Nazis seine besten Jahre im Exil verbringen müssen, er habe seine Jugend dem Kampf gegen den Faschismus und gegen Franco geopfert, und jetzt dürfe er sich hier nicht einmal satt essen, obwohl ein Tisch reserviert sei. Als er noch mit dem Jüdischen Weltkongreß, einem Anruf bei Eberhard Diepgen und dem Einschalten der örtlichen Presse drohte, ließ man uns ein. Der für fünf Personen vorbestellte Tisch wurde abgedeckt, wir bekamen den Katzentisch in der Einflugschneise der Aborte. Die Kellner behandelten uns wie Aussätzige, die anderen Gäste starrten uns an oder versuchten, uns nicht einmal zu ignorieren. Während Gloria Gonzales ihr, wie sie selbst mitteilte, neunzehnhundertvierzig in Mexico City erstandenes Flamenco-Kleid mit Zwiebelsuppe vollschlabberte, empfahl mir mein Germanistikprofessor, mich auf meine Reise in die Hölle, also nach Triest, durch das Lesen einiger Bücher, die in engstem Zusammenhang mit Triest stünden, vorzubereiten. Er legte mir *fünf* Bücher nahe, obwohl man sicherlich noch ein *sechstes* hätte nennen können. Es waren dies die folgenden: *Die Reise nach Triest* von Hartmut Lange, *Das Land vom Meer aus gesehen* von Daniele Del Giudice, *Zeno Cosini* von Italo Svevo, *Die Welt en gros und en détail* von Claudio Magris und, last but not least, *Römische Reportagen* von Ingeborg Bachmann. Ich notierte mir eifrig alle Titel auf einem Bierfilz, während mein Professor den Teller mit seiner Zwiebelsuppe in beide Hände nahm und lautstark ausschlürfte. Beim Hauptgang, Wiener Schnitzel mit

Pommes frites und Salatgarnitur, erklärte mir mein Professor, es gebe eigentlich noch ein sechstes Buch, das ich unbedingt lesen müsse, um mich ganz in die Situation Triests hineinversetzen zu können, es sei dies *Rout am Fliegenden Holländer* von Fritz von Herzmanovsky-Orlando, aber dieses Buch sei momentan nicht lieferbar und in der Universitätsbibliothek mit an Sicherheit grenzender Wahrscheinlichkeit nicht vorhanden. Zum Dessert, es gab naturgemäß einen Eisbecher, erzählte mir mein Professor alles über seinen Kampf gegen Franco, gegen die Falangisten und die Legion Condor, wie man es schon in ähnlicher Form bei Peter Weiss in seiner *Ästhetik des Widerstands* nachlesen konnte. Eine für mich persönlich fürchterlich peinliche Situation, da ich ja, für meine Begriffe, meine heitersten und unbeschwertesten Lebensjahre in Madrid verbracht hatte, in *Franco-Spanien.* Und das darf man ja heute nicht mehr sagen, nicht mehr schreiben, ja *nicht einmal mehr denken,* überhaupt irgend etwas Positives in Franco-Spanien erlebt und auch empfunden zu haben. Dieser ganze melancholisch-gotische Unterbau, der in Salzburg immer und überall aufscheint, fehlte in Francos Madrid, jedenfalls von Ende neunzehnhundertdreiundsiebzig bis November neunzehnhundertfünfundsiebzig, zu der Zeit, die ich in Madrid verbrachte, verbringen mußte, vollkommen. Madrid war damals eine wesentlich heiterere und unbeschwertere Stadt als Salzburg, trotz der heute unvorstellbaren Verbrechen des Franco-Regimes. Mein Vater hatte mich als *Erziehungsmaßnahme,* wie es hieß, wegen diverser unaussprechlicher Taten (***) zu einem Onkel der Familie nach Madrid geschickt, der sich aus, wie ich hinterher bemerkte, einleuchtenden Gründen nicht mehr in

Österreich und auch nicht mehr in Dtschld. blicken lassen konnte, wie man damals so euphemistisch formulierte. Mein oder Vaters Onkel (?) führte das Leben eines deutschsprachigen Spießbürgers in einer hochherrschaftlichen Villa in der Nähe der *Puerta del Sol.* Mein sogenannter Onkel verbrachte einen großen Teil seiner Zeit mit seinen Lieblingen; seiner Waffensammlung. Mit einem Tempo Matador (!) Kleinlastwagen unterhielt er einen Stand auf dem Riesenflohmarkt von Madrid, dem *Rastro,* auf dem er militärischen *bric-à-brac* aus dem Zweiten Weltkrieg, naturgemäß Imitationen, an Touristen verkaufte. Ich konnte damals nicht ahnen, zwei Jahre unter der Obhut eines der meistgesuchten Kriegsverbrecher Europas leben zu müssen. Sicher, es gingen immer Falangisten in der Villa meines Onkels ein und aus, immer lag das Falangisten-Blatt *Arriba* im Salon herum, mein Onkel versuchte mir bei jeder Gelegenheit beizubringen, wie man ein Sturmgewehr benutzt; mich interessierte das alles nicht so sehr, schließlich schrieb ich meine ersten Sinfonien, zwar noch nicht in der Technik der Dodekaphonie, aber mit guten Ansätzen. Überhaupt ist es viel einfacher, den ersten Satz einer Sinfonie zu schreiben als den ersten Satz einer Schönberg-Studie. Das Franco-Regime befand sich ja schon in Agonie, wie kurz darauf auch Franco selbst, vor allem nach den Hinrichtungen vom siebenundzwanzigsten September neunzehnhundertfünfundsiebzig war ganz Madrid mit Soldaten und Guardia Civil angefüllt, aber ich dachte mir nichts dabei. Nur einmal, nach einem Bombenanschlag der ETA in Madrid, ließ mein sogenannter Onkel seine Maske fallen und zeigte sein wahres Gesicht: In der Nähe der *Puerta del Sol* war eine Bodega durch eine

ETA-Bombe nahezu vollständig zerstört worden; wir waren zufällig in der Nähe, hörten die Detonation und liefen hin. In dem ganzen Chaos von Trümmern, Rauch, schreienden Verletzten und eintreffenden Ambulanzen versuchte mein Onkel, eine Ein-Mann-Sperre vor den Schaulustigen zu bilden. Er fuchtelte mit seinem alten Armeerevolver herum und schrie immer wieder auf deutsch: *Zurücktreten! Zurücktreten! Ich habe Befehl, alle Zuwiderhandelnden zu erschießen!* Glücklicherweise verstand hier niemand Deutsch, in dem ganzen Lärm war mein Onkel schon rein akustisch nicht zu verstehen, nur ich verstand ihn, von allen Heraneilenden wurde er vollkommen ignoriert. Am Tag nach Francos Tod, am einundzwanzigsten November, fand ich meinen Onkel erhängt in der Schuhkammer der Villa vor. Mein Vater holte mich sofort am nächsten Tag persönlich aus Madrid ab, da er *gewisse Unruhen* befürchtete. Trotzdem waren meine zwei Jahre in Madrid keine sogenannten zwei schwarzen Jahre, kein *Bienio Negro*, wenn auch unter vollkommen verdrehten Vorzeichen; meine zwei Jahre in Madrid waren meine zwei schönsten, meine zwei heitersten, meine zwei unbeschwertesten, aber, Doktor, das darf man ja heutzutage nicht mehr sagen, nicht mehr schreiben, nicht einmal mehr denken. Ich war damals, in Franco-Spanien, so dumm, so naiv, so arglos und leichtgläubig, ich muß schon nach Kollaps nicht nur gerochen, sondern sogar *gestunken* haben. Meine Madrider Sinfonien, wie auch alle anderen, vernichtete ich später, wie bereits berichtet. Bis ich in der Verlassenschaft meines Vaters gewisse Aufzeichnungen über meinen sogenannten Madrider Onkel fand, war Madrid mein Lieblingsort, während mir Salzburg ein durch und durch verhaßter war. Mein Professor war gerade bei der Einnahme Madrids durch die Falangisten und die anschließend erfolgten Massenhinrichtungen unter den Kämpfern der republikanischen Streitkräfte angelangt, als wir aufgefordert wurden, unser letztes Schultheiss zu bestellen und das Restaurant des *Kempinski* endlich zu verlassen. Draußen vor der Tür, nachdem mein Professor sein Schultheiss noch auf den sündhaft teuren Teppich geschüttet hatte, verabredeten wir, uns von nun an regelmäßig zu treffen. Zu Hause machte mir Mignon eine unheimliche Szene, wo ich mich den ganzen Tag herumgetrieben hätte usf. So traf ich meinen Professor nie wieder. Am nächsten Morgen wollte ich mir sofort die fünf vom Professor ans Herz gelegten Bücher in der Autorenbuchhandlung in der Carmerstraße bestellen, um mich auf meine Reise in die Hölle vorbereiten zu können, jedoch war ich nicht imstande, meine Wohnung zu verlassen, da dieses furchtbar teure Essen im *Kempinski,* das, vom Preis her, eine Großfamilie in Afrika ein Jahr lang ernährt hätte, meinen Magen in eine ernste Existenzkrise gestürzt hatte. Genügend Lesestoff gab mir jedoch ein sogenanntes Einschreiben, das mir die FU (Folteruni?) zukommen ließ. Ich überflog den Blödsinn nur. *Sofortige Demission ... Hausverbot ... Zivilgerichtsverfahren wird geprüft ... sechs Monate Übergangsgeld ... müssen Sie Berlin für immer verlassen ... usf. usf.* Da ich nicht hinauskonnte, war ich gezwungen, mich mit einem Feldstecher ans Fenster zu stellen, um zu versuchen, die Schlagzeilen der Bild-Zeitung anhand der Exemplare, die die Intellektuellen im Café-Restaurant des Berliner Literaturhauses genau gegenüber in den Händen hielten, entziffern zu können.

Man kann sich heute gar nicht mehr vorstellen, daß genau zehn Jahre zuvor im Garten des Literaturhauses ein Flüchtlingscamp existierte. Ich wurde fündig: FLASCHENUNI: FALSCHER FU-PROF (39) NARRTE REKTOR (64). An sich war ich ja kein falscher Prof., aber zumindest war das Ende meiner Doppelexistenz inzwischen nicht nur amtlich, sondern auch einer breiten Öffentlichkeit bekannt. Im *Diener* avancierte ich zu einer absoluten Berühmtheit; ich mußte nachfolgend, bis zu meiner Abreise in die Hölle, die meisten Runden ausgeben. Insgeheim hatte wohl jeder der hier im *Diener* anwesenden und sich betrinkenden Akademiker von einer so erfolgreichen Karriere als Hochstapler an dieser sogenannten Flaschenuni geträumt, wie ich sie vorexerziert hatte. Mein vollkommen abrupter Absturz ins bodenlose Nichts, in die akademische Leere, und meine damit verbundene Höllenlandverschickung, sorgten für die restlichen Pluspunkte beim trinkfreudigen Diener-Publikum; Erfolg, und vor allem danach eintretender Mißerfolg, macht eben sympathisch. Meine Demission hatte mich zum *absoluten Nichts-Machen* verurteilt; ich konnte mich jetzt, statt nur an den Wochenenden, vor allem auch, weil Dornbirner, Hauensteiner und Köflacher nicht mehr in Berlin verweilten, wenn auch aus völlig unterschiedlichen Gründen, jeden Tag im *Diener* besaufen, und zwar bis zur vollkommenen Besinnungslosigkeit. Ich war niemandem mehr Rechenschaft schuldig, auch nicht Mignon, die ich jetzt nicht mehr brauchte, sie hatte ihre Funktion verloren. Sie war eine Frau, deren eigentliche Gestalt toter Buchstabe bleiben wird, dachte ich. Trotzdem ließ ich Mignon dann letztendlich doch nicht in Berlin zurück, das wäre eine zu große, durch nichts (mehr) entschuldbare Geschmacklosigkeit gewesen, ausgerechnet Mignon, die es schon immer schwerer hatte als andere, in dieser sogenannten Hauptstadt, in diesem Treibhaus der Stilblüten, in diesem Geruch von Kollaps, *in diesem Gulag des Geistes* ganz allein zurückzulassen. Uns bleibt nicht einmal Berlin, sagte ich zu Mignon. Aber Berlin bleibt doch Berlin. Sobald es meinem vom *Kempinski* mit Todesqualen belegten Magen besser ging, legte ich in der Autorenbuchhandlung in der Carmerstraße meinen Bierfilz mit den fünf Buchtiteln vor (und mit dem sechsten, der nicht lieferbar war), die mir mein Professor zur Einstimmung in meine Reise in die Hölle empfohlen hatte. Ich war schon seit Jahren in keiner Buchhandlung mehr gewesen, seitdem ich mit meiner Schönberg-Studie befaßt war, hatte ich keine Zeit mehr zum Lesen, außer den vielen Zeitungen konnte ich nichts lesen. Ich war praktisch in Berlin nicht nur ein Nichts-Macher, sondern auch ein Nichts-Leser. In der Carmerstraße, in der man die Hausnummern nach einem kaum durchschaubaren Lotteriesystem vergeben hatte, wie in fast ganz Berlin, befindet sich weiter unten auf der Straße auch der sogenannte Buchhändlerkeller, der sich jedoch widernatürlicherweise nicht im Keller befindet, sondern im Parterre, und in welchem regelmäßig Autorenlesungen stattfinden, die ich zu Beginn meiner Berliner Zeit, als meine Existenz noch eine rein germanistische war, sporadisch besucht hatte. Ein verkommenes Doppelzimmer, die Wände wie ein alter Oberstufenpausenraum mit Postern beklebt, alte Bänke aus Linienbussen als Sitzgelegenheiten, das ist, neben dem ebenso verkommenen *Diener*, das zweite Intellektuellenzentrum Berlins. Die armen Autoren, dachte ich die zwei oder drei Mal, die ich an solchen sogenannten Autorenlesungen teilgenommen hatte, die armen Autoren, die, vor der Wand stehend, in dieser Bruchbude in diesem jeden Sauerstoff vernichtenden Zigarettenqualm lesen müssen. Selbst Grass hatte hier (dort) gelesen, lesen müssen. Grass hatte ganz genau gewußt, er würde sich der absoluten Lächerlichkeit preisgeben, wenn er in diesem Drecksloch lesen würde, und er ist trotzdem gekommen, um sich in diesem sogenannten Buchhändlerkeller zum Kasper machen zu lassen. Selbst hinterher im *Diener* hatte sich Grass nicht anmerken lassen, wie sehr er vorgeführt worden war. Nur die Allerdümmsten waren zu seiner Lesung gekommen, wie immer. Man mußte fast Mitleid mit ihm haben, aber er wollte es ja so, obwohl er es besser gewußt haben mußte. Hoffentlich hatte Grass nicht auch noch Geld dafür genommen, denn sich zum Kasper machen zu lassen und diese menschenunwürdige Herabsetzung auch noch bezahlt zu bekommen, das wäre das Absolut-Allerletzte, eine kaum zu fassende Dummheit. Ich hatte andere zum Kasper gemacht, und zwar auf Lebenszeit, und war dafür noch fürstlich entlohnt worden. Grass dagegen hatte sich mit seiner Lesung im Buchhändlerkeller vor dieser Zuhörerschaft der Allerdümmsten, wissentlich selbst zum Suppenkasper gemacht, Grass hatte sich selbst diese Berliner Suppe eingebrockt, und er hatte sie selbst auslöffeln müssen, seine Berliner Suppe. Dieser verdammte Buchhändlerkeller, dessen wurde ich mir in Triest bewußt, hatte mir mein ganzes Interesse an der Literatur vergrault, in der gleichen Weise, wie mir die Berliner FU mein Interesse an der Germanistik verleidet hatte. Ein einziger Abend inmitten dieser geistigen Niederträchtigkeit des Buchhändlerkellers hatte mir meine Liebe zur Literatur nachhaltig vermiest, wie auch ein einziger Tag im Germanistischen Seminar der FU, an der Habelschwerdter Allee, am *Triest Park,* mir meine Liebe zur Literaturwissenschaft zunichte gemacht hat, und zwar für immer. Ich hatte jahrelang nie wieder ein Buch in die Hand genommen, weil ich mich nicht dazu überwinden konnte, vor lauter Ekel. Und jetzt hatte ich gleich fünf Stück gekauft, beinahe sogar ein sechstes. Nur als Vorbereitung für meine Reise in die Hölle, nach Triest. Der Buchhändler in der Autorenbuchhandlung erklärte mir noch den Weg vom Hauptbahnhof zur Touristeninformation, damit ich mich nicht gleich zu Beginn in Triest hoffnungslos verzettele, so der Buchhändler wörtlich, der Triest schon mehrmals aufgesucht hatte, aus welchen Gründen auch immer. Manchmal sind die Motive menschlichen Handelns einfach unergründlich. Fünf Bücher, davon zwei dicke Schinken, das wird eine harte Arbeit, dachte ich. Ich las zuerst *Die Reise nach Triest,* weil es das allerdünnste von diesem Riesenstapel war. Der Umschlag zeigt eine neapolitanische Kapelle, was bereits andeutet, diese Reise wird gar nicht nach Triest führen, und in der Tat, es spielt zuerst in Berlin, wo ein Professor seine eigene, bereits fertig formulierte Todesanzeige vorfindet. Trotzdem begibt er sich mit seiner Familie auf eine Italienreise, und zwar geschmackloserweise in einem Peugeot und einem Mercedes. Der Professor verschwindet irgendwo in Italien, ein Hotelportier bemerkt in einem grammatisch völlig falschen Satz, dem einzigen italienischen in dieser Novelle – nach *mi pare che* kommt immer der Konjunktiv! –, der Professor sei wahrscheinlich nach Triest abgereist. Von dem Professor hört man selbstverständlich nie wieder etwas, er hinterläßt keine Spuren. Ein durch und durch unbefriedigendes Buch, denn man erfährt nichts, gar nichts über Triest. Und dafür hat der Autor auch noch den Preis der Konrad-Adenauer-Stiftung erhalten? Vielleicht für die extrem schlichte, fast schon primitiv zu nennende Sprache und Grammatik? Konrad Adenauers Sprache und Grammatik war ja bekanntermaßen die schlichteste, sein Wortschatz der allergeringste. Untersuchungen haben ergeben, daß Goethe über einen Wortschatz von über zwanzigtausend verschiedenen Wörtern verfügte, Konrad Adenauer nur über einen von gerade mal achthundert. Eine echte Entdeckung dagegen ist der Roman von Del Giudice, dem zweitdünnsten Buch meines Stapels, der im Original unter dem, wenn man die Handlung kennt, einleuchtenderen Titel *Lo stadio di Wimbledon* erschienen ist. Es ist ein Roman der Spurensuche, und zwar der Suche nach Spuren des geheimnisvollsten Autors Triests, Roberto *Bobi* Bazlen, der wichtige Autoren wie Svevo, Saba, Stuparich und Montale zum Schreiben animiert, zum Schreiben inspiriert hat und der, obwohl selbst Schriftsteller, ganz bewußt nie ein Buch veröffentlicht hat, weil sein Manuskript vielleicht doch nicht gut genug gewesen sein mochte. Man stelle sich nur vor, was würde uns allen erspart bleiben, wenn jeder Autor so denken würde; was wäre uns erspart geblieben, wenn Grass seine Manuskripte in der Schublade gelassen hätte. Ein Autor ohne Werk ist praktisch der Idealfall im Literaturbetrieb und auch im Wissenschaftsbetrieb. Bobi Bazlen gilt praktisch als der wichtigste Autor Triests, obwohl er nie etwas veröffentlicht hat. Bobi Bazlens Rolle in der Drei-Kulturen-Stadt Triest als Literaturpapst und

Fürsprecher der deutschsprachigen Literatur wird gerade durch seine – als Person – vollständige Abwesenheit deutlich. Die Spurensuche verliert sich zum Schluß im Stadion von Wimbledon. Ganz anders angelegt ist der dicke Schinken von Claudio Magris, der im Original den genialen Titel *Microcosmi* trägt und mehr essayistisch über Triest als Lebenswelt berichtet. Man lernt viel über die triestinische Mentalität, man erfährt, wie man im *Caffè San Marco* zum Abort gelangt, man weiß nach der Lektüre dieses Romans ohne Handlung, daß die *Irredentisten* nichts mit verrückt gewordenen Zahnärzten zu tun haben. Ein sehr gut zu lesendes Buch, welches alle Problematiken der Stadt Triest sehr unterhaltsam schildert und welches ich auch nicht weggeworfen, sondern in Triest verloren habe, und zwar ohne den Verlust sofort bemerkt zu haben. Das Buch ist in Triest spurlos verschwunden. Vor dem Lesen des noch dickeren Wälzers *Zeno Cosini,* der ebenfalls im Original den wesentlich zutreffenderen Titel *La coscienza di Zeno* trägt, mußte ich mich erstmal mental auf eine solche Unmenge von Text einstimmen. Ich hörte deshalb vier Wochen lang ununterbrochen *Ionisation* von Edgard Varèse in der Fassung von Pierre Boulez, und zwar bei vollster Lautstärke. Ich verlor dadurch meinen Mietvertrag, den ich naturgemäß sowieso gekündigt hätte, und im Literaturhaus gegenüber verlor man den Rest an Bewußtsein. Nach dieser vierwöchigen Varèse-Boulez-Kur, die ich schon viel eher hätte durchführen sollen, fühlte ich mich geistig imstande, den Sechshundert-Seiten-Brocken dieses italienischen Schwaben, oder schwäbischen Italieners, verdauen zu können. Dieser Roman, das wissen Sie, Doktor, sagte ich schon in Salzburg zu Hollhof, spielt in Triest, und zwar im österreichischen Triest, und ist die Autobiographie Zeno Cosinis, der durch seinen Arzt dazu angeregt wird, sein Leben aufzuschreiben. Ein durch und durch österreichischer Roman, kein italienischer, obwohl auf italienisch geschrieben. Zuletzt warf ich noch ein paar Blicke in *Römische Reportagen,* die so heißen, weil sie von Ingeborg Bachmann in Rom verfaßt worden sind, die einige interessante Berichte über die Verhandlungen zum Triest-Abkommen beinhalten, das letztendlich zum heutigen topographischen Status der Stadt Triest geführt hat, nämlich zur Rückgabe der Stadt Triest an Italien, und die Zuschlagung des triestinischen Hinterlandes zum damals jugoslawischen Staatsgebiet. Ich hatte es allen Ernstes geschafft, fünf Bücher zu lesen, wenn auch unter Schwierigkeiten, den allergrößten. Soviel zu meinen Reisevorbereitungen, die doch die intensivsten waren. Jetzt galt es, meine Spuren hier in Berlin zu verwischen. Ich sah noch einmal aus meinem Fenster, um im Gartencafé des Literaturhauses den weltberühmten Fotografen Ekko von Schwichow dabei zu beobachten, wie er weltberühmte Literaten inmitten dieses Meeres exaltierter und völlig verblödeter sogenannter Literaturliebhaber, die als Ausweispapier, und somit als Existenzberechtigungsnachweis, ein billiges Taschenbuch oder die noch billiger wirkende Literaturzeitschrift ndl neben sich auf dem Tisch liegen haben und dort mit Kaffee vollschlabbern, plazierte und ablichtete. Irgendwann werden wir dieses lächerliche Schauspiel, das sich uns dort gegenüber in der Saison täglich geboten hatte, vermissen, sagte ich zu Mignon, genau wie wir immer alles zu vermissen pflegen, sobald es nicht mehr existiert, obwohl wir es während seiner Anwesenheit immer gehaßt hatten, mit ganzer

Kraft. Irgendwann werden wir selbst die FU vermissen; ja selbst die deutschen Universitäten werden wir vermissen, sobald sie kollabiert sind. Ich riß das Fenster auf und schrie dem Ignorantenpack auf der gegenüberliegenden Straßenseite zu, mit voller Stimme: *Ich bin Thomas Bernhard!* Keine Reaktion. *Ich bin Günter Grass!*, schrie ich; keine Reaktion. Ich legte wieder die Varèse-Platte auf und spielte sie ab, *Ionisation* bei vollster Lautstärke. Schlagwerker und Feuerwehrsirenen, bis endlich wirkliche Sirenen zu hören waren. Ein Polizeieinsatzkommando stürmte meine Wohnung und zertrümmerte den Plattenspieler. Meine Personalien wurden aufgenommen. Dieser Krach habe jetzt ein Ende, so ein Ordnungshüter. Ich erklärte ihm lang und breit, *Ionisation* sei kein Krach, sondern eine Sonate, aber bei diesen Idioten stieß man auf taube Ohren. Am nächsten Tag begann ich mit meiner Selbstauflösung. Mignon, die Amati, die Stradivari, die Guarneri, der Koffer mit der Million Schilling, den ich aus Salzburg mitgenommen hatte, und der übliche *bric-à-brac*, der sich immer ansammelt, wurde in die DS verfrachtet. Den Anwohnerdauerparkausweis veräußerte ich um fünfzehntausend Mark an den Betreiber des *Klo*, der angeblich bekacktesten Kneipe Berlins, der dort, wie in Berlin inzwischen Usus, einen buntlackierten Trabi mit einer aufgeklebten Werbung für sein *Klo* aufstellen wollte. Er bemäkelte nur, der Stellplatz befinde sich unter einer Brücke. Ich konnte ihn davon überzeugen, wie sehr gerade diese Stelle hier, mit dem *Literaturhaus*, dem *Kempinski* und *Zille im Hof* Dreh- und Angelpunkt aller Bekackten Berlins ist. Gerade hier, an dieser Stelle, kulminiert Berlins Beknacktheit, und zwar mit allen ihren Konsequenzen. Ich stellte mein Automobil noch für einige Tage im Hof von *Zille im Hof* ab; ich mußte dem Trabi Platz machen. Und meine Wohnung auflösen. Ich gab dazu einen netten Partezettel in der Berliner Zeitung auf meinen Namen und mit meiner Adresse auf. Nach zwei Tagen hatten Einbrecher die Wohnung des angeblich Verschiedenen (also meine) aufgebrochen und ausgeräumt; nur die vielen Tageszeitungen, auch die Salzburger Nachrichten, von denen ich den einen für mich wichtigen Ausriß in der DS verstaut hatte, ließen sie liegen. Am einunddreißigsten August machte ich meine letzte Runde durch Berlin. Ich wanderte nochmals von der Fasanenstraße aus zum Pergamonmuseum, wo ich im konservierten Geruch von Kollaps über den Kampf zwischen Göttern und Giganten meditierte, da aus bekannten Gründen Hauensteiner seinen Vortrag darüber nicht mehr halten konnte, von dort aus ging ich weiter zum sogenannten Alex, wo damals Köflacher seine berühmten Bemerkungen über den Zusammenhang des Geruchs von Kollaps auf eben jenem Alex und dem Geruch von Kollaps in irgendeinem x-beliebigen Hörsaal einer x-beliebigen deutschen Universität formulierte und wo es, also auf dem Alexanderplatz, noch immer nach Kollaps roch, trotz der mobilen Würstchengriller, und wo ich, zwischen Kakteengarten und Weltzeituhr stehend, den Zusammenbruch des Sozialismus beweinte, um dann noch einmal den Wiener Feinbäcker vor dem Kaufhaus aufzusuchen, wo sich damals letztendlich Dornbirners Verrücktheit, die schon immer latent vorhanden gewesen sein mußte, schlußendlich offenbart hatte, wo ich, mit völlig verheultem Gesicht, acht Röggelchen erstand und wo mir die Verkäuferin noch Trost zusprach, es sei ja auch wirklich eine Tragödie, einen guten Freund auf so erbärmliche Weise verlieren zu müssen, weil dieser eben plötzlich und unvorhergesehenerweise geistig vollkommen zusammenbreche und also verrückt werde. *Wir sind alle Geisteskranke, aber wir müssen nicht zwangsläufig alle verrückt sein,* philosophierte die Bäckerin vom Alex, während Kathrin Röggla mit verheultem Gesicht den Laden betrat. Ich erstand noch zwei weitere, für Mignon bestimmte Röggelchen. Auf dem Rückweg zur Fasanenstraße, wo ich in der dortgelegenen Cafeteria der HDK (Hochschule der Künste, wie grotesk!) der TU (Torturuni) trotz Hausverbots noch einen Abschiedskaffee trinken wollte – ich konnte mich am Pförtner vorbeischleichen –, wurde ich dauernd von Touristen gefragt, wo man die *Hackeschen Höfe* finden könne. Woher sollte ich das wissen? Wahrscheinlich hatte meine Kleidung schon so den Geruch der Einheimischen, den Geruch nach Kollaps, angenommen, daß Touristen mich für einen waschechten Berliner halten mußten. Am Dönerverkaufswagen vor dem Reichstagsgebäude wurde mir bewußt, warum Hitler diesen Riesenbau immer so gehaßt hatte: Jeder Mensch, auch der größte Führer, wie auch ich, wurde vor diesem massiven Klotz von gigantischem Quadermaß auf die Dimension einer Ameise oder einer winzigen Laus reduziert. Selbst die angeblich größte aller Baustellen, der Potsdamer Platz, nimmt sich gegen die Baumasse des Reichstagsgebäudes geradezu zierlich aus. Und überhaupt geben diese scheinbar sinnlos und wie zufällig überall in Berlin verlegten rosafarbenen Rohre mit den Versorgungsleitungen der verschiedenen Baustellen, selbst vor der *Imitation des Hotel Adlon* findet man sie vor, der ganzen Stadt einen Hauch von Surrealismus, der mich sofort an den Film *Brasil* erinnert hatte, wie auch mein ganzer Aufenthalt in Berlin, meine sogenannte Berliner Zeit, die kafkaesken Grundzüge des Films *Brasil* getragen hatte, wie ich auch noch in Triest dachte. Abends traf ich mich mit einem ehemaligen Stasi-Mitarbeiter an der Glienicker Brücke, wo ich gegen die Zahlung einer gewissen Summe in den Besitz einiger Unterlagen über meinen ehemaligen Arbeitgeber, den jetzigen Rektor der FU, kam. Im *Diener* goß ich mir noch kräftig einen auf die Lampe, hier hatte ich fast mein ganzes Professorensalär durchgebracht, um dann, nach dem Schlucken einiger Muntermacher, am ersten September, um fünf Uhr fünfundvierzig, den Zündschlüssel meiner Göttin, die eigentlich die DS meines Vaters war, umzudrehen und endlich diese Metropole des Wahnsinns namens Berlin mit dem Ziel Triest zu verlassen. Noch auf der Stadtautobahn, beim Anblick der ganzen durch und durch toten Bäume, die gespenstisch und unnatürlich wirkten, sagte ich zu Mignon, die auf dem Beifahrersitz eingeschlafen war, warum haben wir diese geist- und kulturfeindliche, diese merkantile Stadt nicht schon eher verlassen? Warum sind wir diesem Scheiterhaufen des Denkens nicht eher entronnen? Diesem Geruch von Kollaps? Karajan hatte Berlin schließlich auch noch gerade rechtzeitig den Rücken gekehrt, bevor es zu spät war. Zehn Jahre meines Lebens hatte ich diesem sich im Kollabieren befindlichen sogenannten Wissenschaftsbetrieb geopfert, und nun wurde ich einfach so in die Wüste geschickt, zur Hölle, nach Triest. Noch auf dem Münchener Autobahnring dachte ich, du könntest jetzt einfach, statt in Richtung Italien zu fahren, in Richtung Salzburg fahren. Du könntest nach Hause fahren, in die Steingasse, und dich dort dem Nichts-

Machen widmen. Ich könnte einfach so, nach praktisch zwölf Jahren, in mein Steingassenland zurückkehren und Triest einfach vergessen. Nur weil der Herr Rektor der FU zu Berlin meint, er müsse mich mit einem Lehrauftrag an der Universität Triest für meine Gemeinheit, ihn mit meiner erschlichenen Professur vor allen Wissenschaftlern Berlins absolut unmöglich gemacht zu haben, ihn gewissermaßen zum Suppenkasper degradiert zu haben, bestrafen, denn so hatte ich den Rektor in seinem Stilbruch-Treibhaus verstanden, *falsch verstanden,* wie sich in Triest schließlich nach und nach erhellen sollte, mußte ich diese Strafe nicht unbedingt antreten, ich könnte einfach in die Steingasse fahren und dort meine Schönberg-Studie schreiben, statt in Triest *Tonsatz I, II* und *III* zu geben. Wer weiß, was mich in Triest an Dummheit und Ignoranz erwartet, dachte ich, vielleicht Studenten, die Verdi für die Abkürzung von *V*ittorio *E*mmanuele *R*e *d'I*talia halten? Schlußendlich, Doktor, fuhr ich doch Richtung Italien, nicht Richtung Steingasse, und zwar mit durchaus gemischten Gefühlen. Selbst in Innsbruck überlegte ich noch, ob ich nicht lieber umkehren sollte; beinahe hätte ich noch in Innsbruck mitten auf der Autobahn gewendet, aber, dachte ich, das wäre ja *verrückt,* hier zu wenden, und so fuhr ich weiter Richtung Küstenland. Noch bei Görz, als ich schon den Leuchtturm Triests sehen konnte, dachte ich daran, einfach umzudrehen. Noch im Parcheggio *il Silos* dachte ich, du könntest einfach hier im Automobil sitzen bleiben und nichts machen. Noch auf dem Corso Cavour, auf dem Weg zum Touristeninformationsbüro, dachte ich, dies ist deine letzte Chance, einfach umzukehren. Trotzdem ging ich weiter. Dieselbe Trotzreaktion, die ich schon mehrmals zuvor an den Tag gelegt hatte. Ich wußte ganz genau, im Mozarteum keine Chance zu haben, trotzdem meldete ich mich zur Aufnahmeprüfung an; ich wußte ganz genau, bisher war noch kein Österreicher in Berlin glücklich geworden, trotzdem fuhr ich hin; ich wußte ganz genau, Salzburg ist immer für eine Katastrophe unerträglichen Ausmaßes gut, trotzdem ließ ich mich einfach so aus Madrid abholen und in mein Verderben verfrachten. Noch kurz vor Görz beschlich mich ein Gefühl, wie es Franco verspürt haben mußte, als man ihm kurz vor seiner Agonie noch große Teile des Magens operativ entfernt hatte. Aber jetzt war ich in Triest, und ich mußte mich Triest stellen; Triest konnte, trotz allem, was man über diese sogenannte Stadt aus Papier lesen mußte und hören konnte, nicht ärger als Salzburg und Berlin sein. Und trotzdem hätte ich nicht gedacht, daß es *so arg* werden würde. Auf dem Corso Cavour, zwischen der Via Rossini und der Via Bellini, am Canal Grande, dort wo Triest wie eine Parodie Venedigs aussieht, kam mir eine junge, aber unglaublich häßliche Frau entgegen. Sie hatte die gleiche Frisur wie die italienische Rocksängerin Francesca Chiara, wie ich später feststellen mußte, aber im Gegensatz zu dieser sogenannte Segelohren, die weit aus den glatten Haaren heraus vom Kopf abstanden; ihre Nase war unheimlich lang und schmal, an der Spitze noch etwas nach innen gebogen, die den Eindruck erweckte, mit ihr könne man die Kronkorken von Schultheiss-Bierflaschen entfernen; das Kinn war hervorstehend ausgeformt; die leicht geschürzten Lippen entblößten falsche, aufgeklebte, spitze Eckzähne; die leicht schief angeordneten Augen waren mit Kajal und Mascara geschwärzt ebenso wie die

Lippen, die mit schwarzem Lippenstift nachgezogen waren. Sie trug ein schwarzes, langes Spitzenkleid, hatte eine silberne Kette mit einem Pentagramm umgehängt, an einer Art Ledermiedergürtel einen Karabinerhaken mit einem Löffel (sic!) an einer silbernen Kette befestigt, dazu trug sie spitze, schwarze Schnallenschuhe; sie wirkte so ziemlich wie diese Grufties, die zuletzt in meinen Tonsatz-Seminaren herumgesessen waren, nur viel grotesker, weil sie so extrem häßlich war. In ihrer alles in allem abstoßenden Häßlichkeit war sie fast schon wieder schön, eine sogenannte herbe Schönheit, aber daran dachte ich damals nicht. Das Auffallende an dieser Begegnung war, obwohl diese nur die allerflüchtigste war, wie wir uns gegenseitig, obwohl wir uns nur für Sekundenbruchteile angeschaut hatten, mit einem Blick, der der alleroberflächlichste gewesen sein mag, vollkommen durchschauten, mit allen uns zur Verfügung stehenden Mitteln. Sie hatte mich auf den ersten Blick durchschaut, obwohl sie mich nie zuvor gesehen hatte, wie auch ich sie sofort durchschaut hatte, auf den allerersten Blick, obwohl sie eine mir völlig Unbekannte war. Sie war wie ein Windhauch an mir vorbeigerauscht, als ich mich endlich umschaute, war sie bereits in diesem städtebaulichen Labyrinth verschwunden, aber wir hatten uns, aus den Augenwinkeln, für einen Sekundenbruchteil angeschaut, und damit auch gleichzeitig gegenseitig *durchschaut.* Ich hatte nicht einmal daran denken können, sie nach dem Weg zum Touristeninformationsbüro zu fragen, so unheimlich schnell ging unsere Begegnung vonstatten; und trotzdem war unser zufälliges Zusammentreffen ein allerintensivstes; das war kein *déjà-vu,* Doktor, das war ein *déjà-rendez-vous,* sagte ich in

Salzburg zu Hollhof. Der Rektor dieser Flaschenuni hatte exakt zehn Jahre gebraucht, bis er mich durchschaut hatte, und zwar mit fremder Hilfe, diese mir vollkommen unbekannte Frau hatte noch nicht einmal eine Sekunde gebraucht, um mich zu durchschauen, Doktor, und zwar vollständig, so wie ich auch sie vollständig durchschaut hatte. Wir hatten uns nie zuvor gesehen, wir hatten kein Wort miteinander gesprochen, wir hatten uns nur ganz flüchtig angeschaut, und trotz allem war diese Begegnung mit einem Gefühl der Vertrautheit verbunden, als ob wir uns schon immer gekannt hätten. Noch Stunden später, als ich endlich das Touristeninformationsbüro gefunden hatte, wo man mir einen Stadtplan aushändigte, auf dem selbstverständlich die Universität nicht eingezeichnet war, wie man es von einer geist- und kulturfeindlichen Stadt schließlich nicht anders erwartet, noch Stunden später mußte ich an dieses zufällige Aufeinandertreffen denken. Ich fragte Vorübergehende, wo sich die Universität befinde, man fragte zurück, die alte oder die neue? Woher sollte ich das wissen? Man müsse nämlich unterschiedliche Buslinien benutzen, je nachdem, ob man zur alten oder neuen Universität gelangen möchte. Ich sagte, ich wolle zu Fuß zur Universität gehen. Man beschrieb mir in einem unappetitlichen Italienisch, das sich als Triestiner Dialekt herausstellen sollte, der kaum zu verstehen war, den Weg zu beiden Universitäten. Dem Sprachenproblem hatte ich vor meiner Reise nach Triest keinerlei Bedeutung beigemessen; schließlich beherrsche ich fließend das Spanische, Italienisch so einigermaßen, und die Sprache der Musik ist eh international. Außerdem war ich irrtümlich davon ausgegangen, in einer Stadt, die über fünfhundert Jahre zu

Österreich gehört hatte, ja die eine der wichtigsten Städte der Donaumonarchie gewesen ist, mit meiner Muttersprache durchzukommen. Das kann noch spannend werden, dachte ich, als ich mehrere Passanten nach dem genauen Weg zur Universität, wenigstens zu *einer,* fragte. Formulierte ich meine Frage auf deutsch, verstand der Angesprochene nichts; formulierte ich meine Frage auf italienisch, kam eine Antwort in einem widerwärtigen Dialekt, den ich nicht verstand. Daß ich hier lehren sollte, kam mir spanisch vor; ich hatte mich auf ein Abenteuer eingelassen, dem ich nicht gewachsen war, zumindest nicht sprachlich. Ich war nicht nur mundtot gemacht worden, indem man mich aus Berlin hinausgeekelt hatte, weil ich diesen ganzen nach Kollaps stinkenden Universitätsbetrieb lächerlich gemacht hatte, ad absurdum geführt hatte, sondern ich war wirklich mundtot gemacht worden, weil man in Berlin genau wußte, ich könnte mich in Triest gar nicht verständigen; ich war also nicht nur im übertragenen Sinne mundtot gemacht worden, sondern in einem Eins-zu-eins-Verhältnis. Meine Existenz war ein Mundtotdasein, jedenfalls anfänglich. Ich schluckte ein paar Muntermacher und erkundete die Stadt zu Fuß. Banken, Handelshäuser, Assekuranzen, Habsburger Überbleibsel, aber keine Universität. Ich irrte stundenlang in der Stadt herum, allein dreimal passierte ich die Börse. Freud, der zu Beginn seiner wissenschaftlichen Karriere am Zoologischen Institut von Triest aus Forschungsgründen Hunderte von Aalen vivisezieren mußte, notierte einmal sinngemäß über die Triestiner Frauen, ihre körperliche Lieblingsbeschäftigung sei das Laufen. Man hätte eben zutreffendere Stadtpläne drucken lassen müssen, denn eines fiel mir sofort auf:

Hier herrschte eine ungeheure Intensität des Laufens, wer nicht mit einer Vespa unterwegs war, lief stundenlang in der Stadt herum, selbstverständlich auch Männer und Kinder, nicht nur Frauen; manche Personen traf ich zwei- oder dreimal unterwegs wieder auf meiner Suche nach der Universität. Nach ein paar Stunden des Herumirrens ging ich zum Hauptbahnhof zurück, um von da aus in die einzige Himmelsrichtung zu gehen, die ich noch nicht ausprobiert hatte; ich ging gewissermaßen nun genau in die Richtung, in die diese unglaublich häßliche junge Frau gegangen sein mußte. Mir fiel sofort die hohe Zahl jüngerer Menschen auf, die sich in diese Richtung bewegten, vorher hatte ich fast ausschließlich ältere Menschen gesehen, bekanntlich ist Triest eine sterbende Stadt, wer etwas werden will, geht hier weg, und wahrscheinlich war ich jetzt deshalb hier. Nur wenige hundert Meter vom Hauptbahnhof, einem klassischen k.k.-Gebäude, fand sich eine Piazza, die ein Hinweisschild zur Universität aufwies. Ich ging die Via Fabio Severo entlang, bis ich auf die an einem Karsthang oberhalb der Stadt gelegene Universität stieß. Das mußte die neue Universität sein, nicht die alte, von Mussolini gegründete. Ich betrat die Arkaden des Gebäudes und fragte mich bei den Akademikern durch. Ich erklärte jedem, gerade aus Berlin zu kommen und hier erwartet zu werden, da ich hier meine Lehrtätigkeit aufnehmen müsse. Ich wurde durch die ganze Stadt zurückgeschickt, bis ans andere Ende, bis zum *Museo Revoltella*, wo sich die *Facoltà di Lettere* befindet. Irgendwann stand ich in irgendeinem Büro irgendeiner Sekretärin, die sehr erfreut war, endlich den Herrn Professor aus Berlin begrüßen zu können. Sie sprach mich in einem akzentfreien

Deutsch an, weshalb ich mich erstmal für mein Berlinern entschuldigen mußte, ich konnte mir das Berlinern nicht mehr abgewöhnen, im Gegensatz zu Handke. Die Sekretärin jedoch hatte nichts anderes erwartet als einen Professor aus Berlin, der auch ordentlich berlinert. Sie fand meinen Dialekt durchaus *lustig,* sie müsse immer sofort an *Berlin Alexanderplatz* von Döblin denken, wenn sie mich reden höre, so die Sekretärin. Nun traf auch mein neuer Chef ein, ich verstand seinen Namen nicht, er verstand mein Berlinerisch nicht, bat mich aber trotzdem in sein Büro. Er erklärte mir auf italienisch meine Aufgaben an dieser germanistischen Fakultät. Ich stutzte, schließlich hatte ich überhaupt keine Ahnung von Germanistik. Ich hatte früher mal zwei oder drei Bücher von Handke, Bernhard, Musil, Roth und Broch gelesen, aber wie lange war das her? Mein neuer Chef redete weiter auf mich ein, ich verstand fast nichts, nur einige Bruchstücke, die ich zu einem Puzzle zusammensetzte. Offensichtlich war ich einige Wochen zu früh in Triest eingetroffen, man hatte noch nicht mit mir gerechnet, momentan seien noch die *vacanze accademiche* (Semesterferien), aber das sei kein Problem. Er werde mich auch Claudio Magris vorstellen, der ebenfalls an dieser *Facoltà di Lettere* lehre, sobald dieser aus Wien oder Salzburg oder Essen zurückkomme. Er drückte mir die *Guida di Orientamento – Programmi dei Corsi* (Vorlesungsverzeichnis) in die Hände; es sei selbstverständlich nicht mehr möglich gewesen, immerhin *sei alles sehr schnell gegangen,* den Namen zu ändern, das Vorlesungsverzeichnis sei bereits vor Wochen gedruckt worden, zu einem Zeitpunkt also, wo niemand damit rechnen konnte usf., usf. Ich blätterte verwirrt in diesem sogenannten Programmheft; überhaupt, ein seltsames Büro, wie mir erst jetzt auffiel, während ich sonst immer alles auf den ersten Blick durchschaue, habe ich, wahrscheinlich wegen der ungewohnten Situation, in der ich jetzt hier, in der Stadt des Todes, war, erst zu spät bemerkt, wie unpersönlich und leer das ganze Büro, in dem ich mich zum ersten Mal befand, wirkte; der einzige Schmuck, der im ganzen Raum anwesend war, bestand aus einer Büste Mussolinis, die in einer Ecke zur Wand gedreht war. Als mein neuer Chef mein Anstarren dieser Büste bemerkte, sagte er in akzentfreiem Deutsch: *Hat er verdient, der alte Gauner, der Gründer unserer Universität. Er blickt nun in alle Ewigkeit nach Österreich, aber er sieht es nicht.* Mein neuer Chef zeigte mir nun endlich, welches Seminar ich geben sollte, der gedruckte Name des Lehrenden entsprach ja nicht dem meinigen. Das Seminar war folgendermaßen betitelt: *Thomas Mann: La Montagna Incantata.* Ich überlegte und überlegte, wer war Thomas Mann? Mein Chef gab irgendein Gemisch aus Deutsch und Italienisch von sich, in dem ich meinte, das Wort *Zauberflöte* gehört zu haben. Mozart ist selbstverständlich der allerletzte Dreck, völlig indiskutabel für jeden ernstzunehmenden Musikwissenschaftler, na gut, aber Triest ist eben nicht Salzburg, hier muß man ganz von unten anfangen. Mache ich eben ein Seminar über *Die Zauberflöte.* In dieser Stadt, die sich allen Ernstes *freiwillig* unter österreichischen Schutz gestellt hatte, wenn auch schon dreizehnhundertzweiundachtzig, muß man mit allem rechnen, dachte ich, warum nicht auch mit Mozart. Ich war hier in einer Stadt von Verrückten, in einer Metropole des Wahnsinns, das wußte ich. Man muß sich einmal diese völlig irre Situation vor Augen führen: Eine ganz normale Stadt begibt sich *freiwillig* unter den Schutz Österreichs, mit allen Konsequenzen. Man stelle sich nun vor, irgendeine beliebige Stadt käme heutzutage auf diese Idee, nehmen wir irgendeine x-beliebige Stadt, sagen wir *Bremen.* Bremen und damit auch Bremerhaven stellen sich also unter den Schutz Österreichs. Das Bundesheer besetzt alle strategisch wichtigen Punkte der Stadt, die österreichische Kriegsmarine besetzt unter dem Jubel der Bevölkerung den Bremer Hafen und Bremerhaven, zum Schutz. Das österreichische Bundesheer richtet ein Arsenal ein, vielleicht in Bremen-Vegesack, die österreichische Verwaltung Bremens installiert ein Salzamt, um auch in Bremen dieselbe Effizienz der Verwaltungsarbeit zu gewährleisten, wie diese in Wien gegeben ist. Stellen Sie sich vor, Doktor, Barmen und Elberfeld hätten sich unter den Schutz Österreichs gestellt, und das vollkommen freiwillig. Dieser Gedanke, eine komplette Stadt freiwillig dem österreichischen Staat auszuliefern, ist der abwegigste. Ein Gedanke, der praktisch theoretisch undenkbar ist, der aber, zumindest im Fall Triests, Realität geworden ist. Stellen Sie sich vor, Schweinfurt hätte sich unter österreichischen Schutz gestellt, und zwar freiwillig. Oder Düsseldorf oder London oder Berlin oder Frankfurt/Main. Stellen Sie sich vor, Doktor, Goethe wäre in Österreich aufgewachsen, und das nur, weil die Stadt Frankfurt/Main sich unter den Schutz Österreichs begeben hätte, *freiwillig und mit allen Konsequenzen.* Ein an sich undenkbarer Gedanke, jedenfalls theoretisch, der aber ein zutiefst mitteleuropäischer ist. Die ganze Paradoxie des mitteleuropäischen Gedankens manifestiert sich an dieser Stadt Triest, die eine aus Papier bestehende ist. Selbst Gedanken, die an und für sich undenkbar sind und somit naturgemäß erst gar nicht zu Papier gebracht werden, können in Triest zur Realität werden. Mein neuer Chef, der hier Dekan, Prodekan oder *preside* war, wollte mir nun mein eigenes Büro zeigen, das das Büro meines Vorgängers war, der sehr überstürzt seinen Posten aufgegeben hatte, wie mir erzählt wurde. Die Fenster könne man hier im ganzen Gebäude nicht mehr öffnen, seitdem sich eine Studentin aus einem hinausgestürzt habe, so erfuhr ich. Mein Seminar könne ich selbstredend auf deutsch abhalten, hier verstehe jeder die deutsche Sprache, nur das Berlinern sollte ich vielleicht etwas einschränken, so wurde mir geraten. Im Prinzip sei die Mentalität hier in der Stadt eine durch und durch deutsche. Hier herrsche Ordnung und Sauberkeit, das Geldverdienen genieße absolute Priorität, für Kunst und Kultur sei in dieser Stadt sozusagen kein Platz. Diese Universität hier sei praktisch nur eine Enklave des Geistes inmitten dieser rundum tagesfüllenden Geschäftemacherei. Hier werde das Geld verdient, um den Süden weiter durchfüttern zu können. Trotz der großen Nähe zu Österreich wolle man mit eben diesem Österreich nichts mehr zu tun haben, *denn Österreich hat uns diese Universität immer verweigert.* Auch wenn diese Stadt offiziell zu Italien gehöre, so sei Triest doch eher mit deutschen Städten vergleichbar. Sie werden schon sehen, bekam ich zu hören, die Züge sind pünktlich, im Stadtgarten wird niemand überfallen, die meisten fahren deutsche Automobile, Sie werden sich hier fühlen wie zu Hause, *Sie werden sich in Triest fühlen wie in Berlin,* bekam ich prophezeit. Tausende von österreichischen Professoren hätten sich auf diese Stellenausschreibung hin gemeldet, trotz der Kurzfristigkeit, in der diese erfolgen mußte. Ich sei aber von vornherein erste Wahl gewesen. Man habe sich intern bereits vor der Stellenausschreibung darauf geeinigt, nur einen deutschen Professor auf diesen Lehrstuhl zu berufen, niemals einen österreichischen. Ich sei ein besonderer Glücksfall für die Universität Triest, mit meinem Namen, mit meinem Renommee, und dann auch noch aus Berlin, aus der neuen Hauptstadt kommend; nur auf dem Foto in meinen Bewerbungsunterlagen hätte ich älter ausgeschaut, aber wer sehe auf seinem Paßfoto nicht älter aus als in natura? Man sei sich jedenfalls in der gesamten *Facoltà di Lettere* vollkommen einig gewesen, lieber das Doppelte für einen deutschen Professor ausgeben zu wollen als die Hälfte für einen österreichischen, der dann doch wieder nur Seminare über *Wunschloses Unglück* abhalte, von vornherein sei man sich darüber einig gewesen, er als *preside* habe nicht einmal allzusehr auf die anderen einwirken müssen, wobei er mein Büro aufsperrte und mich vorgehen ließ. Es war ein ganz normales Büro, wie es auch durchaus in Berlin hätte existieren können. Sessel, Schreibtisch, Aktenregal usf., usf. Der einzige Unterschied zu einem herkömmlichen Arbeitsplatz in herkömmlichen Universitäten bestand aus einem Einschußloch in der Schreibtischplatte und einem Kreidestrich auf dem Fußboden, der den Umriß eines menschlichen Körpers darstellte. Das war kein Ort, um eine Schönberg-Studie schreiben zu können, erfaßte ich auf den ersten Blick. *Il preside* ging an die Decke; er schrie nach seiner Sekretärin, als diese endlich herbeigeeilt war, brüllte er sie in einem absolut widerwärtigen Italienisch an, warum hier immer noch nicht sauber gemacht worden sei, das alles mit einigen unappetitlichen sogenannten Kraftausdrücken gewürzt, die ich jedoch nicht alle verstand. Man versprach mir, ab morgen mein Büro benutzen zu können, man müsse auch noch ein Hotelzimmer für mich suchen, die Professorenvilla sei leider noch polizeilich versiegelt, man habe mit mir ja erst in vier Wochen gerechnet, nicht schon jetzt, man sei gewissermaßen etwas unvorbereitet. Mein Vorgänger habe sich ohne Angabe von Gründen und also auch ohne ersichtlichen Grund das Leben genommen, für alle vollkommen überraschend, bekam ich zu hören. *Il preside* bestand darauf, den gerade erlittenen Schock gemeinsam in der Mensa zu verdauen. Als ich in der Mensa vor einem Teller mit Nudeln in köstlich duftender Kräutersauce saß, ein Gericht, das, zum Vergleich, weniger als zwei Röggelchen am Alex gekostet hätte, machte ich mir doch einige Gedanken darüber, wie ich diese permanente Unterversorgung mit genießbaren Lebensmitteln in Berlin überhaupt so lange hatte aushalten können. Immer nur Minidöner, Dönerkebab, Maxidöner, Currywurst und Wiener Schnitzel mit Pommes frites und Salatgarnitur, das ist der Speiseplan einer Strafkolonie, einer Strafvollzugsanstalt, eines Irrenhauses. Trotzdem wurde ich auch hier in der Mensa der Universität Triest nicht satt. *Il preside* kramte aus seiner Sacktasche einen Löffel und ließ sich seine Nudeln schmecken. Nach einer Weile fragte er mich, ob ich keinen Löffel mitgebracht hätte. Ich verneinte. Hier sei immer wieder soviel Besteck gestohlen worden, sodaß jetzt jeder seinen eigenen Löffel mitbringen müsse. Ich versuchte, einige Nudeln mit den Fingern zu mir zu nehmen, was wegen der Kräutersauce nicht einfach zu praktizieren war. Wissen Sie, *dottore,* so *il preside* mit vollem Mund, man sei hier wirklich über meine Zusage glücklich gewesen, außerordentlich glücklich. Triest sei schließlich vollkommen unbedeutend, ein Provinznest, die Universität habe selbstverständlich keinen so guten Ruf wie Oxford oder Cambridge. Kaum eine Koryphäe wolle deshalb einem Ruf nach Triest folgen, nur österreichische Massenware, ich sei fast die einzige Ausnahme, so *il preside* munter weiterlöffelnd. Sie müssen sich gleich morgen früh einen Löffel kaufen, riet mir *il preside*, während er auch noch meine fast unberührte Portion Nudeln gierig in sich hineinlöffelte. Ich wurde im Hotel *Duchi D'Aosta* an der Piazza Unità d'Italia einquartiert, da das an sich gediegenere *Hotel Greif Maria Theresia* mit Versicherungsmaklern belegt war, die hier in Triest irgendeinen Kongreß veranstalteten. Ich wusch mir noch auf dem Abort der Universität die Hände, schluckte ein paar Muntermacher und machte mich auf den Weg Richtung Hauptbahnhof, um Mignon und mein Gepäck aus der DS zu befreien. Das Hotel war relativ leicht zu finden, es liegt in der Nähe der Börse, an der ich schon zwei- oder dreimal vorbeigelaufen war. Als ich mit meinen drei Geigenkästen das Hotel betreten wollte, wurde ich von einigen Touristen, die mich für einen dieser meistgesuchten Mafiosi hielten, fotografiert. Nachts träumte ich von der unglaublich häßlichen, aber jungen Frau, die mir ihren an einer Kette hängenden, mit einem Karabinerhaken an einer Art Ledermiedergürtel befestigten Löffel verkaufen wollte. Ich öffnete den Koffer mit der Million Schilling, den ich aus Salzburg mitgenommen hatte; der Lärm einer vorbeifahrenden Vespa ließ mich jedoch abrupt aufwachen. Am nächsten Morgen kaufte ich mir zuerst einen Löffel und ging anschließend zur *Facoltà di Lettere,* um mein inzwischen gesäubertes Büro in Besitz zu nehmen. Das Einschußloch in der Schreibtischplatte war nur notdürftig zugeschmiert worden, man konnte noch genau sehen, wo mein Vorgänger in die Tischplatte gebissen hatte; auch ließen sich einige Bißspuren im unter dem Schreibtisch liegenden Teppich erkennen, jedenfalls konnte ich sie erkennen. Ich schluckte ein paar Muntermacher und verstaute das leere Blatt Papier, das einmal den Beginn meiner Schönberg-Studie aufnehmen sollte, im Kasten in der Ecke. Hinten im Kasten meinte ich, etwas gesehen zu haben. Ich fühlte nach. Es war eine Münze. Eine Zweihellermünze von neunzehnhundertsechzehn, aber stark lädiert. Ich setzte mich auf den Sessel und nahm mir das Vorlesungsverzeichnis vor. Ich las zwei- oder dreimal den zu meiner Veranstaltung gehörenden Text durch und war sicher, im falschen Film zu sein. Es bestand kein Zweifel, ich sollte kein Seminar über *Die Zauberflöte* halten, sondern über Thomas Manns Roman *Der Zauberberg.* Ich war hereingelegt worden, und zwar vollständig und mit allen Konsequenzen. Ich schluckte ein paar Muntermacher und las die Ankündigung meines Seminars noch einmal durch: Letteratura tedesca moderna e contemporanea. Thomas Mann: La Montagna Incantata. Nel 1922 T. Mann, affermava, con chiara allusione allo Zauberberg: *Keine Metamorphose des Geistes ist uns besser vertraut als die, an deren Anfang die Sympathie mit dem Tode, an deren Ende der Entschluß zum Lebensdienste steht. Die Geschichte der europäischen Décadence und des Ästhetizismus ist reich an Beispielen dieses Durchbruchs zum Positiven, zum Volk, zum Staat.* Il corso intende percorrere, avendo come sfondo storia, filosofia e letteratura germania del tempo, le tappe, a partire dal 1913, dell'elaborazione del romanzo e le trasformazioni del sentire che si riflettono nello sviluppo delle tematiche. L'argomento del Corso: Oltre allo *Zauberberg*, le opere di T. Mann a cui durante il corso verrà fatto sopratutto riferimento sono: *Der Tod in Venedig*, alcuni saggi delle *Betrachtungen eines Unpolitischen von deutscher Republik* e *Goethe und Tolstoi.* Indicazioni Particolari: Gli studenti sono invitati a riappropriarsi, prima dell'inizio del corso, delle loro competenze spezifiche di storia della Germania e storia letteraria tedesca, sopratutto relativamente all'epoca guglielmina e al primo dopoguerra, fino al 1925 ca. I testi a cui riferimento possono essere per es. G. Corni, Storia della Germania. Soweit die Ankündigung im *Guida di Orientamento – Programmi dei Corsi.* Ich war erledigt, erledigt, erledigt. Langsam erkannte ich das Motiv für den Selbstmord meines Vorgängers; andererseits hatte ja höchstwahrscheinlich gerade mein Vorgänger diesen Text verfaßt, und genauso höchstwahrscheinlich wollte mein Vorgänger in der Tat, etwa aus Interesse, aus purem Masochismus, aus völliger Unkenntnis der Sachlage, ein Seminar über Thomas Manns *Der Zauberberg* abhalten. Mein Vorgänger, mit diesem lächerlichen österreichischen Namen, der statt meines Namens im Vorlesungsverzeichnis abgedruckt war, hatte diesen selbstzerstörerischen Text in einem Anfall geistiger Teilabschaltung verfaßt, und nach Wiedererlangung des Bewußtseins war ihm durch und durch klar geworden, ein solches Seminar ist zum Scheitern verurteilt, von Anfang an; daher hatte mein Vorgänger die Konsequenzen gezogen, in einer ebenso unappetitlichen wie auch endgültigen

Weise. Seine Probleme waren nun meine Probleme. Dazu kamen noch weitere: Wie sollte ich diese ganze Bibliothek, die man gelesen haben mußte, wenn man (erfolgreich) an diesem (meinem!) Seminar teilnehmen wollte, in diesen noch gut drei Wochen bis zum Beginn der Vorlesungszeit, der *periodo delle lezioni*, überhaupt noch lesen? Wie sollte ich mir so schnell fundierte Kenntnisse über die deutsche Geschichte, vor allem über das Wilhelminische Zeitalter und darüber hinaus, aneignen? Wo sollte ich überhaupt diesen altdeutschen Schinken hier in Triest auftreiben? Wann sollte ich dieses sicherlich dicke Buch, schließlich hörte sich der Titel ja schon nach einem dicken Brocken an, rein zeitlich gesehen, überhaupt noch lesen? Geschweige denn, meine Schönberg-Studie schreiben? Ich schluckte noch ein paar Muntermacher. Je länger ich daran dachte, vielleicht schon morgen hier einen ganzen Berg von Büchern, und obendrauf sogar den *Zauberberg*, auf meinem Schreibtisch liegen zu haben und diese sogar lesen zu müssen, desto mehr ekelte ich mich vor dieser Vorstellung davon. Allein der Gedanke, Stunden meines Lebens mit dem Lesen der Gedanken anderer Leute verbringen zu müssen, machte mich halb verrückt. Wieviel hatte doch Bobi Bazlen für die Literatur getan, indem er nichts schrieb. Wieviel hatte ich doch für Berlin getan, indem ich nichts machte. Die Kunst des Nichts-Schreibens ist eine der des Nichts-Machens in jeder Hinsicht überlegene. Man sieht Millionen von Leuten, die nichts machen, aber kaum jemanden, der nicht unbedingt irgend etwas von sich veröffentlicht sehen will, und sei es nur eine Wäscheliste. Mit seinem Nichts-Schreiben war Bobi Bazlen auf dem Gipfel der Erkenntnis angelangt, nur das *Nichts-*

Schreiben ist die perfekte Literatur. Während ich mit meiner Kunst des Nichts-Machens schon einen recht hohen Grad der Perfektion erreicht hatte, jedenfalls in Berlin, bis meine vermeintliche Karriere, die nur eine Spießerexistenz war, abrupt unterbrochen wurde, hatte Bobi Bazlen den allerhöchsten Grad der Perfektionierung seiner Kunst, der des *Nichts-Schreibens,* erreicht; nur leider ohne Nachahmer zu finden. *Ich schreibe keine Bücher. Fast alle Bücher sind nichts als zu Bänden aufgeblähte Fußnoten,* soll Bazlen gesagt haben. Mit voller Zustimmung zu diesem Statement ging ich zum Abort, wo ich mir die Hände gründlich wusch und ein paar Muntermacher schluckte, um anschließend in der Stadt die Antiquariate, in denen sich Bobi Bazlen andauernd aufgehalten hatte, nach Thomas Manns *Der Zauberberg* zu durchstöbern. In der *Libreria Antiquaria Umberto Saba* kam ich zum Ziel: Ich konnte eine uralte Ausgabe des *Zauberbergs* erstehen, um ein paar tausend Lire. Im *Duchi D'Aosta,* nachdem ich stundenlang in dieser in ihrem Aufbau jeder Logik widersprechenden Stadt herumgeirrt war, übrigens ohne diese unglaublich häßliche, aber doch junge Frau wiederzutreffen, begutachtete ich meinen Fund. Eine in jeder Hinsicht viel zu dicke Schwarte, neunzehnhundertvierundzwanzig erschienen, und zwar ausgerechnet in Berlin. Das Buch, falls man hier nicht eher von einer Bibliothek sprechen mußte, hatte nicht den von mir befürchteten Umfang von fünfhundert Seiten, sondern gut und gerne den doppelten. Zwei Wochen lang ließ ich diesen Eckstein, oder eher Backstein, der Weltliteratur erstmal liegen; ich sagte noch zu Mignon, kein gesunder Mensch könne diese Altlast deutschen Literaturschaffens lesen, ohne Jahre des eigenen Lebens zu verlieren. Jedes Lesen eines Buches ist ein kleiner Tod, dachte ich. Ich nahm diesen Klotz sogar jeden morgen mit in mein Büro, allerdings ohne einen einzigen Blick hineinzuwerfen. Nach etwa zwei Wochen dachte ich, die Zeit wäre reif für das Lesen der ersten Zeilen, und in der Tat las ich die ersten drei oder vier Zeilen von Thomas Manns *Der Zauberberg,* ich hatte schließlich inzwischen nicht einmal mehr zwei Wochen Zeit, um mein Seminar vorzubereiten, und an sich, Doktor, hatte ich meine erste Zeit in Triest eigentlich, genaugenommen, nur mit Nichts-Machen zugebracht. Während der Lektüre der ersten Zeilen des *Zauberbergs* klingelte mein Telefon; Karajan konnte es nicht sein, er hatte seine ewige Ruhe gefunden. Am Apparat war die Sekretärin des *preside,* die mich weiterverband. Eine verwirrte, spanisch sprechende Person war am anderen Ende der Leitung; Gloria Gonzales, vermutete ich. Wie sich im Laufe des Gesprächs herausstellte, war mein uralter Germanistikprofessor in Berlin verstorben; nach längerem Leiden aufgrund einer Salmonellen-Infektion, die er sich vermutlich im Restaurant des *Kempinski* zugezogen hatte, so Gloria Gonzales. Die Beerdigung sei übermorgen, ob ich nicht kommen könne. Sie habe in ganz Triest herumtelefoniert, immer auf der Suche nach dem Professor aus Berlin. Ich sagte zu. Ich wußte ganz genau, das Kapitel Berlin war für mich abgeschlossen; trotzdem sagte ich zu. Und, Doktor, das wissen Sie, ich hatte den Schreibtisch voller Arbeit; gewissermaßen zählte momentan jeder Tag, jede Stunde, jede Minute, jede Sekunde; und trotzdem fuhr ich sofort nach Berlin. Ich hätte nie wieder nach Berlin fahren dürfen, aber trotzdem fuhr ich praktisch sofort nach diesem Anruf, der ein verzweifelter gewesen war, nach Berlin. Als ich am ehemaligen Grenzübergang Dreilinden den steinernen Bären sah, der eigentlich eine steinerne Gurke sein müßte und wo ich beinahe mit meiner Göttin, die eigentlich die DS meines Vaters war, auf ein Fahrzeug vor mir, das plötzlich abrupt abgebremst hatte, aufgefahren wäre, dachte ich noch, du mußt verrückt, aber nicht geisteskrank sein, wenn du hierhin zurückkehrst. Berlin ist *die* Metropole seriell generierten Wahnsinns; Berlin ist ein Durchgangsort für alle Geistesschwachen, die sich hier den letzten Schliff ihrer Vollidiotie zur endgültigen Perfektionierung derselben abholen wollen; Berlin ist eine Lächerlichkeit, eine in keinem Verhältnis zu ihrer vermeintlichen Bedeutung stehende Scheußlichkeit, die auf einem kalkulierten architektonischen Vernichtungsplan basiert; und trotzdem bin ich in diese Gurkenstadt zurückgekehrt. Welch eine Vollidiotie, nach Berlin zurückzukehren, dachte ich am Triest-Park nahe dem Germanistischen Seminar; wenigstens hatte ich Mignon in Triest zurückgelassen. *Ich* mußte ja nach Berlin zurückkehren, wegen des Begräbnisses, nicht aber Mignon. Ich hatte keine andere Wahl, dachte ich noch, als ich den Wagenschlag öffnete und mir sofort dieser Geruch von Kollaps entgegenströmte. Angewidert schloß ich die Tür umgehend wieder und blieb im Automobil sitzen. Durch diese ganze Herumgurkerei sind jetzt schon einige tausend Kilometer mehr auf dem Tacho, sah ich mit einem Blick auf denselben. Konnte mein Professor nicht ein paar Wochen eher von uns gehen, zu einem Zeitpunkt, zu dem ich noch in Berlin weilte? Mir fiel noch rechtzeitig das Hausverbot ein, welches gegen mich für sämtliche Gebäude aller Berliner Universitäten und Hochschulen ausgesprochen worden war. Ich fuhr in die Fasanenstraße, parkierte dort meine DS um zwei Mark pro angefangene Stunde und versuchte, telefonisch herauszubekommen, wann und wo die Beerdigung stattfinden sollte. Sobald meine sogenannten ehemaligen Kollegen und Kolleginnen meinen Namen hörten, legten sie auf. Gloria Gonzales ging nicht mehr ans Telefon. Letztendlich versorgte mich ausgerechnet Naderer, der mir diese ganze Triest-Suppe durch seine klandestinen Ermittlungen im Salzburger Mozarteum erst eingebrockt hatte, mit den nötigen Informationen. Naderer schickte mich zum Zentralfriedhof Friedrichsfelde, der gegenüber einer Müllverwertungsanlage im ehemaligen Osten Berlins liegt. Mit schon an Schwachsinn grenzender Arglosigkeit fuhr ich tatsächlich über die ehemalige Leninallee nach Lichtenberg. Ich hatte wirklich angenommen, mein ehemaliger Germanistikprofessor wollte seine letzte Ruhe im Osten Berlins genießen, nicht im Westen, und zwar aus politischen Gründen, aber auch, weil schließlich Brecht im Osten begraben lag. Völlig arglos dachte ich noch, für einen wie meinen Professor, mit seiner politischen Einstellung, mußte es eine Ehre sein, im Osten Berlins zur letzten Ruhe geleitet zu werden, nicht im Westen. Dazu kam ja noch die unmittelbare Nähe zur Leninallee. Mir war in einem Anfall von Geistesschwäche nicht einmal bewußt geworden, wie grotesk doch dieser Gedanke, als ehemaliger persönlicher Bekannter Trotzkis in Stalins ehemaligem Ostberlin begraben werden zu wollen, letztendlich war. Am Zentralfriedhof schluckte ich noch ein paar Muntermacher, wusch mir auf dem Abort der Friedhofsanlage die Hände und gesellte mich zur wartenden Trauergemeinde. Man stand in

Grüppchen tuschelnd und schluchzend beisammen; ich erkannte keine einzige Person. Von der FU war sicherlich keine dieser Gestalten, die Idioten von der FU rochen schon ganz anders. Langsam, Doktor, begann sich meine Arglosigkeit zu legen; ich wurde mißtrauisch. Etwas abseits wartete eine Dreiergruppe, die für ein solches Ereignis völlig unpassend in Karohemden und Manchesterhosen erschienen war. Ich fragte einen der drei Männer, wie der teure Entschlafene denn genau zu Tode gekommen sei. *Vom Jerüst jefalln, und schon war die Lampe ausjeknipst, wa,* bekam ich zur Antwort. Ich fragte schnell bei der Friedhofsverwaltung nach und wurde zurück in den Westen geschickt, nach Charlottenburg, zum Friedhof Ruhleben, in der Nähe des Olympiastadions. Als ich dort eintraf, hatte sich die Trauergemeinde bereits hinter dem Sarg formiert, zum letzten Geleit. Ich schloß mich sofort dem Trauerzug an, ohne mich großartig umzusehen. Ich setzte eine ernste Miene auf und trottete gesenkten Blickes hinter den anderen her. In der letzten Reihe stehend, folgte ich den Amtshandlungen des Pfarrers, der einen betrunkenen Eindruck machte. Man konnte von seinen Worten praktisch nichts verstehen; ich stand zu weit abseits, außerdem störte der Lärm startender und landender Flugzeuge, der vom nahegelegenen Flughafen Tegel an meine Ohren drang. Der Sarg wurde hinabgelassen, das *Vater unser* gemurmelt, vom Pfarrer gelallt, die Sargträger warfen ihre weißen Fingerlinge in die Grube, die weiblichen Trauernden warfen nach einer Weile des in sich gekehrten Verharrens ein Blumensträußchen ins Grab, die männlichen Trauergäste entnahmen mittels eines Spatens etwas Erde aus einem neben dem Grab bereitgestellten Eimer und ließen diese auf den Sargdeckel rieseln. Ich war fast als letzter an der Reihe, und mit dem Spaten in der Hand, während die Erdbröckchen nach und nach auf dem Sargdeckel aufschlugen, dachte ich, hoffentlich hast du die Türen deiner DS auch richtig verriegelt. Ich stellte den Spaten zurück in den Eimer und bemerkte erst jetzt ein kleines Plastikschild, auf dem alle die Beisetzung betreffenden Daten geschrieben standen: Nummer der Gruft, Tag und Uhrzeit des Begräbnisses, Name des Verstorbenen. Ich dachte noch, wenn man vorher den exakten Zeitpunkt seines eigenen Todes, seiner eigenen Begräbnisfeierlichkeiten, wie er jetzt hier auf diesem kleinen Schildchen zu lesen war, wissen könnte usf., bis mir auffiel, daß es sich hier um einen vollkommen anderen Namen als um den meines Professors handelte. Ich war hier auf dem falschen Begräbnis, und zwar heute bereits zum zweiten Mal. Ich fragte den Pfarrer höchstselbst, der mir die Auskunft gab, die Beerdigung des Herrn Professors finde erst in zwei Stunden statt. Zur Überbrückung dieser Wartezeit gingen wir gemeinsam zu einer sich in der Nähe befindenden Kneipe, wo wir uns einige Schultheiss auf die Lampe gossen. Der Herr Pastor erklärte mir, Erdbestattungen kämen aus der Mode, man gehe mehr zu Feuerbestattungen über, man habe ja auch dieses große Krematorium, quasi ein *Musterkrematorium*, zur Verfügung; nur die Herzschrittmacher einiger Verstorbener bereiteten große Probleme, es sei schon zu besonders gefährlichen Explosionen gekommen; die ganze traditionelle Friedhofskultur stecke in der Krise usf. usf. Ich wusch mir auf dem Abort der Kneipe die Hände und warf ein paar Muntermacher ein, weckte schließlich den Herrn Pastor, der sich kräftig einen auf die

Lampe gegossen hatte, auf, hakte ihn unter, weil er nicht mehr allein laufen konnte, so legten wir die paar Meter zur Trauerhalle zurück. Dort bot sich mir ein Bild, das ich die ganze Zeit über schon in meinem Innersten mit mir herumgetragen hatte, naturgemäß völlig unbewußt: Ein Pulk schäbig, nachlässig und in der geschmacklosesten Art und Weise gekleideter Leute mit den unmodernsten Haarschnitten, die man sich vorstellen kann, und mit dem Geruch von Kollaps, den ihre Klamotten ausdünsteten, an sich, stand neben einer bunt zusammengewürfelten Blaskapelle, die unter Zeitdruck *Die Internationale* einübte. Im Hintergrund stand eine schwarze Kutsche, die als Leichenwagen diente, jedoch waren keine Pferde angespannt, sondern zwei Kamele, die man sich wohl vom Zoologischen Garten ausgeliehen hatte. Gloria Gonzales trug einen schwarzen Netzpareo über ihrem verschossenen und mottenzerfressenen Flamenco-Kleid, Naderer lief weg, als er mich sah – ich setzte ihn hinterher auf dem Herrenabort des *Diener* mit einer klassischen Rechts-Links-Kombination außer Betrieb –, der Rektor wies mich lautstark daraufhin, das von ihm mir gegenüber ausgesprochene Hausverbot gelte für *seine komplette Stadt,* nicht nur für die Universitäten. Es gab einige Auseinandersetzungen über dieses Thema, eine herbeigerufene Funkstreife transportierte den völlig ausgerasteten Rektor zur Feststellung seiner Personalien zur Wache ab. Die Trauerfeierlichkeiten, mein Professor wollte übrigens auf unmoderne Weise seine letzte Ruhe finden, fanden ohne weitere Zwischenfälle statt, nur der Herr Pastor erlitt gegen Ende einen leichten Kollaps, von dem er sich im *Diener,* wohin uns Gloria Gonzales zum sogenannten Leichenschmaus, es gab Streuselkuchen und Schultheiss, eingeladen hatte, jedoch schnell wieder erholte. Dieser Trauerzug mit dem lächerlich wirkenden Blasorchester, das *Die Internationale,* natürlich falsch, intonierte, und dem Leichenwagen, der von zwei Kamelen gezogen wurde, begleitet von einem volltrunkenen Geistlichen, hatte schon etwas zutiefst Absurdes und Groteskes, fast schon Surreales an sich, ja, diese ganze Szenerie hätte fast aus einem frühen Buñuel-Film stammen können, dachte ich, diese Szene war aber nicht surreal, sondern real. Im *Diener* wurde unbekümmert getrunken, Gloria Gonzales zahlte schließlich. Seltsam, dachte ich, in den zwei, drei Wochen in Triest hatte ich nichts trinken müssen, kaum war ich in Berlin, trank ich schon wieder ein Schultheiss nach dem anderen, trotz dieses durch und durch traurigen Anlasses meines Berlin-Besuches. Gloria Gonzales redete nach dem achten Schultheiss und dem dritten Stück Streuselkuchen über den Leidensweg unseres Professors. Direkt nach dem Essen im *Kempinski* sei es mit ihm rapide bergab gegangen, Salmonellen bis zum Stehkragen, so Gloria Gonzales wörtlich. Selbst im Virchow-Universitätsklinikum habe niemand mehr helfen können, sie habe mehrmals versucht, mich in der FU zu erreichen, bis ihr meine Demission und das damit verbundene FU-Hausverbot eingefallen sei, irgendeine Sekretärin habe jedoch immer wieder bemerkt, der Herr Professor wünsche keine telefonischen Störungen, da er an seiner Schönberg-Studie arbeiten müsse, und zwar mit der größten Intensität, mit der allergrößten, und deshalb habe er seinen Telefonapparat *abgeklemmt,* so Gloria Gonzales, die verlogene Sekretärin zitierend. Unser Professor habe jedenfalls den Spanischen Bürgerkrieg, den Zweiten Weltkrieg und den Holocaust überlebt, nicht jedoch das Abendessen im *Kempinski, dafür* sei seine Konstitution eine zu angeschlagene gewesen, immerhin habe er das gesegnete Alter von achtundneunzig erreicht, das sei in der Tat eine Leistung, in der heutigen Zeit, und zudem auch noch in Berlin. Hier sei die durchschnittliche Lebenserwartung die allerniedrigste, von ganz Dtschld., der ganzen Welt. In Berlin dürfe man einfach nichts essen. Die Ernährungslage sei in Berlin die allerkatastrophalste. Wie man täglich Minidöner, Dönerkebab, Maxidöner, Currywurst und Wiener Schnitzel mit Pommes frites und Salatgarnitur zu sich nehmen könne und dabei auch noch achtundneunzig werden könne, wenn auch unter deprimierendsten Lebensbedingungen in dieser grauenhaften Stadt, in Berlin, sei ihr ein ewiges Rätsel. Der Professor war sicherlich nur an Altersschwäche gestorben, dachte ich. Nachdem ich, wie ich bereits zuvor berichtete, Naderer, den ich zufällig auf dem Abort des *Diener* antraf, als ich mir die Hände waschen wollte, ein neues Aussehen verschafft hatte und diesem seinem modifizierten Aussehen unter Wasser in der Abortschüssel den letzten Schliff verpaßt hatte, kehrte ich zurück zu meinem Schultheiss. Ein besorgter Blick auf unseren Herrn Pastor, der beherzt jede Runde mitgemacht hatte, wenn auch schon *a priori* randvoll, fett, also vollfett, ließ mich den Notarzt verständigen. In der Tat eine gute Tat. Der Notarzt war fasziniert, jemanden mit diesem rekordverdächtig hohen Promillewert *noch lebend* anzutreffen. Eine eilig herbeigerufene Ambulanz verpackte unseren Geistlichen, um ihn zu irgendeiner Klinik zu bringen; auf der Fahrt dorthin wurde der Herr Pastor jedoch bei seinem obersten Dienstherrn vorstellig. Alkoholvergiftung. Ansonsten wurde fröhlich weiter gezecht. HP Kerbach, der Veranstalter der Lesungen im Buchhändlerkeller, tat sich nicht nur durch seine extreme Leibesfülle, sondern auch durch seine ebenso extreme Trinkfestigkeit hervor. In einer hinteren Ecke goß sich Sibylle Lewitscharoff, die gar nicht zum Trauerzug erschienen war, einen auf die Lampe, was bei ihr zu heftigen Ausbrüchen des Schwäbelns führte. Ich wurde in einem Apartment des Literaturhauses untergebracht, sodaß ich jetzt das zweifelhafte Vergnügen hatte, genau gegenüber meiner ehemaligen Wohnung übernachten zu können. Nachts träumte ich von der unfaßbar häßlichen, aber jungen Frau, die mir in Triest auf dem Corso Cavour entgegen gekommen war. Sie saß im *Diener,* aß Streuselkuchen mit ihrem Löffel und trank dazu Schultheiss. Vor sich, auf der Tischplatte aus grobgehobeltem Holz, hatte sie ein Exemplar von Thomas Manns *Der Zauberberg* liegen. Neben ihr saßen Gloria Gonzales, der Professor in seiner üblichen grotesken Aufmachung und ein gewisser Trotzki. Ich versuchte, nach dem Buch zu greifen, das immer dicker wurde. Als ich die mir unbekannte Triestinerin berühren wollte, bemerkte ich, wie ich nicht mehr von der Stelle kam. Etwas hielt mich fest. Ich hatte mich in einem schwarzen Netzpareo verheddert, der an einem Schreibtisch mit einem Einschußloch, auf dem sich Berge von Büchern und zwei tote Kamele stapelten, angebunden war. Der Rektor baute sich mit einer Stradivari vor mir auf, ich konnte nicht fliehen, ich war festgenagelt, und so traf mich der Schlag, zu dem der Rektor mit der Stradivari ausgeholt hatte, mit voller Wucht. Die Violine zerbarst auf meinem Kopf, und ich stürzte nieder. Ich erwachte; ich war aus dem Bett gefallen und mit meinem Schädel gegen einen schwarzen Kasten gestoßen. Ich frühstückte im Garten des Literaturhauses, wo Ekko von Schwichow gerade einen mir unbekannten Autor ablichtete; zuletzt suchte ich Gloria Gonzales auf, die immer noch völlig verzweifelt war, weil sie nicht wußte, auf welche Weise sie die sicherlich zehntausend Bücher und die noch weitaus höhere Zahl Konzeptblätter entsorgen könnte. Die FU sei am Nachlaß des Professors nicht interessiert, schon gar nicht am wissenschaftlichen. Wie kann man nur so viele Bücher kaufen, lesen, horten, wie kann man diese ganze *Unmenge* von Büchern den ganzen Tag über in seiner unmittelbaren Umgebung ertragen, praktisch mit diesen Büchern *leben,* diese Bücher als *Lebensmittel* ansehen, ein Lebensmittel, was nun allerdings ein vergiftetes war, Bücher, die immer sein Lebensmittel darstellten, wie auch seine *Lebensmitte* bildeten, waren plötzlich zum *Lebensgift* geworden, zu vergifteten Lebensmitteln, zu einer Art Todesverursacher. Allein der Abtransport dieser ehemaligen Lebensmittel benötigte heuer mehr Kraft als mein Professor, diese für uns alle absurde Bücherexistenz, jemals gehabt hatte. Es ist so einfach, Bücher zu kaufen, diese nach Hause zu tragen und ins Regal zu stellen. Nur, wer soll diese Unmengen von Büchern nach dem Ableben des Eigners kaufen, abholen oder etwa sogar selbst lesen? Diese Tonnen von Papier? Dazu kamen ja noch die Tonnen von Staub, dadurch bedingt Billionen von kotenden Hausstaubmilben, besonders in Berlin, so dachte ich. Überhaupt habe man in der FU erst durch den Tod des Professors bemerkt, daß man vor achtundzwanzig Jahren schlichtweg vergessen hatte, diesen zu emeritieren. Jetzt wolle die FU (Flaschenuni) eventuell noch die angeblich unberechtigt einbehaltenen Bezüge des Professors zurückgezahlt haben, man lasse diese Sache jedenfalls rechtlich prüfen. Achtundzwanzig Jahre lang ein Professorensalär, da leppert sich ganz schön was zusammen. Ich versprach, dem Germanistischen Seminar der Universität Triest den Bücherbestand des Professors schmackhaft zu machen, gab ihr die Adresse des Kreuzberger Anwalts, der immer noch meinen Prozeß gegen die DDR (jetzt BRD) wegen der zerkratzten DS-Unterseite führte, und nahm schon mal vier Bücher Thomas Manns, darunter *Der Tod in Venedig,* und noch ein fünftes Buch, einen Band über deutsche Geschichte, mit. Ich hätte auch noch ein sechstes mitnehmen können, aber ein Anfang war gemacht. Der *Tod in Venedig* entpuppte sich als Erstausgabe mit einer persönlichen Widmung Thomas Manns für meinen ehemaligen Professor; ich erlöste dafür später in einem bekannten Salzburger Antiquariat eine unfaßbar hohe Geldsumme. In der Cafeteria der HDK, wo ich mich unbemerkt am Pförtner vorbeischleichen konnte, trank ich noch einen Abschiedskaffee, sog noch einmal diesen Geruch von Kollaps in meine Lungen, um dann diese Metropole des Wahnsinns, diese vergurkte und vergeigte sogenannte Hauptstadt, mit meiner DS zu verlassen, und zwar dieses Mal für immer, definitiv. Das also war mein *Funeral in Berlin,* dachte ich auf der Autobahn München–Salzburg–Innsbruck, wo ich beinahe in die falsche Richtung, nach Salzburg, gefahren wäre. Ich kam ziemlich aufgelöst in Triest an, ich hatte in den letzten vier oder fünf Tagen nur die drei oder vier Stunden im Berliner Literaturhaus geschlafen, und dieser mir an sich fehlende Schlaf machte sich langsam bemerkbar. Ich schluckte ein paar Muntermacher, da ich jetzt nicht einschlafen durfte, nur noch anderthalb Wochen trennten mich vom Semesterstart, und ich hatte erst wenige Seiten vom *Zauberberg* gelesen. Eine abgeschmackte Geschichte über Lungenkranke, so langatmig und weitschweifig erzählt, wie es nur eben möglich ist. Schon nach dreißig Seiten Lektüre kam mir das von Schönberg geforderte Wiederholungsverbot, das sich leider nur auf die Dodekaphonie bezog, zu Bewußtsein. Die fünf aus Berlin mitgenommenen Bücher ließ ich erstmal unberührt liegen. Die Universität Triest war nicht an den in Berlin lagernden Büchern aus der Verlassenschaft des Professors interessiert, der Transport sei zu kostspielig, und Studenten läsen eh nichts. Ich gab dem Inhaber der *Libreria Antiquaria Umberto Saba* die Adresse von Gloria Gonzales, vielleicht konnte der etwas mit alten Büchern anfangen. In diesem Antiquariat erstand ich auch gleich die italienische Fassung von *Der Zauberberg*, die doch um einige Seiten kürzer war, man würde diese Version, die italienische, damit schneller lesen können als die deutsche. Mir war noch rechtzeitig, oder in diesem Fall nicht mehr rechtzeitig, eingefallen, um wie vieles kürzer doch die Wörter in der italienischen Sprache im Vergleich zur deutschen sind. Es gibt im Italienischen keine ellenlangen Wortzusammensetzungen, keine Verben, deren Bestandteile über zwei Seiten hinweg auseinandergezogen werden, keinen verwirrenden Satzbau, wo sich ein einziger Satz im Extremfall über mehrere Seiten hinziehen kann. Alles das gibt es im Italienischen nicht. Ich glaube, das allerlängste in der italienischen Sprache überhaupt existierende Wort ist *otorinolaringoiatria*, längere Wörter gibt es nicht, jedenfalls nicht in der italienischen Sprache. Ich nahm mir also *La Montagna Incantata* vor, was sich in der Tat schneller lesen ließ, aber leider verstand ich nicht alles. Ich hatte somit zweimal den Anfang dieses dicken Brockens gelesen, war aber insgesamt gesehen immer noch keinen Schritt weitergekommen. Ich schluckte gegen die zunehmende Müdigkeit immer mehr Muntermacher, ich wusch mir immer seltener die Hände, um nicht noch mehr Zeit zu verlieren, ich kam jedoch über die Seite achtzig nicht hinaus, weder in der deutschen Fassung noch in der italienischen. Mir konnte nur noch ein Zauberstab helfen, um diesen *Zauberberg* in der mir noch zur Verfügung stehenden Zeit bewältigen zu können. Ich fand hier nie die nötige Ruhe zum Lesen; draußen fuhr andauernd eine Vespa vorbei, irgendwo klingelte immer ein *telefonino;* vor Jahren mußte man in Italien noch stundenlang vor Telefonzellen Schlange stehen, falls man überhaupt Telefonmünzen ergattern konnte, jetzt schien jeder Italiener und jede Italienerin ein *telefonino* zu besitzen, oder drei oder vier davon. Was sich im Laufe der Zeit alles für Nebensächlichkeiten ändern: Bei meinem letzten Italienbesuch waren die 50- und 100-Lire-Stücke noch annähernd so groß wie Minipizzen und Pizzen, jetzt waren diese Münzen so mikroskopisch klein, daß man fast mit einer Lupe in der Tasche einkaufen gehen mußte. Wegen einer Hitzewelle, die entgegen der Prognose, die eiskalte Bora fege über Triest hinweg, in Triest herrschte, mußte ich mir noch eine kurze Hose und ein T-Shirt kaufen gehen, wodurch ich wiederum einen halben Tag verlor. In jedem Reiseführer über Italien kann man nachlesen, man dürfe auf gar keinen Fall in kurzen Hosen herumlaufen, *das schicke sich in Italien nicht,* und kommt man dann nach Italien, läuft jeder in kurzen Hosen herum, weil einem wegen der brütenden Hitze gar nichts anderes übrigbleibt. Man kann praktisch seine ganzen mitgenommenen Kleidungsstücke vernichten, weil sie zu stark wärmend sind und man sie deshalb nicht tragen kann, und den Reiseführer kann man auch gleich mit wegwerfen, weshalb ich selbstverständlich erst gar keinen mehr kaufe. Ich setzte mich in meiner neuen Sommerkleidung mit meiner Zwangslektüre in den Stadtgarten, wo an konzentriertes Lesen erst gar nicht zu denken war. Menschenmassen flanierten herum, sich laut unterhaltend oder ins *telefonino* sprechend. Einige Nachwuchskicker spielten auf einer Wiese lautstark Fußball. Andauernd hörte man die Sirenen der Ambulanzfahrzeuge, die zum *Ospedale Maggiore* fuhren oder es verließen. Ich wechselte meine Position und ging ins *Caffè San Marco* in der Via Cesare Battisti, nahe der Synagoge, ein weiterer Fehler. Beim Eintreten wurde ich sofort von zwei Personen angesprochen, die ebenfalls im *Duchi D'Aosta* abgestiegen waren und die schon morgens den vollbesetzten Frühstücksraum mit ihren faden Geschichten bis an den Rande der Nervenzerrüttung getrieben hatten; den Mann nannte ich den Untergeher, weil er im letzten Jahr an der Regatta vor Triest, der sogenannten Barcolana, teilgenommen hatte und gekentert, also letztendlich gescheitert war. Dieses Jahr wolle er alles besser machen, so erzählte er es den versammelten Hotelgästen im Frühstücksraum, auf praktisch nüchternen Magen mußte man dieses Geprotze verdauen. Schlimmer noch die Dame an seiner Seite, die sich noch mehr reproduzierte und die bei mir als die Umblätterin läuft, da sie in irgendwelchen Opernhäusern als solche fungiert, was an sich nicht verbscheuungswürdig ist, nur erzählte sie stundenlang, mit vollster Lautstärke und, wie gesagt, praktisch auf nüchternen Magen, wie sie einmal für Gidon Kremer habe umblättern müssen, und zwar bei diesem berühmten Konzert, in dem sich ein Hund im Publikum befunden habe; Gidon Kremer habe dauernd fassungslos auf den Hund gestarrt, nicht mehr auf die Partitur. Sie konnte umblättern, soviel sie wollte, Gidon Kremer habe nur auf den Hund gestarrt. Und überhaupt sei das Umblättern eine viel größere Kunst als das Spielen selbst. Ein Instrument könne jeder erlernen, nicht jedoch das richtige Umblättern, das müsse man im Gefühl haben, das könne man nicht erlernen. Der Untergeher erzählte irgend etwas von einem verbesserten Bootsrumpf, die Umblätterin redete sofort wieder vom Umblättern. Der Untergeher versuchte das Gesprächsthema wieder in Richtung Segelsport zu lenken, die Umblätterin rekurrierte wieder aufs Umblättern, und das mit vollster Stimmgewalt. Das jahrelange Arbeiten als Umblätterin in den verschiedenen Opernhäusern mußte sie nahezu vollständig taub gemacht haben. Ich hatte schon seit sicherlich zwanzig Jahren keine Oper und auch keine sonstigen Konzerte mehr besucht, weil das Publikum in vollständiger Unkenntnis der Werke, die gegeben wurden, immer an den falschen Stellen applaudierte; vor allem bei Sinfonien eine entnervende Sache, wenn die Zuhörer aufgrund ihrer Dummheit schon nach dem zweiten Satz in frenetischen Jubel ausbrechen und der Dirigent warten muß, bis sich dieser Anfall von Massenschwachsinn wieder zu legen beginnt. Ich grüßte die Umblätterin und den Untergeher nur kurz und widmete mich dem *Zauberberg*, während ich auf meinen Einspänner und meine *brioche* wartete. Ich konnte nur wenige Zeilen lesen, bis ich schon wieder das laute Organ der Umblätterin vernehmen mußte. Sie erzählte nun, wie sie *unter Karajan* umgeblättert habe. Fünf Touristen fragten mich, ob ich Claudio Magris sei, einer fragte nach dem Weg zum Abort. Ich sagte: Lesen Sie *Microcosmi.* Draußen röhrte eine Vespa vorbei. Als die Bedienung endlich meine Bestellung ausführte, erblickte sie das Buch und erzählte mir lang und breit, mit einem fürchterlichen amerikanischen Akzent, *Tommäs Män* sehr zu lieben und auch gerade mit der Lektüre von *La Montagna Incantata* beschäftigt zu sein. Sie stellte sich als Juliette Dexter vor, sie sei eine amerikanische Austauschstudentin, die sich etwas Geld mit Kellnern dazuverdiene. Sie finde bei *Tommäs Män* vor allem dieses Spannungsverhältnis von Bürger und Künstler so anregend. Hoffentlich kommt die nicht zu meinem Seminar, dachte ich, schließlich konnte ich niemanden in meiner Veranstaltung gebrauchen, der in irgendeiner Weise mit dem Leben und dem Werk Thomas Manns vertraut war und der möglicherweise sogar in die Sekundärliteratur geschaut hatte. Andererseits war ich mir sicher, auch eine Juliette Dexter, die zudem noch kellnern mußte, würde diesen dicken Brocken in den paar bis zum Semesterbeginn noch verbleibenden Tagen nicht mehr bis zum bitteren Ende durchlesen können, womit ich mich verrechnete, während sich Juliette Dexter hinterher bei meiner Rechnung verrechnete, zu meinen Gunsten; ich gab ihr ein viel zu hohes Trinkgeld, wofür sie sich nicht einmal bedankte. Einstweilen biß ich erstmal in meine *brioche.* Der Geschmack und auch der Duft dieses zarten Gebäcks regte mich dermaßen zum Denken an, daß ich jetzt ohne weiteres sofort meine gesamte Schönberg-Studie hätte niederschreiben können, an die zweitausend Seiten; nur befand sich leider das leere Blatt Papier, auf dem der Anfang meiner Schönberg-Studie entstehen sollte, im Schreibtisch meines Büros; oder hatte ich das Blatt etwa in den Kasten weggesperrt? Das hat alles keinen Zweck, dachte ich, du kannst nicht gleichzeitig deine Schönberg-Studie niederschreiben und Thomas Manns *Der Zauberberg* lesen; also vergaß ich meine Schönberg-Studie umgehend wieder, ich mußte den Kopf frei haben für den *Zauberberg.* Ich mußte hier sofort weg. Ich stürzte die Schale Kaffee hinunter, würgte die *brioche* hinterher, zahlte und verließ das *San Marco,* ohne mir die Hände zu waschen, Richtung Hauptbahnhof, um mich auf der Piazza della Libertà niederzulassen, um endlich einen größeren Abschnitt dieses Berges von Buch hinter mich zu bringen. Diese Hitze, diese pralle Sonne, es war in Triest einfach unerträglich, dachte ich; als ich nach ein paar Stunden wieder aufwachte, waren meine Arme und Beine von der Sonne krebsrot verfärbt, auch mein Oberkörper und mein Gesicht, wie ich später feststellen mußte, jedoch *Der Zauberberg* erschien mir so verschossen wie Gloria Gonzales' Flamenco-Kleid. Ich fühlte mich etwas angebraten, als ich zum Hotel, zum *Grand Hotel,* abmarschierte. Vor dem *Duchi D'Aosta* wurde ich von einem Vespa Roller fast über den Haufen gefahren, ich konnte noch in letzter Sekunde ausweichen und stieß gegen eine Mauer, an die Werbeplakate für die aktuelle CD der Rocksängerin Francesca Chiara mit dem Titel *Il parco dei sogni* geklebt waren. Das Portrait der Sängerin erinnerte mich sofort an diese unglaublich häßliche, aber junge Frau mit dem Löffel an der Kette, diese hatte nämlich exakt dieselbe Frisur wie die Sängerin auf den Plakaten. Auf der Bettkante versuchte ich noch ein oder zwei Seiten im *Zauberberg* zu lesen; langsam wurde mir bewußt, das spielt ja in Davos. Diese Lungenheilanstalt mußte sich in Davos befinden. Davos, das hört sich an wie Paris. Mignon, uns bleibt immer Paris, dachte ich, der Grêve-Platz, Damiens. Triest, die Stadt des Todes, *Der Tod in Venedig,* der Tod in der Lungenheilstätte von Davos, Paris, der Grêve-Platz, meine Fahrt durch Paris. Unerträgliche Schmerzen, die stückweise, nach und nach durchgeführte Existenzvernichtung meinerseits, hatte ich auszuhalten, zu ertragen. Bereits am frühen Morgen war ich vorgefoltert worden; mit glühenden Zangen waren mir Teile des Fleisches meines Thorax herausgerissen worden, nach mehrfachen, vergeblichen Versuchen übrigens; danach nahmen sich meine Peiniger meine Gliedmaßen vor. In derselben Art und Weise, in der schon zuvor mein Oberkörper geschunden worden war, wurden nun auch noch meine Arme und Beine malträtiert. Unmenschliche, jede Vorstellungskraft übersteigende Schmerzen waren die Folge. Ich schrie auf. Ich brüllte. Ich hoffte, meiner Existenz würde ein besonders schnelles Ende bereitet. Ich wollte nur noch sterben, und zwar möglichst schnell. Mein Tod, den ich hätte voraussehen müssen, mit genauem Datum und genauer Uhrzeit, sollte im Idealfall ein einigermaßen schmerzfreier und damit auch erträglicher sein, so hatte ich einmal gehofft, und meine an sich schon relativ unberechtigte Hoffnung sollte eine *trügerische* sein. Ich hätte diesen Sachverhalt von Anfang an durchschauen müssen. Immerhin hatten mir meine Henker zugesichert, mir nicht meine Augen auszustechen. Das war mein letzter Wunsch gewesen. Sie hatten mir ihr

Ehrenwort gegeben, diesen meinen letzten Wunsch, den allerletzten, zu respektieren; ich hatte keine andere Wahl, als ihnen zu glauben. Nach und nach gossen mir meine Peiniger geschmolzenes Blei, siedendes Öl und brennendes, mit Wachs und Schwefel vermischtes Pech in meine zuvor mit glühenden Zangen aufgerissene Brust, Arme, Schenkel und Waden. Der Abbé, der deutliche Anzeichen von Trunkenheit aufwies, brabbelte währenddessen einige angeblich Trost spendende Worte von meiner unmittelbar und in der Tat ziemlich direkt bevorstehenden Erlösung. Ich beantwortete das weitere Verursachen von unmenschlichen, geradezu tierischen Schmerzen, und der ganze Vorgang der Folterung eines Menschen durch sogenannte Mitmenschen ist ja genaugenommen ein *tierischer,* mit langanhaltendem Gebrüll. Niemand, *non nessuno,* wirklich überhaupt kein Mensch, und sei es der letzte Unglücksrabe, kann sich eine Vorstellung von der Intensität der durch geschmolzenes Blei, das in eine frische Wunde verbracht wird, verursachten Schmerzen machen. Das ist ein Martyrium, das einfach nicht wiedergebbar ist. Der Beistand der katholischen Geistlichkeit, die ich schon immer abgrundtief gehaßt hatte, half mir in dieser meiner grauenhaften Situation auch in keiner, ja in keinster Weise weiter. Gerade die katholische Kirche war schon immer eine verlogene, eine machtbesessene, eine machthörige, eine machtmißbrauchende, eine machtgeile Institution, die sich nur einzig und allein durch den Stumpfsinn der Menschenmassen, durch dieses massenhafte, sinnlose und immer auch *sinnfreie Vorsichhinvegetieren* ganzer Bevölkerungsgruppen, ja der ganzen Menschheit an sich, an eben dieser gerade namhaft gemachten Macht halten konnte, aufgrund der allgemeinen Korruptionswilligkeit und eben auch Korruptionsbereitschaft des überwiegenden Teils der Menschheit, eben der sogenannten *schweigenden Mehrheit,* ein Begriff, der durch Unmenschen geprägt wurde und der *vertiert* ist, so dachte ich, während ich aus Leibeskräften schrie, da man mir mit nicht besonders glühenden Zangen einige Fleischstückchen aus dem Unterleib entfernte. Der Abbé, der sich vor seinem heutigen Einsatz sichtlich Mut angetrunken hatte, begann mit dem *Vater unser,* hielt aber plötzlich inne, zog sich in eine Ecke des Verlieses zurück, um dortselbst das offensichtlich zu umfangreiche *petit déjeuner,* das er am Morgen dieses unseligen achtundzwanzigsten März siebzehnhundertsiebenundfünfzig, wie ich der Aufschrift eines kleinen Plastikschildchens entnehmen konnte, zu sich genommen hatte, vorzeitig und auf abwegigem Wege wieder von sich zu geben. Ich mußte im folgenden einer vorübergehenden Ohnmacht verfallen sein, da ich mich, als ich wieder zu Bewußtsein kam, gefesselt auf einem schwarzen Wagen oder Karren vorfand. Wir passierten das völlig heruntergekommene, vollkommen verkommene Viertel um die Kathedrale von Notre-Dame, die sich annähernd in einem Endstadium des Verfalls befand. Von da aus ging es letztendlich zum Grêve-Platz. Alle Straßen, die wir auf unserer Fahrt zu diesem in Europa in dieser Zeit als Apotheose der Menschenverachtung, wenn nicht sogar Menschenvernichtung, geltenden Ort – genauer: Unort – passierten, wurden von sogenannten Schaulustigen, also von Menschenmassen gemeinster und niedrigster Gesinnung, gesäumt. Diese *monde affreux,* diese Meute, befand sich selbst unter der Arkade Saint-Jean! Weiter verstopfte diese Menschenmenge nahezu die Rue de la Mortellerie. Ein noch größeres Gedränge schien in der Rue de la Vannerie zu herrschen, nur noch übertroffen von der Masse der Menschen in der Rue de la Tannerie. An der Kreuzung der Rue de l'Epine und der Rue de Mouton ging fast nichts mehr. Dazu diese Menschenmassen, die alle Ausgänge des Grêve-Platzes bevölkerten. Auf dem Grêve-Platz selbst, soweit ich beobachten konnte, weste eine kompakte Menschenmenge an, die, vom zur Verfügung stehenden Raum her gesehen, mehr als dicht gedrängt war und die, soweit ich aus meiner Position heraus, und auch aufgrund meines folterungsbedingt schlechten Gesundheitszustandes, beurteilen konnte, aus allen möglichen Elementen, in der Hauptsache jedoch aus Pöbel, und zwar aus dem *allerniedrigsten,* bestand. Ganz im Gegensatz dazu befanden sich an den Fenstern der am Grêve-Platz gelegenen Häuser Vertreter der höheren Gesellschaft, der sogenannten *haute volée;* eine geschmückte, aufgetakelte, kokette Menge. Vornehm-arrogante Herren und unwiderstehliche Damen, die mit ihren Fächern spielten und vermutlich ein Fläschchen mit Riechsalz im Falle einer Ohnmacht bereithielten. Diese Menge erwartete ein gräßliches Schauspiel, und sie sollte es geboten bekommen. Ich erkannte in dieser Ansammlung von Vergnügungssüchtigen den Rektor der FU, die Flasche Naderer, ein paar weitere Geistesnieten aus Berlin und Thomas Mann. Es war fast halb fünf. Ich wurde vom Karren abgeladen; die Menge quittierte meine Schmerzensschreie mit Hohngelächter, diese Vollidioten wußten ja nicht, welche Leiden ich bereits am Morgen hatte durchstehen müssen. Der Rektor schrie aus der Menge heraus: *Jetzt kann dir deine Göttin auch nicht mehr helfen!* In der Mitte des

Platzes war eine niedrige Plattform errichtet worden, auf welcher ich nun von meinen sechs Henkern an eisernen Ringen festgebunden wurde, sodaß mein Rumpf vollständig fixiert war, ich somit nicht nur zum Tode, sondern auch zur fast vollständigen Bewegungslosigkeit verurteilt war. Eine Vierteilung ist zwar ein grausamer, aber rascher und relativ schmerzloser Tod, so dachte ich, und ich sollte mich irren, und zwar gründlich. Daß eine Vierteilung kein leichter Tod, keine leichte Existenzbeendigung sein würde, gewissermaßen kein Spaziergang von einer Welt in die andere, war mir bewußt; niemand konnte jedoch ahnen, in welch fürchterlich dilettantischer Art und Weise diese meine Hinrichtung, genauer: Vierteilung, vonstatten gehen würde. Die Unfähigkeit französischer Henker ist zwar eine weltbekannte, wird man dann aber selbst mit der Realität konfrontiert, muß man zugeben, daß das gedruckte Wort keine Lüge, sondern nur die Spitze des Eisberges der Wahrheit darstellt, um einmal einen völlig abstrusen Vergleich zu bemühen. Ich blickte nun abwechselnd auf ein Kruzifix, das der fast vollständig betrunkene Abbé mir darbot, wie ein Dienstmädchen einen gefüllten Nachttopf transportiert, und auf einen der unzähligen riesigen Pferdeärsche, die aus meiner Position des Liegenden völlig überdimensioniert wirkten. Die zu diesen Ärschen gehörenden Pferde selbst hatten dagegen überhaupt keine der Größe ihrer Ärsche entsprechenden Fähigkeiten, wie sich leider alsbald zeigen sollte. Eine grimmig blickende, aufgeschwemmt wirkende Gestalt fesselte meine rechte Hand an ein Gestell, unter dem Holzkohle zum Glühen gebracht wurde. Unter meinen platzfüllenden, stadtfüllenden und ohrenbetäubenden Schreien verbrannte meine rechte Hand zu einem schwarzen, deformierten, stinkigen Klumpen, während die Menge jubelte und jauchzte. Ich weiß nicht, ob sich jemand das vollständige Verbrennen einer Hand am lebendigen Leib vorstellen kann; die dabei entstehenden Schmerzen sind die intensivsten. Meine Henker genossen kurz die stehenden Ovationen der jubelnden Menschenmenge, die man besser als *Unmenschenmenge* titulieren sollte, um dann abermals mit ihren glühenden Zangen in Aktion zu treten. Mir wurden wiederum Fleischstücke aus der Brust und anderen Stellen des Körpers gerissen, besonders aus den Extremitäten. Anschließend wurde mir nochmals flüssiges Blei und siedendes Öl in meine frischen Wunden gegossen. Während ich mit allen mir noch zur Verfügung stehenden Kräften nach Herzenslust schrie, wurde der gesamte Grêve-Platz von einem entsetzlich widerlichen Gestank nach verbranntem Fleisch regelrecht verpestet. Aufgrund meiner alle menschliche Vorstellungskraft übersteigenden Schmerzen machte es mir inzwischen gar nichts mehr aus, mich hier völlig unbekleidet, und somit nackt, dieser zahlenmäßig großen und auch mit größtem Interesse mich angaffenden Menschenmenge präsentieren zu müssen. Paris war nicht die größte Stadt, aber heute war Paris die überfüllteste. Lauter Fremde waren gekommen, Touristen mit ungebremster Sensationsgier, sogar der berühmte Casanova sollte sich unter den Schaulustigen befinden, um seine galanten Spielchen treiben zu können, so hatte ich gestern noch in meinem Verlies gehört, dachte ich jetzt hier auf dem Grêve-Platz, auf dieser eigens für mich errichteten Plattform liegend und mich vor Schmerzen heiser schreiend. Einige Damen beobachteten das ihnen dargebotene Schauspiel entsetzlicher

Höllenqualen unter Zuhilfenahme von Operngläsern oder Lorgnons, einige sogenannte Herren kamen ihrer Detailverliebtheit bei der optischen Wahrnehmung von widerwärtigen Grausamkeiten mittels Unterstützung von Kneifern, sogenannten *Quevedos,* in allerhöchstem Maße nach. Der betrunkene Anstaltsgeistliche hielt mir nun ein Kruzifix mit der Aufforderung, es zu küssen, hin. Seine Kutte wirkte ungepflegt, war staubig, im Faltenwurf klebte ein Stückchen meines Körpers, daneben befand sich ein größeres Brandloch. Offensichtlich sollte nun das Finale dieser furchtbaren Veranstaltung beginnen, der Höhepunkt meiner Höllenqualen und somit auch der Höhepunkt der Belustigung dieses hirnlosen Pöbels erreicht werden, denn man befestigte dicke Taue um meine Oberschenkel und Oberarme und um meine Fuß- und Handgelenke, rechts an dem Rest davon. Diese Taue waren mit dem Geschirr von vier Pferden verbunden, welche an den vier Ecken meiner Plattform standen. Meine entsetzlichen Qualen, meine Höllenqualen, sollten ein abruptes Ende finden, so dachte ich, und, wie bereits erwähnt, ich irrte total. Man trieb die Pferde an, die mich also zerreißen sollten. Die Pferde waren jedoch schlecht ausgebildet, zumindest waren sie für Henkersdienste die denkbar ungeeignetsten. Über eine Stunde lang hieb man auf die an sich unschuldigen Tiere ein, ohne daß es ihnen gelang, auch nur eine meiner Extremitäten abzureißen, denn strenggenommen ist eine sogenannte Vierteilung eine *Fünfteilung.* Bei jedem Anziehen der Pferde stieß ich die lautesten Schmerzensschreie aus; die Sehnen meiner Extremitäten waren überdehnt oder zur Gänze abgerissen, ein Arm gebrochen. Jetzt spannte man sechs Pferde vor. Vergeblich. Meine

Schreie steigerten sich zu einem wahnsinnigen Gebrüll. Meine Extremitäten blieben an ihrem natürlichen Ort, trotz aller Anstrengungen der Henkershelfer, der vierbeinigen. Meine Henker berieten sich; das verhieß nichts Gutes, dachte ich. Und ich sollte mich diesmal nicht irren. Mit Schwertern wurden meine Hüftgelenke durchtrennt, um den Tieren ihre Arbeit zu erleichtern. Ich durfte wiederum, nachdem ich aus einer kurzen Ohnmacht erwacht war, das Kruzifix küssen und mir den angeblich Trost spendenden Sermon des betrunkenen Abbés anhören, während mir der linke Oberschenkel abgerissen wurde. Die Menschenmenge applaudierte. So angefeuert, war es den Gäulen ein leichtes, mir auch noch den rechten Oberschenkel abzureißen. Ich blickte auf meinen geteilten Körper und stieß den nach dem Urschrei wahrscheinlich lautesten Schrei aus, den jemals ein Mensch hervorgebracht hat. Ich küßte das Kruzifix heiß und innig, ich sah, wie ein Henker mit einem blutbesudelten Schwert – es war mein eigenes Blut – auf mich zukam, um mir auch noch die Schultergelenke zu durchtrennen. Ich verschlang fast das mir dargebotene Kruzifix. *Es ist vorbei!,* schrie der betrunkene Anstaltsgeistliche. *Es ist vorbei! È finita!,* schrie die Umblätterin. *È finita!*, schrie die Umblätterin nochmals auf italienisch, denn ich befand mich nicht in Paris, sondern in Triest. Ich war aus dem schlimmsten aller denkbaren Alpträume erwacht. Ich blickte in die besorgten Gesichter einer um mich und mein Bett herumstehenden Menschenmenge; neben der Umblätterin und dem Untergeher, die beide fast nicht bekleidet waren, standen noch weitere Hotelgäste und mehrere Hotelangestellte in meinem Zimmer, hinter diesen Personen sah ich zwei

Rettungssanitäter vom *Croce Rossa,* die neben der eingetretenen und aus den Angeln gerissenen Tür ihre Position eingenommen hatten. Ich hätte das gesamte Hotel zusammengeschrien, sämtliche Gäste hätten sich beschwert, das hätte sich wie ein Notfall angehört, dieses Schreien, somit habe sie den Rettungsdienst verständigt, so die Umblätterin. Der Hotelchef informierte mich darüber, daß ich für den entstandenen Sachschaden, also für die defekte Tür, die gar nicht ich selbst eingetreten hatte, aufkommen müsse. In diesem Moment bemerkten die Sanitäter meine völlig verbrannten Arme und Beine, das geröstete Gesicht. Ich müsse in die Klinik mitkommen, so einer der beiden Notfallmediziner, ins *Ospedale Maggiore;* das sehe nach schweren Verbrennungen aus, nach den allerschwersten, nach einem wirklich schwerwiegenden Sonnenbrand, wie man ihn oftmals bei Touristen vorfinde, die völlig käseweiß aus dem Norden kämen, um hier innerhalb von zwei oder drei Tagen knusprig braun zu werden, was selbstverständlich immer schief gehe, wie man hier wieder sehen könne, diese Topfenneger, immer dasselbe sei es mit ihnen. Ich beteuerte, kein Tourist zu sein und daß mein in der Tat wüster Sonnenbrand einzig und allein das Produkt widriger Umstände sei. Ich erzählte, wie ich auf der *Piazza della Libertà* in der prallen Sonne mit einem Buch, das ich durchzuarbeiten hatte, eingeschlafen war; ich erzählte selbstverständlich alles ganz ausführlich; ich konnte mich sogar noch erinnern, wegen der großen Hitze selbst mein T-Shirt ausgezogen und so ungewollt der Sonne noch mehr Angriffsfläche dargeboten zu haben. Und alles nur wegen Thomas Manns *Der Zauberberg.* Schon nach wenigen Seiten war ich tief und fest eingeschlafen, mit dem Endergebnis des Erleidenmüssens eines fürchterlichen Sonnenbrandes, dessen Auswirkungen auf meine Gesundheit noch recht unabsehbar waren. Ich weigerte mich, ins *Ospedale Maggiore* mitzukommen. Jeder, der über genug Geistesschärfe verfügt, weiß nur wenige Minuten nach seiner Ankunft in Triest, welche Zustände in normalen italienischen Spitälern herrschen und welche Zustände eben im ganz besonderen Fall des weit über die italienische Staatsgrenze hinaus berüchtigten Triestiner *Ospedale Maggiore* herrschten und auch noch immer herrschen, soweit ich gehört habe. Niemand verläßt das *Ospedale Maggiore,* wenigstens nicht lebend, so dachte ich. Der Dilettantismus italienischer Ärzte ist Weltspitze, ging mir durch den Kopf. Die Umblätterin machte den Vorschlag, mit ihrem *telefonino* sofort den ihr bekannten Arzt Dottore Morelli anzurufen, dann könne sie sich auch schnell etwas überwerfen. Ich willigte ein, die Umblätterin verließ mein Zimmer, die übrige Menschenmenge zerstreute sich langsam. Die Abgesandten des *Croce Rossa* bestanden jedoch darauf, mir eine saftige Rechnung zuzuschicken, man müsse selbstredend einen Krankentransport bezahlen, auch wenn dieser gar nicht stattgefunden habe, aber angefordert worden sei, so der eine Sanitäter, der bisher den Verschwiegenen markiert hatte. Die beiden packten unter schwächlichen und nicht besonders lautstarken Protesten ihre Tasche mit den medizinischen Geräten und die Tragbahre wieder zusammen und verließen dieses altehrwürdige Grand Hotel auf der Suche nach neuen Opfern. Der Untergeher, der noch in meinem Zimmer geblieben war, erzählte von einem ähnlich schweren Sonnenbrand, den er sich einmal auf hoher See geholt hätte, und zwar vor Madagaskar.

Seemannsgarn, dachte ich. Meine Schwester war gerade hier, um mir meine heutige Ration Muntermacher vorbeizubringen. Sie sagte mir, mein Bericht müsse spätestens in einer Woche niedergeschrieben sein, da die Kommission in zwei Wochen zur Entscheidungsfindung zusammentreten will. Gegenüber habe übrigens ein Patientenaufstand stattgefunden, so die Schwester, mich verlassend. Ich hatte davon gar nichts bemerkt, ich war so vertieft in meine Arbeit, diesen Bericht anzufertigen, selbst an Schönberg hatte ich kaum noch gedacht. Im *Duchi D'Aosta* traf Dottore Morelli umgehend mit seiner Arzttasche ein, im Gefolge befand sich die Umblätterin, endlich bekleidet. Dottore Morelli war ein kleinwüchsiger Kerl, der über Ohren verfügte, die von Botticelli hätten geschaffen sein können, und über Hände, die einem Boltraffio alle Ehre gemacht hätten. Morelli zeigte sich entsetzt. Der definitiv ärgste Sonnenbrand, den er je gesehen habe. Dottore Morelli sei eine absolute Koryphäe, so die Umblätterin, während Morelli mich untersuchte, ein Arzt, der einen wirklich ausgezeichneten Ruf habe, nicht nur in diesem Hotel, sondern in der ganzen Stadt, vielleicht sogar im ganzen Küstenland bis nach Grado hinauf. Zu Dottore Morelli könne und müsse man grenzenloses Vertrauen haben, seine Diagnosen erwiesen sich immer als die genau richtigen, die immer aufs genaueste zutreffenden, auf die medizinische Kompetenz Dottore Morellis könne man sich hundertprozentig verlassen, so die Umblätterin mit der vollsten Lautstärke, die ihre Stimme hergab. Sein Fachwissen sei größer als das aller anderen Ärzte, die, mit Morelli verglichen, nur debile Dilettanten seien, blutige Anfänger, Vollidioten, die nicht einmal eine Lungenkrankheit diagnostizieren könnten, so die Umblätterin weiterhin, mit vollster Lautstärke. Sie muß wirklich total taub sein, dachte ich, wie laut muß ich geschrien haben, damit mich die Umblätterin überhaupt hören konnte? Normale italienische Ärzte, so die Umblätterin weiter, während Morelli mich weiter untersuchte, wenn diese denn überhaupt existieren sollten, seien dazu völlig unfähig, kein anderer Arzt könne Morelli das Wasser reichen. Und dabei sei Morelli noch nicht einmal ausgebildeter Mediziner. Er habe kaum ein Jahr lang studiert, weil er die Atmosphäre an Universitäten, wie auch schon zuvor die an Schulen, immer als die unerträglichste empfunden habe, so Morelli einmal wörtlich, so die Umblätterin, und sich daher im intensiven Selbststudium, im allerintensivsten, alle grundlegenden Begriffe und Methoden der Schulmedizin *lesend* selbst beigebracht habe. *Ein Jahr lang lesen ersetze zehn Jahre praktischer Arbeit,* so Morelli einmal wörtlich, so die Umblätterin, während mich der Dottore untersuchte. Morelli habe die Universitäten, er habe in Freiburg und Marburg studiert, hauptsächlich wegen des dort in den Hörsälen vorherrschenden Geruchs, der ein Geruch nach Kollaps sei, verabscheut und seine Medizindstudien sofort abgebrochen, so die Umblätterin. Soweit hatten sich also Köflachers Thesen, ursprünglich nur Hypothesen, zum Geruch des Kollapses schon herumgesprochen, dachte ich, immer noch schwer leidend, aufgrund des Sonnenbrandes. Dottore Morelli sah mich nur kurz an und sagte mir, daß ich gestern auf der *Piazza della Libertà* mit Thomas Manns *La Montagna Incantata* gesessen sei, sehr schnell eingeschlafen sei und mir deshalb, wegen des stundenlangen ungeschützten Sitzens in der prallen Sonne, diesen extremen Sonnenbrand zugezogen hätte. Ich war erstaunt. Morellis Diagnose war in der Tat vollständig zutreffend. Ich fragte ihn, wie er darauf gekommen sei. Dottore Morelli erklärte mir seine Methode: Er interpretiere nur die offenkundigen, prinzipiell *für alle* sichtbaren Zeichen, die jedoch von praktisch allen Mitmenschen immer übersehen würden, so der Hobbymediziner. Zuerst habe er bereits im Stiegenhaus diesen Geruch frisch gegrillten Fleisches vernommen, auch sein erster optischer Eindruck vom Patienten lasse darauf schließen, diesen Sonnenbrand hätte ich mir erst vor kurzem, also allenfalls vor ein paar Stunden, also höchstens gestern zugezogen; die Tür sei aufgebrochen worden, ich müsse also vor Schmerzen geschrien haben, so der Dottore, während er meine bis zur Weißglut gequälte Haut mit Brandsalbe versorgte und also einschmierte. Die Sonne brenne nur auf der *Piazza della Libertà* so gnadenlos, da dieser Platz praktisch keinen Schutz vor Sonne biete, so Morelli, was die Schwere der erlittenen Verbrennungen meinerseits erkläre; zudem sei es normalerweise nur auf der *Piazza della Libertà* allgemein üblich, sich mit Shorts und entblößtem Oberkörper aufzuhalten, was das Verbrennen der Haut meiner Extremitäten und meines Thoraxes hinreichend erkläre, so Sherlock Morelli. Das klinge einleuchtend, so entgegnete ich Morelli, aber wie sei er auf die Sache mit *La Montagna Incantata* gekommen? Nichts einfacher als das, so Morelli, dafür brauche man keine besonders große Kombinationsgabe. Mit einem einzigen Blick habe er das neben dem Nachtkasten in der Ecke liegende Buch von Thomas Mann entdeckt. Deutlich sichtbar sei das Lesezeichen, das nach nur wenigen Seiten eingesteckt sei; hier habe somit jemand nur wenige Seiten gelesen, bevor er eingeschlafen sei, so Morelli, ein weiteres Salbenwürstel aus der Tube quetschend, dieses schnelle Einschlafen, nach nur wenigen Seiten, sei bei der Lektüre Thomas Manns nicht zu vermeiden, er selbst lese sehr viel, und er habe schon öfter versucht, einen Thomas Mann anzufangen, sei aber immer schon nach nur wenigen Seiten eingeschlafen, und zwar tief und fest. Das neben dem Nachtkasten liegende Exemplar von *La Montagna Incantata* sei am Einband total verschossen, es müsse somit stundenlang der prallen Sonne ausgesetzt gewesen sein, und so könne man sich eben zwei und zwei zusammenrechnen. Morelli wollte für seine Behandlung sofort Bargeld sehen, verkaufte mir noch ein paar Tuben Brandsalbe aus seiner Arzttasche und gab mir kostenlos den Rat, viel zu trinken, aber keinen Grappa, und nur noch vollständig bekleidet draußen herumzulaufen. Morelli hatte es nun eilig, er treffe sich bei Mutter Hentjen noch mit Belbo, Causobon und Diotallevi zum Watten, er sei schon spät dran; er ergriff die Arzttasche, und dieser fantastische Zeichendeuter ließ sich von der Umblätterin Richtung Stiegenhaus führen. Ein bemerkenswerter Mann, dieser Dottore Morelli, so sagte ich zum Untergeher, wenn doch nur alle Ärzte so wären, wieviel sicherer würde man sich fühlen, man müßte vor Krankheiten, ich meinte jetzt *ernsthafte, lebensbedrohende* Krankheiten, keine Angst mehr haben, da man die Gewißheit hätte, tatsächlich geheilt zu werden; ansonsten sei man jedoch, wenn *il dottor Morelli* gerade nicht in der Nähe verweile, einem durch und durch inkompetenten medizinischen Gesindel, das oftmals nicht einmal die grundlegendsten Kenntnisse der Medizin internalisiert habe, geradezu hilflos ausgeliefert, und das überall und zu jeder Zeit, auf der ganzen Welt. Wäre Dottore Morelli nicht gewesen, hätte ich jetzt vielleicht das *Ospedale Maggiore* schon wieder verlassen können, und zwar in einem *Zinksarg*, sagte ich zum Untergeher, der der Meinung war, Morelli sei nur ein dahergelaufener Quacksalber, der den ganzen Tag über Karten spiele. Die Umblätterin kam mit der Bemerkung zurück, Dottore Morelli sei nicht nur ein ausgezeichneter Arzt, sondern ein ebensoguter Schauspieler; wie er heute den Sherlock Holmes gegeben habe, das sei eine wahre Extraklasse gewesen, denn sie habe Morelli schon vorher die ganze Sache mit dem Thomas-Mann-Buch an ihrem *telefonino* mitgeteilt. Wir machten aus, von nun an immer zusammen an einem Tisch zu frühstücken, so könne man sich ein wenig unterhalten, so die Umblätterin. Es war sowieso schon fast neun Uhr, Zeit für einen Einspänner und eine *brioche.* Ich folgte Morellis Rat und lief in den nächsten Tagen, trotz der fürchterlichen Hitze, von der gefürchteten Bora gab es keine Spur, nur noch vollständig bekleidet herum, und zwar in meinem Schlosseranzug, den ich sonst immer zum Auffüllen der LHS-Flüssigkeit bei meiner DS anziehe. Mit einem Schlosseranzug machte man zwar im Frühstückssaal eines exklusiven Grand Hotels nicht unbedingt die allerbeste Figur, aber, Doktor, Sie hätten mal sehen sollen, wie, zugegebenermaßen aufgrund der herrschenden unmenschlichen Hitze, sich die anderen Gäste des *Duchi D'Aosta* kleideten. Zu enge und zu kurze Kleidung war ich ja schon von Berlin her gewohnt, dort gehörte zu enge und zu kurze Bekleidung zum alltäglichen Erscheinungsbild, fast zum guten Ton; die Gäste des *Duchi D'Aosta* trugen nicht nur zu enge und zu kurze Kleidung, sie waren zusätzlich auch noch farbenblind, und zwar nicht im medizinischen Sinne, wo es ja schließlich nur eine Rot-grün-Farbenblindheit und die viel seltener vorkommende Blau-gelb-Farbenblindheit gibt, die Gäste des *Duchi D'Aosta* waren von einer allgemeinen Farbenblindheit, einer generellen und universellen, *alle* Farben betreffenden Totalfarbenblindheit befallen, wozu noch die üblichen Geschmacklosigkeiten in der Auswahl der Textilien kommen. Mit meinem Schlosseranzug war ich, vor allem im Hinblick auf das übliche unappetitliche Erscheinungsbild der Touristen in den Straßen Triests, nicht einmal der am schlechtesten Gekleidete; obwohl mein Schlosseranzug in diesem Land, wo die Zitronen blühen und duften, einen gewissen Geruch nach Citroën verbreitete, während viele Touristen, also eigentlich nur die deutschen, zumal wenn sie Akademiker sind, immer nur nach Kollaps riechen. Köflachers These (oder erst Hypothese) vom Geruch des Kollapses erweist sich, je mehr man darüber nachdenkt, und wenn man überhaupt erstmal auf diesen Gedanken gebracht worden ist, desto mehr als eine These von allerhöchstem Wahrheitsgehalt. Riechen Sie mal an einem deutschen Akademiker, Doktor!, hatte ich schon in Salzburg zu Hollhof gesagt. Doch in Triest hatte ich andere Probleme. Auf keinen Fall durfte ich in den nächsten Tagen und Nächten nochmals einschlafen, noch so ein Alptraum, und man hätte mich einliefern können, wenn ich nicht selbst aus dem Fenster gesprungen wäre. Somit erhöhte ich die Dosis meiner Muntermacher zuerst auf das Doppelte, dann Drei- bis Vierfache. Ich kaufte alle Apotheken des Küstenlandes leer. Bedingt durch die Vorgabe, nicht mehr einschlafen zu dürfen, um in

Zukunft das Auftreten eines so argen Alptraumes zu verhindern, durfte ich naturgemäß auch nicht mehr in den *Zauberberg* schauen, den ich in der Kürze der mir noch zur Verfügung stehenden Zeit eh nicht mehr komplett hätte lesen können, weil ich daraufhin wieder sofort eingeschlafen wäre. Schlußendlich hatte mir *Der Zauberberg* die Suppe eingebrockt, unter der mein Körper, wie auch schon zuvor mein Geist, nun zu leiden hatte, und zwar schwer. Obwohl mein Schlosseranzug von beträchtlicher Weite des Schnittes war, schließlich hatte ich ihn in Vöcklabruck gekauft und nicht in Berlin, schmerzte meine Haut bei jedem Schritt und auch im Sitzen. Ich machte nur die geringste Bewegung, schon erlitt ich die allerärgsten Schmerzen. Durch Thomas Mann war ich praktisch zum Nichts-Machen verurteilt, wie ich schon zuvor in Berlin zum Nichts-Machen verurteilt war, wo ich meine Kunst des Nichts-Machens praktisch perfektionieren konnte. Ich durfte nicht einmal mehr mit der geringsten Intensität an meine Schönberg-Studie denken, schon schmerzte mein ganzer Körper. Thomas Mann hatte meinen ganzen Körper verbrannt, sozusagen in Schutt und Asche gelegt. Thomas Mann hatte zuerst meinen Geist malträtiert, anschließend meinen Körper. Thomas Mann hatte durch die idiotische Geschichte über diese Lungenheilanstalt in Davos schon mit den allerersten Seiten meinen Geist gefoltert, anschließend meinen Körper. Thomas Mann hatte mich praktisch zu einem *Nichts-Macher* gemacht, obschon ich der Kunst des Nichts-Machens an und für sich innerlich bereits entsagt hatte, denn eigentlich war ich im Grunde genommen gar kein *klassischer* Nichts-Macher, sondern ein Nichts-Macher, der durch die Umstände, das Drum-

Herum, erst zum Nichts-Macher geworden war, wie soviele Millionen vor mir und nach mir auch. Dieses *Drum-Herum* hatte mich schließlich erst zum Nichts-Macher werden lassen, wenn auch zu einem, der sein Nichts-Machen mit äußerster Akribie durchführt, mit der alleräußersten, fast schon selbstverleugnenden. *Akribie* hatte ich schon immer gehaßt, in jeder Form, aber das *Drum-Herum* hatte mich zu dieser *Akribie* gezwungen, zu dieser *Akribie* der Perfektionierung des *Nichts-Machens.* Wäre ich nie in Berlin gewesen, hätte ich nie diese *Akribie* zur Perfektionierung des *Nichts-Machens* entwickeln können; das dazu *notwendige Drum-Herum* war Berlin, da gibt es keinen Zweifel, *da kann es keinen Zweifel geben,* denn, wer zweifelt, der denkt, das Denken an sich ist jedoch in Berlin ein unmögliches, ein unvorstellbares. Diese *Akribie* des *Nichts-Machens* ist an und für sich selbstverständlich an sich eine Perfidie, und zwar eine zutiefst österreichische, da nur ein Österreicher, und ganz besonders eben ein Salzburger, die *Akribie* des *Nichts-Machens* in dieser Intensität der *Perfidie* so *akribisch,* und das über Jahre hinweg, in dieser *perfiden* Art und Weise durchführt, indem er *absolut nichts macht.* Dieses *Absolut-Nichts-Machen* ist die absolut höchste Stufe des *Nichts-Machens.* Das *Absolut-Nichts-Machen,* zu dem ich jetzt durch Thomas Mann verurteilt war, ist praktisch die Endstufe menschlichen Tuns, da sie dem göttlichen am nächsten kommt. Gott ist allmächtig und allwissend. Gott kann alles machen, aber deshalb kann Gott *nichts machen.* Und zwar *überhaupt nichts.* Denn mangels Widerstandes hat Gott keinen Anlaß, etwas zu machen, irgend etwas zu machen, weshalb Gott *nichts macht, nichts machen kann.* Gott ist der *größte Kön-*

ner des Nichts-Machens, in seinem *Absolut-Nichts-Machen* ein noch perfekterer, noch akribischer und damit noch *perfiderer Nichts-Macher* als ich, dachte ich, eben die Apotheose des *Absolut-Nichts-Machens,* wie man sie in dieser Intensität der *Akribie* und *Perfidie* von einem Gott, *von dem Gott,* erwarten kann, als Mensch an sich. Gott war jedoch durch seine ureigensten Eigenschaften (Allmächtigkeit und Allgegenwärtigkeit) in diese seine Lage, namentlich in die Lage des zum *Nichts-Machen-verurteilt-Seins,* geraten, ich dagegen durch Thomas Mann bzw. durch das *Drum-Herum.* Kaum dachte ich an Schönbergs Postulat des Wiederholungsverbotes, schon tat mein ganzer Körper weh, ich konnte *nichts machen,* nur wegen Thomas Mann und dem *Drum-Herum.* Ich war nicht mehr fähig, auch nur eine einzige Zeile im *Zauberberg* zu lesen, und das alles nur wegen Thomas Mann und dem *Drum-Herum.* Kaum nahm ich den *Zauberberg* in meine gerösteten Hände, war schon wegen der sofort entstehenden Schmerzen nicht mehr an Lesen zu denken; außerdem durfte ich auf keinen Fall einschlafen, da meine Henker noch nicht ganz mit mir fertig geworden waren. Vor lauter Schmerzen konnte ich mir nicht mal mehr regelmäßig meine Hände waschen. Zwei Tage vor Semesterbeginn, ich hatte den *Zauberberg* selbstverständlich nicht mehr weiterlesen können und mußte somit auf die vielbeschworene Aversion der Studierenden der Literatur gegenüber hoffen, schälte sich meine völlig verbrannte oberste Hautschicht in großen Fetzen ab; darunter kam eine extrem helle Hautschicht zum Vorschein; somit konnte ich endlich wieder normale, allerdings vollständig bedeckende Kleidung tragen und den Schlosseranzug einstweilen zurück in den

Kasten hängen, wo er seinen Geruch nach Citroën verströmen konnte. Beim Frühstück im *Duchi D'Aosta* machte die Umblätterin in ihrem schicken Samtkleid daraufhin die Bemerkung, dieser Geruch von Citroën an mir habe sich verflüchtigt; der Untergeher ergänzte noch, außerdem habe man jetzt nicht mehr den Eindruck, neben einem Riesenbratwürstl zu sitzen. Der Geruch nach Salz, Tang und Fisch, eben dieser typische Geruch, der einer Stadt, die am Meer liegt, anhaftet, sei nun wieder mit aller Deutlichkeit in den Vordergrund getreten, seitdem mein fürchterlicher Sonnenbrand abgeklungen sei, so der Untergeher, der anschließend wieder von seinem argen Sonnenbrand, wie er ihn auf einem Schiff, vor Madagaskar liegend, hatte erleiden müssen, berichtete. Die Umblätterin erzählte von einem Sonnenbrand, den sie während des Umblätterns bei einem sogenannten Open-Air-Konzert abbekommen habe; sie redete wie immer mit vollster Lautstärke, mit einem so vollen Organ, daß nun auch meine Ohren zu schmerzen begannen und sich die Kronleuchter im Frühstückssaal zum leichten Hin- und Herschwingen animiert fühlten. Vielleicht kündigt sich auch nur ein Erdbeben an, dachte ich, ein für diese Region doch eher unwahrscheinliches Ereignis. Andererseits war ich mir bewußt, nur noch eine sogenannte Naturkatastrophe, eine unvorhergesehenerweise eintretende, konnte mich vor der zu erwartenden Katastrophe meines Thomas-Mann-Seminars bewahren. Eher würde Triest im Meer versinken wie einst Atlantis, bevor ich den *Zauberberg* durchgelesen hätte, dachte ich. Am Tag vor dem Beginn meines Seminars an der *Facoltà di Lettere* war ich mir bewußt, auch hier in Triest letztendlich *von vornherein* gescheitert zu sein. Ich brauchte die

Gegend am *Museo Revoltella* erst gar nicht aufsuchen, dachte ich, es hatte praktisch keinen Zweck für mich. Ich war zwar von Dtschld., also von Berlin her, das völlige Unvorbereitetsein, was den Lehrstoff betraf, der Professoren gewohnt, aber mein hoher Grad des Unvorbereitetseins, was den Lehrstoff betraf, war der alleraußergewöhnlichste. Meine Unkenntnis in meinem neuen Fachgebiet, dem Thomas-Mann-Zauberberg-Komplex, war die allergrößte, sie übertraf die durchschnittliche Unkenntnis eines durchschnittlichen Professors einer x-beliebigen Hochschule um ein Vielfaches; ich konnte nur hoffen, und ich hoffte inständig, die Studierenden wären an diesem dicken Brocken, dem *Zauberberg,* ebenso wie ich, vollständig gescheitert, verzweifelt und zerbrochen; noch wenige Stunden vor dem Beginn meines Seminars hielt mich überhaupt nur die Gewißheit am Leben, die anderen müßten in der gleichen Weise an diesem Brocken, der selbst in seiner italienischen Übersetzung kaum weniger Seiten umfaßt als im deutschen Original, gescheitert sein, und zwar von vornherein und mit allen Konsequenzen. Als ich ein paar Minuten vor Beginn meines Kurses noch mein Büro aufsuchte, um die anderen fünf Bücher zu holen, sah ich auf meinem Schreibtisch ein *beschriebenes* Blatt Papier liegen; meine Schönberg-Studie konnte es nicht sein, eher schon eine Halluzination, schließlich hatte ich seit etlichen Tagen nicht mehr geschlafen, um nicht wieder einen solchen Alptraum erleiden zu müssen, und die vielen Muntermacher könnten schon die eine oder andere Nebenwirkung mit sich bringen, *könnten,* dachte ich. Das Blatt Papier enthielt die Auflistung der Kursteilnehmer, die sich aus Interesse oder aus tiefgreifender Unkenntnis auf das Thomas-

Mann-Abenteuer einlassen wollten; auf den ersten Blick nahm ich allerdings an, die Liste der Kommilitonen und Kommilitoninnen vor mir zu haben, die ihrem Leben wegen Thomas Mann ohne weiteres ein Ende gesetzt hatten, aber ich irrte, wie so oft schon. Die Teilnehmerliste war zudem außergewöhnlich lang; ich konnte mir kaum vorstellen, wie eine so große Personengruppe die Buchläden oder Antiquariate gestürmt hatte, um diese von einem so dicken Brocken wie dem *Zauberberg* zu befreien, nicht zu vergessen die weiterführende Lektüre. Wahrscheinlich hatte sich diese ganze Horde von Wißbegierigen nur versehentlich bei mir eingeschrieben, da sie annehmen mußte, meinen Vorgänger, der Selbstmord verübt hatte, vor sich zu haben, da dessen Name aufgrund des frühen Drucktermins im Vorlesungsverzeichnis stand, nicht meiner. Ich überflog kurz die Liste. Wie befürchtet, fand ich den Namen *Dexter, Juliette.* Damit war die Katastrophe vorprogrammiert; eine einzelne Thomas-Mann-Expertin konnte mein ganzes Seminar zum Scheitern verurteilen, von Anfang an, gewissermaßen zum Scheitern *vor*verurteilen; eine einzige detaillierte Frage zum Leben und Werk Thomas Manns, und ich könnte die Koffer packen, denn ich wäre erledigt. Mir kamen General Franco und seine Magenoperation kurz vor seiner Agonie in den Sinn. Direkt über dem Namen Juliette Dexter fand sich eine bodenlose Frechheit: *Delle Catene, Mafalda* konnte ich dort lesen, mit einer Adresse, die eindeutig der Industriezone zuzurechnen war. *Mi prendi in giro,* dachte ich, du nimmst mich auf den Arm; diesen Namen trägt *Die Portugiesin* von Musil; hatte denn diesen groben Unfug im Sekretariat niemand bemerkt? Wollte man mich hereinlegen oder meine Belesenheit überprüfen? Da hatten diese Flaschen an der falschen Stelle angesetzt, denn meinen Musil hatte ich ja gelesen, lesen müssen, auf dem Bundesrealgymnasium in der Salzburger Akademiestraße. Ich wollte diesen Namen schon von der Liste streichen, aber irgend etwas hielt mich im letzten Moment davon ab; mir fiel kurz darauf ein, Musil nennt in seiner Erzählung den Vornamen seiner *Portugiesin* gar nicht, nur den Nachnamen, nichtsdestotrotz handelte es sich bei *Mafalda* um einen portugiesischen Vornamen. Mal sehen, dachte ich, welche Person sich hinter diesem Namen verbergen mag. Schnell überprüfte ich noch, ob irgendein Spaßvogel auch noch den Namen *Hans Castrop,* oder wie der Protagonist aus dem *Zauberberg* heißen mochte, auf die Liste gesetzt hatte. Fehlanzeige. Durchschauert von Vernichtungsgefühlen betrat ich mit der größten mir zur Verfügung stehenden Unverfrorenheit den Seminarraum, in dem ich meinen *Zauberberg*-Kurs zu geben hatte. Mir wurde sofort, auf den ersten Blick, dessen *Gestalt* bewußt. Denn während man in allen anderen Sprachen erst langatmig, umständlich und redundant schreiben müßte: *mir wurde sofort auf den ersten Blick die Struktur der Anordnung von Dingen oder Personen in einem dreidimensionalen Raum bewußt,* reicht zur Beschreibung dieses Sachverhalts im Deutschen ein einziges Wort aus: *Gestalt.* Ausnahmsweise ist im Falle des Wortes *Gestalt* die doch sonst immer zur Langatmigkeit, Umständlichkeit und Redundanz neigende deutsche Sprache präziser als alle anderen Sprachen. Oftmals sind Übersetzungen aus dem Deutschen in irgendeine x-beliebige andere Sprache vom Umfang her nur noch halb so lang (Ausnahme: die italienische Übersetzung von

Der Zauberberg), weil die ganzen Langatmigkeiten, Umständlichkeiten und Redundanzen der deutschen Sprache bei den Übersetzungen weggefallen waren. Völlig umgekehrt ist es eben im Falle des deutschen Wortes *Gestalt*, an dem sich die ausländischen Übersetzer die Nerven zerrütten müssen, und zwar in jeder nur denkbaren Hinsicht. Jahrelang haben ganze Übersetzungsbüros daran gearbeitet, das deutsche Wort *Gestalt* beispielsweise ins Englische zu transformieren, bis sie erkennen mußten, es gibt keine Möglichkeit der Übersetzung des deutschen Wortes *Gestalt* ins Englische; der Versuch, das deutsche Wort *Gestalt* in irgendeine andere Sprache zu übersetzen, muß als ein von vornherein zum automatischen Scheitern verurteilter angesehen werden. Ebenso wie ich mit meinem Versuch eines Thomas-Mann-Kurses von vornherein zum Scheitern verurteilt war, was mir sofort einleuchtete, als ich den überfüllten Seminarraum betrat, mit gemischten Gefühlen, den allergemischtesten. Wichtigtuerisch, wie alle Professoren, betrat ich den Raum, um genauso wichtigtuerisch meine sieben Bücher und die Teilnehmerliste auf dem Katheder abzulegen. Ich setzte mich umständlich, schließlich hatte ich eine Menge Zeit zu schinden, ein Spiel dauert neunzig Minuten, sagte Reichstrainer Sepp Herberger immer, ein Seminar dauert ebenfalls neunzig Minuten, im Idealfall wenigstens, und dieses hier war ein Spiel auf Leben und Tod. Ich begrüßte diese Ansammlung von Stumpfsinn aufs allerfreundlichste, und vor allem auf deutsch. In der Menschenmenge erblickte ich eine völlig verdutzte Juliette Dexter, die ja nicht wissen konnte, wer ihr neuer Professor geworden war; ich andererseits konnte meine Überraschung nicht ganz verbergen, in diesem Massenpublikum die unglaublich häßliche, aber junge Frau mit dem Löffel, sehen zu müssen, die ich als erste Person in Triest bewußt wahrgenommen hatte und von der ich öfter träumen mußte, jedenfalls zu dem Zeitpunkt, an dem ich mich überhaupt noch getraut hatte, einfach so zu schlafen. Seitdem hatte ich die vorher bereits mehrfach verdoppelte Dosis an Muntermachern nochmals mehrfach verdoppelt, um nicht mehr einzuschlafen, denn noch einen solchen Alptraum würde ich nicht überleben, da war ich mir sicher. Mir schossen zwei Gedanken durch den Kopf: Wie schaffe ich es, Juliette Dexter mundtot zu machen, ehe ihr mein extrem geringer Kenntnisstand bezüglich des Werkes Thomas Manns auffällt, und: warum hat diese ausgesprochen häßliche, aber doch begehrenswerte Frau den Löffel an ihrem Kleid befestigt, während sonst alle Kommilitonen ihre Löffel anscheinend in ihren Taschen verstaut hatten? Ich schindete einige wertvolle Minuten, indem ich vom überraschenden Tod meines Vorgängers berichtete, für den ich nun eingesprungen sei. Ein Kommilitone fragte an, ob ich nicht vielleicht lieber italienisch sprechen könne, er verstehe meinen Dialekt nicht. Irgendwann mußte ich mir dieses Berlinern wieder abgewöhnen, Handke hatte es schließlich auch geschafft. Ich erzählte so alles nochmal auf italienisch, wieder hatte ich drei lange Minuten, Zeit kann ja so relativ sein, durchgestanden. Italienisch – die Sprache der Faschisten, aber auch Dantes, dachte ich. Eine Kommilitonin stellte eine Zwischenfrage in einem völlig verwahrlosten Triestinisch, das ich nicht verstand, eine andere antwortete ihr in einem offensichtlich in Triest unüblichen Friaulisch, das weder ich noch die angesprochene Kommilitonin verstand. Das kann ohne weiteres lustig werden, dachte ich angesichts der vielen slowenisch wirkenden Namen, die auf der Liste standen. Die Namen! Das war es! Um weitere Zeit sinnlos zu verbrauchen, las ich jeden Namen von der Liste einzeln laut vor, der Betreffende sollte dann mit *Presente!* antworten. Jedesmal, wenn jemand *Presente!* sagte, lachten alle anderen laut und hemmungslos auf. Unwissentlich hatte ich mich wohl damit zum Suppenkasper gemacht, zum Narren, alle lachten bereits, *bevor* ich irgendeine ausgewiesene Dummheit über Thomas Mann verlauten lassen hatte. Mafalda Delle Catene war auch kein Studentenulk, keine Frau aus Papier, deren eigentliche Gestalt toter Buchstabe bleiben würde, sondern eine Frau aus Fleisch und Blut. Als ich diesen Namen in die Menge schleuderte, mehr oder weniger im Bewußtsein, eine Torheit zu begehen, sagte unerwarteterweise die total häßliche, wegen ihrer offenkundigen Häßlichkeit schon wieder hübsche Frau mit dem am Kleid befestigten Löffel *Presente!*, was, wie zuvor auch, im allgemeinen Gelächter endete. Immerhin konnte ich durch das Vorlesen der Namensliste nochmals fünfzehn Minuten an Zeit totschlagen, nicht schlecht, dachte ich. Nach einem Vortrag, der in erster Linie aus der Paraphrasierung und Erweiterung des Textes bestand, der im Vorlesungsverzeichnis abgedruckt worden war, kam ich auf die spontane und, wie ich dachte, auch geniale Idee, die Anwesenden eine Zusammenfassung des Romans *Der Zauberberg* von Thomas Mann schreiben zu lassen, und zwar unter den allerschärfsten Bedingungen, die eine Universität zu bieten hat, nämlich unter sogenannten Klausurbedingungen. Irgend jemand fragte noch verstört, ob man diese Prüfung auf deutsch oder italienisch ablegen müsse; ich antwortete, mir sei es gleichgültig, in welcher Sprache diese Zusammenfassung/Inhaltsangabe *(il riassunto)* erfolge, ein, wie immer folgenschwererer, für mich nicht mehr folgenschwererer Fehler. Fünfundvierzig Minuten, in denen ich auf vom Nachdenken schwer gezeichnete Gesichter blicken mußte, fünfundvierzig Minuten, in denen ich miterleben mußte, wie Kommilitonen möglichst unauffällig versuchten, aus dem kiloschweren Roman Thomas Manns unter dem Tisch irgendwelche Informationen zu ziehen, fünfundvierzig Minuten lang mußte ich mir das allererbärmlichste Schauspiel menschlichen geistigen Unvermögens, einen einzigen vernünftigen Satz auf Papier schreiben zu können, mitansehen. Länger als fünfundvierzig Minuten konnte man sich dieses wirklich in jeder Hinsicht mitleiderregende Schauspiel nicht ansehen, das können Sie mir glauben, Doktor, ich hätte normalerweise diese fünfundvierzig Minuten nur mit einer Fünfundvierziger durchstehen können, Doktor, sagte ich schon in Salzburg zu Hollhof. Nach fünfundvierzig Minuten sammelte ich die Schriftstücke dieser Menschenmenge ein und stapelte diese. Auf einmal stand diese unheimlich häßliche, aber doch interessant wirkende Frau mit dem Löffel an ihrem Kleid hinter mir und sagte in akzentfreiem Deutsch: *Sie haben vergessen, meine Klausur einzusammeln, Herr Professor!* Sie drückte mir ein leeres Blatt Papier in die Hand, auf dem nur ihr Name und ihre Adresse standen. Sie habe noch einige Fragen zum Werk Thomas Manns, ob man sich vielleicht irgendwo zusammensetzen könnte, um noch etwas über Thomas Mann zu plaudern, so diese häßliche, aber irgendwie in ihrer Häßlichkeit schon wieder hübsche Triestinerin. Wir hatten uns, Doktor, wie ich bereits zuvor in diesem Bericht erwähnte, durchschaut, und zwar gegenseitig und auf den ersten Blick; so sagte ich zu. Also gingen wir ins *Tommaseo,* das aufgrund seiner Touristenansammlungen und seiner astronomischen Preise von Mitgliedern der Universität Triest naturgemäß gemieden wird, wir konferierten gewissermaßen auf neutralem Boden. Nachdem wir beide jeweils einen Einspänner und eine *brioche* bestellt hatten, eröffnete Mafalda Delle Catene, die laut eigener Aussage wirklich so hieß, aber wegen ihrer angeklebten Eckzähne von allen nur noch *Berenice* genannt wurde, das Gespräch mit der Bemerkung, *du hast ja einen wirklich guten Professor gegeben, aber ich habe dich sofort durchschaut, du* spielst *nur einen Professor, wenn auch fast mit äußerster Perfektion,* so Mafalda Delle Catene, genannt: *Berenice.* Ihre Offenheit, diese grundsätzliche gegenseitige Übereinstimmung und diese Mimik, die dieses an und für sich häßliche Gesicht an den Tag legte, überzeugten mich sofort. Wie Berenice hier in nur wenigen Sekunden meine ganze bisherige Existenz, mein Dasein von Geburt an, in Frage stellte, *bezweifelte,* zeigte mir die ganze Verlogenheit meiner bisherigen Existenz auf. Ich war nicht einmal eine Doppelexistenz, ich war mit einem Mal nur ein *Nichts,* und noch nicht einmal das war ich. *Berenice* hatte mich durchschaut, und zwar vollständig, wie auch ich sie vollständig durchschaut hatte, schon auf dem Corso Cavour. Wir hatten uns gegenseitig durchschaut; ich hatte schließlich sofort bemerkt, daß sie nur eine Existenz *spielte,* wie auch ich nur eine Existenz *gespielt* hatte, zeitweise sogar eine Doppelrolle. Als ich Berenice zum ersten Mal gesehen hatte, wußte ich, hier ist eine *Schauspielerin* an dir vorübergegangen; eine Schauspielerin, die vollkommen in ihrer Rolle aufgeht, welche es auch sein mag, wie auch ich in meiner Rolle immerzu vollständig aufgegangen bin. Ich hatte das ganze Leben immer als Spiel auf einer Bühne verstanden, die ganze Welt immer nur als Welttheater. Salzburg war für mich immer nur eine Bühne gewesen, wie auch Madrid immer nur eine Bühne gewesen ist, für mich. Berlin war für mich ein reines Stadttheater, zuerst sogar Frontstadttheater; und jetzt mußte ich meine Schauspielkunst wieder in einer Grenzstadt ausüben, wenn auch nicht unbedingt in einem Frontstadttheater wie Berlin; jetzt jedoch, hier im Gespräch mit Berenice, brauchte ich nicht mehr zu schauspielern, brauchte ich mich nicht länger zu verstellen, da Berenice meine ganze *künstliche* Existenz durchschaut hatte, und zwar von Grund auf; jetzt konnte ich endlich wieder eine *natürliche* Existenz führen, jedenfalls hier in der Anwesenheit Berenices, die nun ihrerseits zugab, überhaupt keine Studentin zu sein, was mir von vornherein klar gewesen war, sondern naturgemäß *Künstlerin,* sie singe Sopran in einer Gothic-Metal-Band (!) und übernehme ab und zu Statistenrollen beim Film, wenn sich eine Gelegenheit ergebe. An der Universität sei sie nur eingeschrieben, weil man in der dortigen Mensa diese preiswerten leckeren Nudeln essen könne. Ein Nudelgericht in der Mensa sei ihr Lebenselixier, nicht die Literatur. Sie sprach mir so voll aus dem ganzen Herzen wie noch nie eine Frau zuvor. Ich begann, Sie wissen das, Doktor, mich in dieses häßliche Gesicht zu verlieben, in diese groteske Fratze, die doch nur eine lächerliche Francesca-Chiara-Karikatur darstellte. Wir unterhielten uns noch lange über Musik, den Geruch in Universitäten, über Nudelgerichte und über die Welt als Bühne.

Letztendlich stimmten unsere Ansichten in allen Punkten überein: Mafalda hätte auch keine Aufnahmsprüfung zum Mozarteum mit einer Stradivari bestritten, Mafalda war auch der Meinung, in jedem x-beliebigen Hörsaal jeder x-beliebigen deutschen Universität rieche es nach Kollaps (sie war als Austauschstudentin in Freiburg gewesen), Mafalda zog ebenfalls eine Ernährung mittels lecker duftender Nudelgerichte einer Minidöner-Dönerkebab-Maxidöner-Rundumversorgung vor, und Mafalda war auch der Ansicht, man werde nur durch das *Drum-Herum* zum *Nichts-Machen* verurteilt, nicht von vornherein oder an sich. Unsere Geistesübereinstimmung war von derart hoher Intensität, wie ich es noch nie erlebt hatte, selbst bei Dornbirner, Köflacher und Hauensteiner nicht; ich begann langsam, nicht mehr nur diese häßliche Visage zu sehen, sondern den Geist dahinter, der meinem Geist so ungeheuerlich ähnlich, fast schon verwandt war. Wir schlossen hier mitten im *Tommaseo,* in dieser Ansammlung schlagobersraffender Deutscher, geschmacklos gekleideter Holländer und furchtbar geschwätziger Österreicher, eine reine Sportlerwette ab, wie lange die Universität Triest brauchen werde, bis sie bemerken werde, auf einen Hochstapler wie mich hereingefallen zu sein. Ich bedauerte inzwischen zutiefst, nicht schon früher eine so häßliche Frau kennengelernt zu haben; Berenice hatte entgegen ihrer ausgesprochenen Häßlichkeit ein sehr anmutiges Wesen, sie sprühte vor Charme und Esprit, sodaß es ein Genuß war, in ihrer Nähe zu sein; Berenice hatte eine perfekte Methode entwickelt, ihre offensichtlichen physiognomischen Mängel durch ihr nettes Wesen, ihre geistreichen Bemerkungen und ihr sicheres Auftreten zu *überspielen.* Und sie hat auch unsere Sportlerwette gewonnen, da Berenice, aufgrund ihrer naturgemäß besseren Kenntnisse der örtlichen Verhältnisse, den Triestiner Universitätsbetrieb noch genauer durchschaut hatte als ich selbst. Berenice lud mich gleich für den nächsten Nachmittag zum Kaffee zu sich in ihre Behausung in der Industriezone ein, um mir ihre Schmuckstücke zu zeigen. Mir rutschte heraus, auch ich werde mein Schmuckstück mitbringen, um es ihr zu zeigen. Ja, das wäre sehr schön, antwortete Berenice mit ersten Anzeichen einer unbestimmbaren Erregtheit in ihrer süßen Fratze, wie ich dachte. Wir genossen noch eine Stunde gemeinsam schweigend den Sonnenuntergang über dem Meer am *Molo Audace;* wir trennten uns, obwohl wir uns gar nicht trennen wollten, aber wir konnten uns ja bald wiedersehen. Ich wußte, ich hatte ein Problem, und dieses Problem war weiblich, obschon im Italienischen alle Probleme immer männlich sind, Städte dagegen immer weiblich. Mir kam Schönbergs Postulat des Wiederholungsverbotes in den Sinn, jedoch nur kurz, dann mußte ich wieder an Berenice denken. Ich beschloß, meine Philosophie des *Nichts-Machens* vorübergehend zu vergessen und endlich etwas zur Lösung meines weiblichen Problems zu unternehmen, denn ich wußte genau, ich konnte mich nicht mit Berenice treffen, während Mignon im Hotelzimmer auf mich wartete. Ich konnte mich mit keiner anderen Frau treffen, solange Mignon noch existierte, für mich. Das hatte ich in Berlin nicht gekonnt und konnte es erst recht nicht in Triest. Ich mußte endlich handeln und eine Problemlösung herbeiführen, handeln mußte ich. Schnellen Schrittes betrat ich das *Duchi D'Aosta,* suchte mein Zimmer auf, und, Sie wissen es, Doktor, erwürgte die völlig ahnungslose

Mignon, schleppte sie am schlafenden Portier vorbei, wuchtete sie in den Kofferraum meiner DS, karrte diese Leiche auf Urlaub in die Industriezone und warf sie mit Schwung in eine Baugrube für ein neues Bürohaus, die aufgrund des hohen Grades der Fertigstellung der Verschalungen auf ein baldiges In-Aktion-Treten der Betonmischer schließen ließ. Endlich hatte ich wieder etwas *gemacht*, seit Berlin war ich ja zum *Nichts-Machen* verurteilt gewesen, durch das *Drum-Herum*, durch Mignon. Ich konnte ja mit keiner anderen Frau ausgehen, Doktor, weil Mignon immer wie eine Klette an mir gehangen war; wie eine Kette erschien sie mir im Nachhinein, von der ich mich endlich lösen mußte. Ich hatte mir diese meine Mignon-Suppe selbst eingebrockt, und nun endlich hatte ich sie auch selbst wieder ausgelöffelt. Mignon war jetzt endlich wieder die Frau, deren Gestalt toter Buchstabe bleiben wird, für mich. Ihre Anwesenheit, die sich auf eine Abwesenheit gründete, war nun eine für immer beendete, eine für immer *gewesene*. Eine an sich *genichtete* Existenz. In dieser Nacht konnte ich endlich wieder schlafen, weil ich ganz genau wußte, in dieser Nacht wirst du nicht wieder auf dem Grève-Platz in Paris enden, in dieser Nacht wirst du, wenn du überhaupt träumen wirst, *nur* von Berenice träumen, und ich sollte recht behalten, wenigstens ein einziges Mal. Mignon dagegen war wie *ausgelöscht*, für mich, nicht mehr existent. Genau in diese meine Überlegungen platzte meine Schwester, die mir meine heutige Dosis Muntermacher hereinreichte; Muntermacher hatte ich schließlich gerade zu dem Zeitpunkt meines Abschieds von Mignon nicht geschluckt, weil ich letztendlich, wie ich kurz zuvor bemerkte, nach langer Zeit einmal wieder schlafen wollte (und konnte!), ohne befürchten zu müssen, mitten in Paris hingerichtet zu werden, und zwar auf brutalste Art und Weise. Meine Schwester eröffnete das Gespräch mit dem Hinweis, den Patientenaufstand im Pavillon gegenüber habe man nun *endgültig,* und zwar *blutig,* niedergeschlagen; ich hörte kaum hin, ich hatte auch schon in Berlin praktisch jede Fähigkeit des Zuhören-Könnens verloren, sonst wäre ich letzten Endes schließlich erst gar nicht nach Triest gefahren, in diese Stadt des Todes, in diese Stadt aus Papier, in diese ehemals bedeutende k. u. k.-Stadt, in diese merkantile, letztendlich geist- und kulturfeindliche Grenzstadt, in diese Apotheose des Niederganges des mitteleuropäischen Gedankens. Wie schon angedeutet, meine Schwester sieht viel besser aus, als Berenice jemals aussah, Berenice war wirklich häßlich, das muß ich unumwunden zugeben, aber gerade diese unbeschreibliche Häßlichkeit weckte mein Interesse. Meine Schwester, beispielsweise, obwohl diese gerade neben meiner Schreibmaschine steht und zum Fenster hinausschaut, auf diese wunderbare, aber inzwischen in ihrer Pflege und Instandhaltung vernachlässigte Architektur Otto Wagners, könnte ich gar nicht beschreiben, obwohl sie so hübsch ist, so gut aussieht, ein so ebenmäßiges Antlitz hat, zum Anbeißen. Wirklich häßliche Menschen sind viel interessanter als wirklich hübsche, das kann man jeden Tag in den Salzburger Nachrichten, beispielsweise, anhand der dort abgebildeten Politikervisagen überprüfen, wie in jeder anderen Zeitung auch. Meine Schwester hat endlich mein Zimmer verlassen, ich kann nun wieder in Ruhe an meinem Bericht, an meinen *Bekenntnissen,* arbeiten, und wenn ich hier jemals wieder herauskommen sollte, werde ich meiner Schwester ein paar Schilling für Unterwäsche in die Hände drücken. Mir ging es nach meinem Mord an Mignon wirklich besser; endlich war ich Mignon los, und zwar für immer; endlich konnte ich wieder als freier Mann durch die Straßen Triests gehen, in die Via Cassa di Risparmio, in die Via Macchiavelli, in die Via Pescheria, in die Via de Rittmeyer, in die Via Cicerone, wohin auch immer ich wollte, ich konnte endlich *allein* dorthin gehen, und ich konnte auch ohne weiteres in die Industriezone, wo sich irgendwann einmal der *Stabilimento Tecnico* befunden hatte, in dem, zusammen mit den *Škoda-Werken,* die österreichischen Kriegsschiffe gebaut worden waren und wo sich auch die Werft des *Lloyd Triestino* befunden hatte, gehen und selbstverständlich auch zu einer *Frau,* namentlich zu Berenice, was zu Mignons Zeiten eben nicht möglich gewesen wäre. Der Tod Mignons in dieser Stadt des Todes ließ mich wieder aufleben, der Tod Mignons in dieser Stadt des Todes schenkte mir überhaupt erst wieder neuen Lebensmut, neue Kraft zum Weiterleben, der Tod Mignons beendete gewissermaßen meine Lebensphase des durch das *Drum-Herum* verursachten *Nichts-Machens.* Jetzt war damit Schluß, und zwar, weil ich mit Mignon Schluß gemacht hatte, radikal und endgültig. Noch an der *Pescheria Grande* machte ich mir Vorwürfe, nicht schon eher gehandelt zu haben, Mignon nicht schon eher beseitigt zu haben. Ich mußte in Berlin verrückt gewesen sein, Mignon so lange ertragen zu haben; an sich hatte ich Mignon ja schon immer gehaßt, von Anfang an. Nicht der Professor hätte in Berlin seine letzte Ruhestätte finden sollen, sondern Mignon, nicht Hauensteiner hätte sich umbringen sollen, sondern Mignon, nicht Köflacher hätte man in Garsten einsperren sollen, sondern Mignon, nicht Dornbirner hätte man ins Irrenhaus stecken sollen, sondern Mignon, dachte ich im *Duchi D'Aosta,* während ich diese verdammte Glenn-Gould-Platte zertrat, die Mignon immer so geliebt hatte. Vormittags im *San Marco,* wo ich jetzt endlich herumsitzen konnte, wann ich wollte, und nicht mehr nur, wenn es der Dame genehm war, dachte ich, noch vor meinem Einspänner und meiner *brioche* sitzend, als mich ein Tourist fragte, ob ich wisse, wo man in dieser Stadt Winckelmann umgebracht habe, warum hast du Mignon nicht schon viel eher beseitigt? Warum erst in Triest, nicht schon in Berlin? Nur weil an sich Triest als Stadt des Todes gilt, nicht aber Berlin? Obwohl von Berlin aus die größte Tötungsmaschinerie der Weltgeschichte ausging, nicht aber von Triest? Warum hatte man Ioanni Winckelmanno umgebracht, nicht aber Johann Wolfgang von Goethe? Warum wurden immer die Randfiguren ermordet, nie aber die Drahtzieher? Ich wußte auf diese Fragen, während ich Studenten beobachtete, die nach einem Thema für eine Doktorarbeit suchten, hier im *San Marco* keine Antwort. Als gemeiner Tonsetzer konnte man auf diese Fragen keine Antworten haben, selbst durch allerintensivstes Nachdenken nicht. Ich hatte mich innerlich von Mignon verabschiedet, endgültig und für immer, wie ich auch schon begann, mich von Thomas Mann zu verabschieden, endgültig und für immer. Ich hätte diesen *Zauberberg*-Brocken gleich mit in die Baugrube werfen sollen, als Grundstein gewissermaßen; ich wußte ja ganz genau, ich konnte nie wieder einen Blick in diese tausendseitige Krankengeschichte werfen, wie ich auch nie wieder einen Blick auf Mignon werfen konnte. Das *Drum-Herum,* das mich so viele

Jahre zum *Nichts-Machen* verurteilt hatte, *war zusammengebrochen.* Endlich hatte ich einmal einen Kollaps miterleben können, der etwas Positives bewirkte, der eine wahrliche Verbesserung hervorrief, der einem eine neue Lebensqualität verlieh. War ich in Berlin noch der Argloseste, war ich nun der Arglistigste. Mignon war tot, und ich war frei. Ich dachte noch in den zwei Stunden, die ich in meinem Büro mit meinem leeren Blatt Papier verbrachte, *Schönberg* wird dir nie aus dem Kopf gehen, wohl aber Mignon, und vor allem auch Thomas Mann. Ich mußte an Schönbergs Postulat des Wiederholungsverbotes denken, nicht mehr jedoch an Mignon; ich mußte an *A Survivor from Warsaw* denken, nicht mehr jedoch an Thomas Mann. Ich hätte diese ganzen Thomas-Mann-Backsteine wegwerfen können, in die Baugrube, nicht aber Arnold Schönberg. Ich dachte noch auf der Fahrt zur Industriezone in meiner DS, du hättest dich mit keiner anderen Frau treffen können, solange es Mignon noch gab, nicht einmal mit einer so häßlichen wie Berenice. Mignon hatte zuletzt nur noch diesen Geruch nach Kollaps verströmt, wie er auch deshalb schon mir selbst in die Klamotten gezogen war; hätte ich Mignon nicht gerade noch rechtzeitig umgebracht, wäre ich selbst zum größten Geruch-nach-Kollaps-Verströmer avanciert, und zwar zum größten aller Zeiten, zum allergrößten. Durch den Mord an Mignon hatte ich meinen drohenden Kollaps noch in letzter Minute abwenden können; ganz Triest wäre kollabiert, wenn ich nicht endlich meine Philosophie des *Nichts-Machens* aufgegeben hätte und letztendlich gehandelt hätte. Obschon es sicher nicht vollkommen richtig war, diese meine Philosophie von heute auf morgen, von jetzt auf gleich, aufzugeben, wie es sicher auch nicht unter Berücksichtigung aller Faktoren des *Drum-Herum* vollkommen richtig war, Mignon, die so vollständig arglos war, einfach so hinzurichten. Die Kunst des *Nichts-Machens* hatte ich schließlich wie kein zweiter beherrscht; es kam ja nicht nur darauf an, einfach *nichts zu machen,* sondern man mußte gleichzeitig nach außen hin so wirken, als wäre man der größte *Alles-Macher.* Ich dachte noch, als ich an der Baugrube vorbei fuhr, in die ich gestern Mignon geworfen hatte und wo jetzt gerade ein um Gnade flehender Betonmischerfahrer von Beamten der *Polizia Municipale* in Handschellen zu einem Einsatzfahrzeug, einem FIAT Punto, geführt wurde, du hättest eher handeln sollen, beinahe hättest du zu spät gehandelt, aber gut, daß du überhaupt noch gehandelt hast. Das andauernde *Nichts-Machen* hätte dich schlußendlich total zermürbt, zernichtet, deinen Geist zerrüttet; dieses dauernde *Nichts-Machen* mit dem gleichzeitigen Vortäuschen des *Alles-Machens* hätte dich auf die Dauer gesehen gesundheitlich ruiniert und geistig ins Verderben geführt. Aber die Zeit des *Nichts-Machens* war vorüber. Ich fuhr jetzt zu einer häßlichen, aber appetitlich wirkenden Frau, die mich zum Kaffee eingeladen hatte und die mir ihre Schmuckstücke zeigen wollte. Dank des Mordes an Mignon war ich bereit, und zwar mit allen Konsequenzen. Ich hatte mich extra morgens sorgfältig gewaschen, nicht nur die Hände, und selbst die Umblätterin hatte am Frühstückstisch mit ihrem lauten Organ das Kompliment vom Stapel gelassen, ich röche heute viel besser als sonst. Der Geruch nach Kollaps war von mir gewaschen, ich war bereit, das *Nichts-Machen* aufzugeben und heute alles mitzumachen, was eine Frau mit einem Mann zu machen pflegt; selbstredend meine ich nicht Thomas Mann. Nach einer kurzen Irrfahrt durch eine Reihe anonym wirkender Straßen mit trostlosen Fabrikgebäuden und Lagerhallen fand ich endlich Berenices Domizil, d. h. ich fand eine mittelgroße Lagerhalle, die dieselbe Adresse zu haben schien wie Berenice. Sie hatte mich also hereingelegt, was ich aber nicht glauben konnte, schließlich hatte ich sie durchschaut, wie auch sie mich durchschaut hatte. Ich parkierte meine Göttin, die eigentlich die Déesse meines Vaters war, vor der Lagerhalle, öffnete den Wagenschlag, stieg aus, entnahm dem Kofferraum eine Flasche Wasser, öffnete diese und ließ mir das Wasser über die Hände rinnen; ich schluckte noch ein paar Muntermacher, ging zur Eingangstür, sah Berenices Namen, also Mafalda Delle Catene, an derselben stehen, bemerkte, die Tür war nur angelehnt, schob diese auf und betrat eine Lagerhalle in der Industriezone dieser Stadt aus Papier und dieser Stadt des Todes. Auf den ersten Blick konnte ich erkennen, in dieser Lagerhalle wurden Automobile vorgehalten, obwohl diese zum Schutz vor Staub mit Tüchern abgedeckt waren, bis auf ein Automobil namens *Maserati Bora.* Ich entdeckte eine Hebebühne, Werkzeug, Ölkanister, Ersatzteile, eine Lackierkabine; hinter dieser befanden sich Trennwände, dahinter ging es weiter in einige große Räume, die tatsächlich, wie es schien, zum Wohnen, mit Einschränkungen, geeignet waren. Alles machte noch einen recht unfertigen Eindruck, manche Zimmer waren fast leer, aber es ließ sich bereits die Absicht, die hinter allem steckte, erkennen, trotz der Kulissenhaftigkeit, die diese Wohnanlage mir noch darbot. Jeder Raum war in einer anderen Farbe ausgemalt, alle sich darin befindenden Einrichtungsgegenstände und Dekorationen waren jeweils von derselben Farbe wie die jeweiligen Wände; es gab somit ein komplett blaues Zimmer, ein komplett weißes Zimmer, ein komplett purpurnes Zimmer usf. usf.; ich fühlte mich an *The Mask of the Red Death* erinnert, gleichzeitig beschlich meinen Magen dieses unbestimmte Franco-Gefühl, ich meine damit, so etwa mußte sich Franco nach seiner Magenoperation kurz vor seiner Agonie gefühlt haben. Ich erreichte einen großen, schwarzen Raum, in dem, wie sollte es anders sein, alles schwarz war, Wände, Möbel, Bodenbelag. Auch die riesige Standuhr war schwarz, ebenfalls der riesige, mit schwarzen Stumpenkerzen bestückte Kronleuchter gotischen Stils, an dem sich Mafalda Delle Catene, genannt *Berenice,* erhängt hatte. Unmittelbar verspürte ich den Geschmack von Verfall auf der Zunge, ich meinte, den Geruch von Kollaps wahrzunehmen, ich glaube auch, in dieser Lagerhalle zum ersten Mal dieses Glasklirren gehört zu haben, das mein Gehirn jetzt permanent belästigt. Berenices Gesicht war schon stark blau angelaufen, soweit man das bei dem schwachen Schein des Kerzenlichtes beurteilen konnte; Berenices Zunge zumindest hing unappetitlich weit heraus, trotzdem konnte man diesem Antlitz, das schon im Normalzustand, also lebend, eine herbe Ästhetik generierte, in diesem verzerrten Zustand, mit entglittenen Gesichtszügen nach einem verlorenen Todeskampf, einen gewissen Anflug von Schönheit nicht absprechen. Es ist immer wieder frappierend, mit wieviel Häßlichem man sich beschäftigen muß, wenn man über die Schönheit schreiben will, denke ich heute, damals dachte ich in ganz anderer Weise. Ich war schockiert, mir fehlte die Kraft, *irgend etwas zu machen,* ich schwächelte, ich mußte mich auf eine schwarze Kiste setzen, die sich bei näherer Inaugenscheinnahme als Holzpyjama entpuppte. Wo ich auch hinkam, der Tod war immer schon da, der Tod war nicht nur in mir drin, sondern auch im *Drum-Herum;* jetzt fängt alles wieder von vorne an, dachte ich damals, immer diese Wiederholungen. Lethargisch saß ich auf dem Sarg, blickte zu Boden und erwartete, gleich Mignon zur Tür hereinstürzen zu sehen, die mit mir abrechnen wollte; anschließend konnte es mit dem *Nichts-Machen* weitergehen wie immer, wie die Jahre zuvor. Ich hörte das Aufklatschen eines Körpers und dachte noch, jetzt ist Berenice samt Kronleuchter zu Boden gestürzt, als eine Stimme sagte: *Dieser uralte Theatertrick zieht doch immer noch! Ciao! Die anderen sind bis jetzt immer schreiend hinausgerannt oder in Ohnmacht gefallen, aber du hast diesen Trick natürlich durchschaut, wie du alles sofort durchschaust.* Sie erklärte mir, wie der Trick funktioniert, langsam konnte ich mich von dem erlittenen Schock erholen, aber nur schrittweise. Ich stellte Wasser für den Kaffee auf, während Berenice sich abschminken ging. Dadurch, daß Berenice sich zum Weiterleben entschlossen hatte, konnte auch ich weiterleben. Gemeinsam tranken wir jeder seinen Einspänner, gemeinsam aßen wir jeder seine *brioche;* nach unserer gemeinsamen Kaffeestunde zeigte mir Berenice ihre Schmuckstücke. Sie sammelte Automobile, *das* waren ihre Schmuckstücke, was sonst; wie konnte ich nur an irgend etwas anderes denken, dachte ich, während Berenice nach und nach diverse Tücher hob, um mir einige Modelle der Firma Maserati zu zeigen, einen Steyr-Fiat, einen Gräf & Stift, einen Borgward, eine Isetta, einen Facel-Véga, ein DS-Usine-Cabrio, ein

DS-Chapron-Cabrio und einen Jaguar E-Type, der zum Leichenwagen umgebaut worden war. Das sei das Fahrzeug aus *Harold and Maude,* sowas wolle keiner fahren, sie habe es sehr preisgünstig erstanden, so Berenice; in der nächsten Ecke fanden sich noch einige Studebaker, ein Kaiser Manhattan, ein Steyr Baby, ein Lloyd Alexander Frua, ein Glas 2600 V8, zwei oder drei Ferrari, mehrere Leichenwagen auf FIAT-Basis sowie sonstiges automobiles Strandgut aus der Vergangenheit, wie beispielsweise ein DeLorean. Draußen vor der Tür fand meine DS, die eigentlich die DS meines Vaters war, doch großes Interesse. Berenice hatte noch nie eine DS der allerersten Serie gesehen, trotzdem erwies sie sich als ausgesprochene Kennerin der DS-Materie, da sie genau wußte, die erste Serie hatte noch *keine* Lüftungsgitter auf den vorderen Kotflügeln, sondern erst die zweite; mit wie vielen Leuten, mir wildfremden Leuten, hatte ich mich schon herumschlagen müssen, weil diese selbsternannten Experten immer wieder behaupteten, die allererste Serie der DS habe diese Lüftungsgitter auf den vorderen Kotflügeln aufgewiesen, nichtsdestotrotz und gerade weil mein Automobil der reale Gegenbeweis zu dieser These war. Berenice wollte meine Ur-DS sofort und spontan gegen ihren Facel tauschen, was ich naturgemäß ablehnte; schließlich war Camus in einem Facel ums Leben gekommen, oder war es doch Sartre? Ich einigte mich auf Camus. Ja, Camus mußte so verblödet gewesen sein, mit seinem Verleger am Steuer in dessen Facel-Véga über zweihundert mitzufahren, trotz der abenteuerlich primitiven Hinterachskonstruktion, es war Camus, nicht Sartre. Die Firma Facel feierte letztendlich ihren Abgesang in Godards Film *Week-end,* in dem die

Protagonisten mit ihrem Facel durch eine durch und durch widerliche Filmhandlung fuhren, bis man entweder Frankreich, französische Filme, die französische Lebensart und eben auch französische Automobile, namentlich die der französischen Rüstungsfirma Facel S.A., nicht mehr ertragen konnte oder lieben lernte, wie ich. Eigentlich hatte ich Frankreich, dieses verlogene *savoir-vivre,* im Grunde genommen alles Französische, immer gehaßt, bis ich Godards *Week-end* sah. Ich sagte noch zu Godard auf der *dokumenta* zu Kassel, als dieser, melancholisch angehaucht, vor seinen Video-Monitoren saß, *im Grunde genommen habe ich Frankreich erst durch Ihr Week-end durchschaut und also lieben gelernt.* Ich dachte noch in Berlin, vor dem Café *Lebensart* Unter den Linden, was würdest du jetzt darum geben, wenn du jetzt *Week-end* sehen könntest, wenn du jetzt in einem Facel sitzen könntest, wenn du jetzt in einem Facel über französische Landstraßen fahren könntest, wenn du jetzt in einem Godard-Film sein könntest. Nicht auszudenken, dachte ich. Godard und dieses Berlin, das paßt nicht zusammen, das schließt sich aus. Berlin ist das Gegenteil von Godard, genau wie Österreich das Gegenteil von geistreich ist. Berlin ist ein Unort zum Denken, wie auch Salzburg ein Unort zum Denken ist, dachte ich hier in der Stadt des Todes, während Berenice die Motorhaube meiner DS öffnete, um sich auch den Motor und die Hydraulikanlage ansehen zu können. Sie befummelte ein paar Hochdruckleitungen mit dem Kommentar, ihr Usine-Cabrio habe schon die grüne Hydraulikflüssigkeit, nicht die rote, wie diese DS hier, zwischendurch habe es zur Abwechslung auch die klare gegeben, aber nicht mal drei Jahre lang. Die Bremsbeläge vorne seien übrigens erneuerungsbedürftig. Ich lasse das demnächst machen, sagte ich. Berühmte letzte Worte, entgegnete Berenice. Sie beendete ihre Inspektion und wollte nun eine Probefahrt durchführen. Routiniert beherrschte sie die außergewöhnliche und gewöhnungsbedürftige Art und Weise, eine DS zu pilotieren, diese kapriziöse Technik, dieses ungewöhnliche Handling; Berenice trat mit voller Kraft auf den Bremspilz, der Wagen verzögerte etwas zögerlich; Berenice blickte mich leicht vorwurfsvoll und bestimmt an, als wollte sie darauf hinweisen, wegen der Bremsen recht gehabt zu haben, aber sie brauchte nichts zu sagen, wir verstanden uns auch so, von vornherein. Berenice fuhr ein paar Runden um den Block, dann in die Richtung, aus der ich gekommen war; wir passierten die Stelle, wo ich am Vorabend Mignon in die Baugrube geworfen hatte; unter den Blicken einer unüberschaubaren Menschenmenge und unter Polizeiaufsicht entfernten Bauarbeiter mit Preßlufthämmern den wohl erst kürzlich in die Verschalungen hineingegossenen, inzwischen jedoch fest gewordenen Beton. *Da mußte wieder jemand den Löffel abgeben,* war Berenices lapidarer Kommentar. Auf der Rückfahrt zu ihrer Lagerhalle sagte ich zu Berenice, sie schon vor ein paar Wochen auf dem Corso Cavour gesehen zu haben. Ich weiß, sagte Berenice. Ich hätte mich über ihren Löffel gewundert. Ich weiß, sagte Berenice, das war nicht zu übersehen. Ich sagte ihr, sie sei von unglaublicher Schönheit. Ich weiß, sagte sie, das sagt jeder. Bei ihrem Aussehen müsse sie zum Film, sagte ich, *Nosferatu II,* dachte ich. Ich weiß, sagte Berenice, ich versuche es bereits. Sie stellte meine DS, die eigentlich die Déesse meines Vaters war, vor ihrer Lagerhalle ab und verabschiedete sich, sie habe noch zu tun (Thomas Mann lesen?). Ich bemerkte, noch nie ein so nettes Mädchen getroffen zu haben usf. usf. Zum Abschluß ließ ich mich noch zu der Aussage hinreißen, schwarze Spitzenkleider über alles zu schätzen. *No problema*, ich kann dir eines leihen, ich habe mehrere davon; hör endlich mit diesem Süßholzgeraspel auf, das ist ja widerwärtig, wir verstehen uns doch auch so, mußte ich mir daraufhin anhören. Ich könne aber übermorgen, so um dreizehn Uhr, bei ihr vorbeischauen, sie wolle nämlich in der Uni einen Flamenco-Kurs besuchen, sie suche dafür noch einen männlichen Tanzpartner, wenn ich etwas Verständnis für Musik aufbrächte, könne ich mitkommen, falls das *Nichts-Machen* mich zeitlich nicht zu sehr beanspruche. Ich sagte naturgemäß zu und erklärte ihr, in Berlin schließlich zehn Jahre lang eine ordentliche Musikpädagogikprofessur innegehabt zu haben, Violine und andere Instrumente spielen zu können, dreiundzwanzig Sinfonien komponiert und außerdem Karajan persönlich gekannt zu haben. Sie habe gar nichts anderes erwartet, sonst hätte sie mich schließlich erst gar nicht gefragt, also, bis übermorgen, rief Berenice, indem sie in ihrer Lagerhalle verschwand. In meiner DS sitzend, kam mir langsam der Gedanke, mich nicht in einer Stadt aus Papier zu befinden, sondern in einem Film aus Frankreich. *Diva* hieß er, genau, dachte ich, von Delacorta, nein, Delacorta war der Autor der Romanvorlage, der Regisseur hatte einen anderen Namen. In diesem Film pflegten die Protagonisten ebenfalls in riesigen Lagerhallen oder alten Fabrikgebäuden zu leben; mir war klar, völlig klar, ich mußte von der Stadt aus Papier aus geradewegs in einen französischen Film geraten sein. Ich startete meine DS, die ich leider nicht gegen den Facel getauscht hatte, sonst könnte ich jetzt sofort in Godards *Week-end* herumfahren, so mußte ich mit diesem seltsamen Streifen vorlieb nehmen. An der Baugrube herrschte immer noch reger Betrieb. Reporter waren dabei, die RAI war mit einem verrosteten FIAT 238 B vorgefahren. Im *Duchi D'Aosta* fiel mir ein, du hast sie gar nicht geküßt. Nicht einmal daran gedacht. Küßte man Frauen überhaupt beim ersten Rendezvous? Schickte sich das? Ich hatte keine Ahnung, Doktor, hatte ich schon in Salzburg zu Hollhof gesagt, ich wußte es nicht. Jeden Tag las ich die Salzburger Nachrichten, aber ich wußte es nicht; wahrscheinlich hätte ich diesen ganzen verdammten *Zauberberg* rauf und runter lesen können, und ich hätte es immer noch nicht gewußt. Meine Mutter hatte immer gesagt, *Frauen küßt man überhaupt nicht;* trotzdem konnte man überall Frauen sehen, die sich küssen ließen, von Männern, Doktor. Ich habe sogar schon Frauen gesehen, in Berlin, die sich *von Frauen* küssen ließen, Doktor. Ich wußte jedenfalls nicht, was ich machen sollte oder wen ich fragen konnte. Schließlich war ich vierzig, alle Autoritätspersonen meiner Kindheit waren längst verstorben, selbst Karajan. Und Konsalik, der noch zur Zeit meiner letzten Schuljahre bei uns in der Steingasse häufig herumgesessen war, hatte bereits sein Leben beendet, vermutlich sogar von eigener Hand. Oder durch die Hand eines Arztes. Eines Salzburger Arztes. Viel zu früh ist er von uns gegangen, sagen die einen, viel zu spät, die anderen. Es war eine ungeheure Geschmacklosigkeit, *erst* nach Hunderten von veröffentlichten Romanen unsere Welt zu verlassen (und in eine bessere zu kommen), sagen die einen, es war eine ungeheure Geschmacklosigkeit, *schon* nach so wenigen Werken sein Leben beenden zu müssen, die anderen. Ich erfuhr vom Tode Karajans mit viertägiger Verspätung, wie ich auch vom Tode Konsaliks mit viertägiger Verspätung erfuhr, weil die Post immer vier Tage brauchte, um die Salzburger Nachrichten von Salzburg nach Berlin zu schicken. Vielleicht hatte ich vom Tode Karajans oder auch vom Tode Konsaliks doch schon eher erfahren, weil ich eigentlich jeden Tag noch alle anderen Zeitungen gekauft hatte; ich war ja in Berlin einem sogenannten Zeitungs-Wahnsinn verfallen, der mich fast ruinierte, pekuniär und geistig. Karajan war viel *zu früh* von uns gegangen, Konsalik viel *zu spät*, so war die Meinung der Intellektuellen Berlins, die nicht immer mit der Meinung, die in der Bild-Zeitung vertreten wird, haargenau übereinstimmen muß. Daß Konsalik gar nichts selbst geschrieben hat, sondern den Großteil seiner Werke von einem sogenannten Ghostwriter schreiben lassen hatte, erfuhr ich ebenfalls mit viertägiger Verspätung, aus den Salzburger Nachrichten, vom Thuswaldner. Wie konnte man die Autorfunktion von Bazlen und Konsalik in Beziehung zueinander setzen? Auf der einen Seite haben wir Roberto Bobi Bazlen, einen Autor, der nichts veröffentlicht hat, dessen Werk jedoch von immensem Einfluß ist, auf der anderen Seite haben wir Heinz G. Konsalik, der Unmengen an Büchern veröffentlicht hat, dessen Werk jedoch ohne irgendeinen Einfluß geblieben ist. Beide haben fast nichts *geschrieben*, sind aber als Autoren berühmt geworden, der eine ganz ohne Buchveröffentlichung, der andere mit Tausenden von Buchveröffentlichungen. Bazlen ist ein weltberühmter Autor geworden, ohne das zu machen, was einen Ambitionierten überhaupt erst zu einem Autor werden läßt, nämlich zu schreiben und zu veröffentlichen, Konsalik ist ein weltberühmter Autor geworden, indem er seine Bücher von anderen Autoren schreiben ließ und diese unter seinem Namen, der nicht einmal sein Name ist, sondern der Mädchenname seiner Mutter, veröffentlichte, den Buchmarkt mit seinen Titeln überschwemmte und somit die Autorschaft ad absurdum führte, von vornherein, da doch selbst die Stümper unter den Kritikern hätten merken müssen, so fürchterlich produktiv und gleichzeitig so widerwärtig primitiv kann doch gar kein Autor sein, auch keiner, der in Salzburg lebt, lebte. Aber ich schweife ab, Doktor. Ich wollte vom Küssen sprechen, sagte ich damals zu Hollhof, jetzt muß es naturgemäß korrekt heißen: Ich wollte vom Küssen schreiben, besser: vom Nicht-Küssen. Wie war ich nur vom Küssen auf Karajan und Konsalik gekommen? Von Berenice auf Bazlen? Ich blätterte zerstreut in einem vier Tage alten Exemplar der Salzburger Nachrichten herum, die jetzt endlich in Triest eintrudelten, mit der für italienische Verhältnisse unfaßbaren Regelmäßigkeit des Genau-vier-Tage-zu-spät-Kommens, der Thuswaldner schrieb heute nichts Vernünftiges, sodaß ich noch einen Moment über die Regelmäßigkeit des Genau-vier-Tage-zu-spät-Kommens nachdenken konnte, um schon bald darauf, nach einigen geistreichen Gedanken über Schönbergs Postulat des Wiederholungsverbotes, endlich einzuschlafen und von Berenice zu träumen. Ich konnte mich am nächsten Morgen nicht mehr an alle Einzelheiten erinnern, nur genau weiß ich noch, wie Berenice, in meinem Traum, aus der Eingangstür unseres Steingassenhauses in Salzburg heraustrat und in die DS einstieg; mein Vater saß am

Steuer, bereits vom Berliner Schlaganfall schwer gezeichnet, eigentlich unfähig, die DS zu pilotieren, wie mein Vater sozusagen immer unfähig gewesen war, die DS zu steuern, mein Vater fuhr mit Berenice an der Pferdeschwemme und am Mönchsberglift vorbei, über irgendeinen Umweg war mein Vater auf die Staatsbrücke gelangt, von da aus durch die Linzer Gasse auf die Schallmoser Hauptstraße gefahren, die Linzer Gasse darf man nicht so einfach mit dem Automobil durchfahren, dachte ich noch, mein Vater fuhr wieder zurück, um am Mozarteum Karajan und Konsalik einzusammeln, die beide Geigenkästen trugen; Karajan öffnete seinen, in ihm befanden sich Taktstöcke und Totenschädel, während sich in Konsaliks daraufhin geöffnetem Geigenkasten nichts befand; Karajan sonderte grüne Flüssigkeit ab, Konsalik rote; mein Vater warf wegen der Verschmutzung seiner Göttin zuerst Karajan in die Salzach, Konsalik dagegen in eine Baugrube nahe der Scherzhauserfeldsiedlung. Mein Vater fuhr mit Berenice weiter zum Kongreßzentrum, wo gerade eine Tagung über Bobi Bazlen stattfand. Mein Vater spielte zur Eröffnung des Kongresses eine mir unbekannte Bearbeitung von Edgard Varèses *Ionisation* für ein Streichinstrument auf seiner Tieffenbrucker, ich hörte Glasklirren und einen Schrei. Ich sah, obwohl ich ja gar nicht mitgefahren war, die Papiere, die die Kongreßteilnehmer vor sich liegen hatten und die alle vollständig leer waren. Berenice hielt eine Rede über Bobi Bazlen, die Kongreßteilnehmer klatschten so lange an den falschen Stellen, bis Berenice ihr Publikum mit einigen tausend Exemplaren des Thomas-Mann-Brockens *Der Zauberberg* bewarf. Schönberg trat ans Rednerpult, um einen Vortrag über sein Postulat des Wiederholungsverbotes zu halten, den er von einem leeren Blatt ablas. Zum Schluß trat Bobi Bazlen auf, der androhte, im nächsten Frühjahrsprogramm von Einaudi ein Buch veröffentlichen zu wollen, um endlich seinen Mythos zu zerstören. Mein Vater regte anschließend Berenice an, mit ihm nach Paris zu fahren; sie fuhren über die Staatsbrücke zurück, wo gerade ein Jaguar einen Totalschaden erlitten hatte, ebenso die vier Insassen, die in blutigen Stücken auf der Straße verteilt herumlagen, weiter zur Steingasse, wo vor dem *Maison Rouge* die DS ihre rote Hydraulikflüssigkeit verlor. Zuletzt sah ich das Straßenschild Quai de Javel, die Silhouette von Notre-Dame, ich hörte den *Radetzky-Marsch*, während mein Vater mit Berenice und seiner DS auf den Grêve-Platz fuhr, wo sie vom Rektor der Berliner FU, von der Flasche Naderer, von Mussolini und von Casanova empfangen wurden. Auf dem Grêve-Platz hatte man bereits, zur Einstimmung der Menschenmenge, eine Giraffe angezündet. Sobald ich meinte, verbranntes Fleisch zu riechen, wachte ich endlich auf. Ich nahm sofort eine hohe Dosis Muntermacher zu mir, um auf keinen Fall wieder einzuschlafen; zuerst erzählte ich meinen Traum naturgemäß Hollhof in Salzburg, gewissermaßen hatte ich sofort spontan nach meinem Erwachen aus diesem Traum die Muntermacher geschluckt, nicht aber diesen Traum aufgeschrieben, sondern diesen Traum, den ich erst jetzt hiermit aufschreibe, zuerst Hollhof aus der Erinnerung heraus erzählt, und dann diese Erinnerung an die Erinnerung des Träumens erst niedergeschrieben, hiermit. Dieser mein hier jetzt vorliegender Traumtext war gewissermaßen nur die Oberfläche meines Traumes, aber das ist bekannt. Mir fällt auch erst jetzt beim Aufschreiben eine weitere Einzelheit meines Traumes wieder ein: Auf der *Périphérique* stand mein Vater kurzzeitig hinter einem Facel-Véga im Stau. Ich weiß nicht, ob dieses Detail von Bedeutung ist. Ich wusch mir die Hände und ging hinunter zum Frühstücken. Der Untergeher war heute nicht bester Laune, man konnte ihm die Anspannung, die die letzten Vorbereitungen für seine Teilnahme an der diesjährigen *Regata Barcolana,* die nicht wieder mit einem Scheitern (Kentern) enden sollte, verursachten, vom Gesicht ablesen. Die Umblätterin dagegen fragte mich mit ihrem lauten Organ über Berenice aus. Während ich immer alles nur mit viertägiger Verspätung erfuhr, wenn überhaupt, schienen alle anderen immer besser und vor allem schneller über alles informiert zu sein. Im *Caffè San Marco* las ich von nun an nur noch Zeitungen, ich konnte schließlich nicht unter den Augen Juliette Dexters versuchen, den Thomas-Mann-Brocken weiter zu lesen. Juliette Dexter behandelte mich nun sehr kühl und distanziert, sie redete kein persönliches Wort mehr mit mir, mit einer gewissen Unnahbarkeit in der Stimme sagte sie: *Bitte sehr, Herr Professor!,* als sie mir meinen Einspänner und meine *brioche* servierte. Im Bücherregal des *San Marco* sah ich nach, ob dort nicht vielleicht doch ein Buch von Bobi Bazlen zu finden war; erwartungsgemäß fand sich keine Spur davon. Am Nachmittag verbrachte ich noch einige Stunden auf dem Sessel in meinem Büro. Ich hatte die sieben Bücher, die ich für mein Seminar brauchte, so auf meinem Schreibtisch verteilt, daß man das dilettantisch zugeschmierte Einschußloch und die Gebißabdrücke meines Vorgängers nicht mehr sehen konnte. Ich blätterte kurz die Zusammenfassungen über den *Zauberberg* durch, die ich von meinen Studenten schreiben lassen hatte; einige hatten ihre Texte in italienischer Sprache verfaßt; andere in deutscher, ich fand auch zwei oder drei Texte, die möglicherweise auf slowenisch verfaßt waren, und eben Berenices leeres Blatt, was mich an meine Schönberg-Studie erinnerte. Ich holte mein leeres Blatt aus dem Kasten, um mich meiner Studie zu widmen. Draußen fuhr eine Vespa nach der anderen vorbei, immer dieser Lärm, dachte ich, hier wirst du nie irgendeinen Satz zu Papier bringen, ich fühlte mich schon fast wie ein zweiter Bobi Bazlen. Ich saß vor meinem leeren Blatt und dachte, in gewisser Hinsicht ist doch meine Schönberg-Studie in ihrem jetzigen Stadium die perfekteste, ähnlich wie das Werk Bobi Bazlens mir als das perfekteste erschien. Für einen wahren Künstler, denn meine Existenz war an sich von Natur aus eine Künstlerexistenz, wenn auch eine gescheiterte, ist doch ein leeres, weißes Blatt Papier die höchste Form der Manifestation seiner Kunst, während ein leeres, weißes Blatt Papier für den Spießbürger durchaus einen Affront bedeuten kann. Ich versuchte, wegen der Hitze, ein Fenster zu öffnen und einen Blick auf die Piazza Revoltella zu werfen, aber das Fenster war verriegelt, nur weil diese Studentin aus einem hinausgesprungen war. Irgendwie kam ich mit meiner Studie nicht vorwärts, je länger ich über das Postulat des Wiederholungsverbotes Schönbergs nachdachte, desto mehr wurde mir bewußt, wie intensiv ich über das Postulat des Wiederholungsverbotes Schönbergs nachdachte, und das zum wiederholten Male. Die Intensität meiner Gedanken wurde eine immer größere, und das zum wiederholten Male. Trotzdem brachte ich keinen Gedanken zu Papier, vermutlich wegen der zu hohen

Komplexität meines Gedankengebäudes. Absurd, dachte ich, hier in dieser sogenannten Stadt aus Papier außerstande zu sein, nur einen einzigen Gedanken zu Papier zu bringen. Falls Claudio Magris doch noch irgendwann an dieser Fakultät auftauchen sollte, werde ich ihn fragen, wie er es schafft, gleich über vierhundert Seiten zu Papier zu bringen, dachte ich. Als ich am nächsten Tag, es waren noch zwei oder drei Stunden bis zum Treffen mit Berenice, wieder in meinem Büro saß und wiederholt über Schönbergs Postulat des Wiederholungsverbotes nachdachte, und zwar mit nie zuvor dagewesener Intensität, klingelte das Telefon. Immer diese verdammten Störungen, dachte ich, schon kurz davor, den Apparat einfach samt Kabel hinaus auf die Straße zu werfen, was wegen der nicht zu öffnenden Fenster naturgemäß nicht möglich war, jedenfalls nicht so ohne weiteres. Am anderen Ende der Leitung war die Sekretärin, *il preside* wünsche mich zu sprechen, sofort, bekam ich zu hören, und das hörte sich nicht gut an. Im Büro meines Dienstherrn konnte ich von Glück reden, Nichtraucher zu sein; ein Streichholz hätte den ganzen Laden in die Luft gejagt. *Il preside* war außer sich vor Wut. Vor seinem Schreibtisch saß ein unrasierter Sandler, mit struppigem, fettigem Haar, in völlig verdreckten und zerrissenen Klamotten, ohne Schuhe und mit einigen Verletzungen im Gesicht, der durch und durch nach Kollaps roch, weshalb ich sofort durchschaute, hier keinen Penner aus dem Rotwein- und Brückenmilieu vor mir zu haben. Das sei Professor *** von der Humboldt-Universität zu Berlin, eröffnete *il preside* seine Rede vor meiner Hinrichtung. Herr Professor *** sei in Wirklichkeit derjenige Berliner Literaturwissenschaftler, der hier an der *Facoltà di Lettere* lehren sollte, nicht ich, wie einige telefonische Rücksprachen mit Berlin ergeben hätten. Ich fühlte mich wie auf einem Scheiterhaufen stehend, ich mußte an Francos Magenoperation denken. *Il preside* verfügte über einen enormen Wortschatz, um den Begriff *Hochstapler* in besonders gemeiner und gehässiger Weise zu umschreiben; gleichzeitig war ich den finstersten Blicken des Kollaps-Professors ausgesetzt. Ich mußte sofort mein Büro räumen, und selbstverständlich auch das *Duchi D'Aosta.* Ich lud die Stradivari, die Amati, die Guarneri, den Koffer mit der Million Schilling und den restlichen *bric-à-brac* in meine DS und fuhr Richtung Industriezone, um mich mit Berenice zu treffen. Ich betrat die Automobillagerhalle in der Erwartung, heute nochmals einen perfekt inszenierten Selbstmord aufgeführt zu bekommen, doch nichts davon. In der Lackierkabine waren gerade vier langhaarige Typen in Schlosseranzügen damit beschäftigt, das unästhetische Gelb eines Ferrari zu beseitigen und diesem edlen Sportgerät seine natürliche Farbe – Rot – zu geben, und neue Nummernschilder dazu. Berenice erwartete mich bereits in einem männermordenden Flamenco-Kleid, knallrot, mit tiefem Ausschnitt und Rüschen an demselben, an den Ärmeln und am Saum. Der Löffel durfte trotzdem nicht fehlen. Sie hatte sich auch noch zwei oder drei rote Rosen ins Haar gesteckt, was das Absurde ihres Aussehens potenzierte. In ihrer ganzen Häßlichkeit wirkte sie in dieser Aufmachung besonders appetitlich, ihre Häßlichkeit war eine ästhetische, obwohl der Kopf irgendwie nicht zum Körper zu passen schien, er wirkte wie aufgesetzt. Ich machte Berenice gleich ein paar Komplimente, die aber allesamt auf taube

Segelohren stießen. Ich erzählte ihr, was mir eben passiert sei. Sie wußte schon alles. Das sei in den letzten Stunden praktisch das Stadtgespräch gewesen, erklärte sie mir. Sie hatte zudem noch alle Einzelheiten parat, von denen ich nichts wissen konnte. *Il preside* sei sofort der Altersunterschied zwischen mir und dem erwarteten Professor aufgefallen; meine Hochstapelei habe überhaupt nur funktioniert, weil man in der Tat einen Professor aus Berlin erwartet habe, jedoch einen älteren. Man hatte allerdings nur ein undeutliches Portraitfoto zur Verfügung gehabt, und warum sollte noch ein Zweiter aus Berlin kommen, der auch noch fürchterlich berlinere, um in Triest lehren zu wollen, wo man doch sonst praktisch niemanden finden könne, der bereit sei, nach Triest zu kommen. Und zuerst kam ja auch nur ein Professor aus Berlin, nämlich du, so Berenice. Nach einer langen Odyssee, nach einer wahren Irrfahrt, sei aber nun heute morgen der echte Berliner Professor in Triest aufgetaucht. Dieser sei in Berlin mit dem Zug in dem Glauben losgefahren, er müsse bis zur Endstation der Südbahn fahren. In Pola sei er verhaftet worden, da er bis dorthin keinen gültigen Fahrausweis besessen habe; sein Gepäck sei inzwischen wohlbehalten in Trient angekommen, wo man es noch heute aufbewahre. Der echte Professor habe nun nach seiner Freilassung versucht, sich nach dem Weg durchzufragen, aber kein Wort Slowenisch verstanden. Immerhin sei er zu Fuß über Mitterburg bis zur Grenze gelangt, da habe er sich ein Taxi genommen und sich vor der Universität absetzen lassen, aber vor der falschen, in der Via Fabio Severo. Dort habe man nur gewußt, der Berliner Professor sei schon angekommen, und so habe man dort den echten Professor, dessen Aussehen durch den Gefängnisaufenthalt und die anstrengende Wanderung durch den Karst bereits beträchtlich gelitten habe, für einen Hochstapler gehalten. Der echte Professor habe sich auf den Weg gemacht, die *Facoltà di Lettere* auf eigene Faust zu finden, was naturgemäß von vornherein zum Scheitern verurteilt gewesen sei. Er habe im *San Marco* nach dem Weg gefragt, wo man ihn zum Stadtgarten geschickt habe, der sich als Irrgarten entpuppt habe. Im Stadtgarten sei der echte Professor überfallen, ausgeraubt und zusammengeschlagen worden, wie es dort so oft vorkomme, so Berenice. Sie habe auch eben mit der Umblätterin telefoniert, die ihr von meiner überstürzten Abreise aus dem *Duchi D'Aosta,* die sie von ihrem Fenster aus beobachtet habe, berichtet habe, und so habe sie schon ein Zimmer für mich aufgeräumt. Ich könne hier vorübergehend Unterkunft beziehen, so Berenice. Das ist hier wirklich ein Dorf, dachte ich, wo sich Neuigkeiten schneller herumsprechen unter Außenstehenden als unter den daran Beteiligten selbst. Ich stellte einstweilen meinen *bric-à-brac* bei Berenice unter, während sie zur Lagerhalle gegenüber ging, wo irgendwelche Verwandten Berenices, die in der Likör-Branche ihr Geld verdienten, wohnten, um dort für mich einen dunklen Anzug auszuleihen, da mein Aufzug zum Flamenco-Tanzen der ungeeignetste sei. Sie gab mir einen Anzug ihres Onkels, den er angeblich nur einmal getragen hatte, und zwar zu seiner eigenen Aufbahrung, wie ich hinterher erfahren mußte. Berenice schnappte sich noch eine Handtasche, und so fuhren wir in die Via Fabio Severo, allerdings mit ihrer *Bora,* nicht mit meiner DS. Durch das viele Erzählen waren wir spät dran, wir brauchten einen schnelleren Wagen. Mit der akustischen Untermalung eines dröhnenden Mittelmotors legte ich Berenice meine Version dieser Geschichte dar, schließlich war ich an sich gar kein Hochstapler, ich hatte den Rektor der FU wirklich so verstanden, daß er mich in die Hölle schicken wollte, also nach Triest. Ich hatte wohl in diesem Berliner Treibhaus nicht richtig hingehört, der Rektor hatte vielleicht den Triest-Park, wo sich in Berlin das Germanistische Seminar befindet, erwähnt oder so ähnlich usf. usf. Vielleicht sollte ich auch nach Trient fahren, wohin das Gepäck des echten Professors gereist war, was spielt das heute noch für eine Rolle. Ich hatte mich innerlich bereits von meiner Germanistenexistenz, die doch eine durch und durch spießbürgerliche gewesen war, getrennt und mich somit, zumindest innerlich, wieder meiner Künstlerexistenz zugewandt, die bis zu dem Zeitpunkt meiner vergeigten Aufnahmsprüfung zum Mozarteum, also bis vor über siebzehn Jahren, durch und durch meine gewesen war. Ich bin von Natur aus eine Künstlerexistenz, nichts anderes. Ich sagte noch, stimmlich gegen den dröhnenden Mittelmotor des Maserati ankämpfend, zu Berenice, du glaubst gar nicht, wie erleichtert ich bin, jetzt, wo alles vorbei ist. Berenice pflichtete mir schreiend bei, ich weiß, sagte sie, das Leben eines Spießbürgers halte sie für die unnötigste, widerwärtigste und abscheuerregendste Form menschlichen Daseins. Ihre vier Brüder, die ich ja eben beim Ferrari-Lackieren gesehen hätte, hätten sie schon wegen mir aufgezogen. Jetzt schleppst du schon *Spießbürger* an!, habe Enzo, genannt Don Metal, noch eben zu ihr gesagt. Aber sie habe mich sofort durchschaut, sie habe sofort gedacht, der sehe zwar aus wie ein Spießbürger, aber das sei kein Spießbürger, das sei eine

Künstlerexistenz; das sei ein Künstler, der sich nur als Spießbürger verkleidet habe. Und nun war ich ein als Flamenco-*aficionado* verkleideter Künstler, der seine Verkleidung als Spießbürger gerade abgelegt hatte. Berenice parkierte ihren Maserati direkt vor dem Eingang zur Universität, legte einen Presseausweis aufs Armaturenbrett und sprang aus dem eng am Körper anliegenden Ledergestühl des Sportwagens, während ich erst mühsam herauskrabbeln mußte; der Altersunterschied von auf den Tag genau achtzehn Jahren machte sich doch irgendwie bemerkbar, wir hatten nämlich tatsächlich am selben Tag Geburtstag, Berenice erwähnte einmal, am selben Tag im selben Monat wie Jacques Lacan geboren worden zu sein – ich ja bekanntlich auch –, nur nicht im selben Jahr, sondern erst neunzehnhundertachtundsiebzig; wir konnten trotzdem keinen einzigen Geburtstag gemeinsam feiern, weil Berenice ihren dreiundzwanzigsten Geburtstag nicht mehr erleben sollte. Im Seminarraum waren wir beide die einzigen, die dem Anlaß entsprechend gekleidet waren, alle anderen waren als gewöhnliche Studenten kostümiert. Die Dozentin war eine fette, alte Matrone, die sich zur Tarnung in ein viel zu enges und viel zu kurzes Lederkleid mit Leopardenfelleinsätzen geklemmt hatte. Wie mag die in diesem Aufzug bis hierhin gekommen sein?, flüsterte Berenice mir ins Ohr. In einem öden Vortrag versuchte die Kursleiterin, uns die verschiedenen Stilarten des Flamenco näherzubringen, sie erklärte die Unterschiede zwischen den *Siguiriyas,* den Trauergesängen der Gitanos, der *Soleá,* die, ursprünglich nur zum Zuhören gedacht, wegen ihrer starken rhythmischen Akzente zur Basis der *Bulería,* der extrovertierten Form von Tanz und Gesang, wurde, und den *Tangos* – nicht zu verwechseln mit dem argentinischen Tango –, die zuerst nur ein Tanz waren, dann aber auch eine gesungene Form usf. usf. Zur Illustration wurden Szenen aus dem Film *Flamenco* von Carlos Saura gezeigt. *¡Aburrido!*, flüsterte mir Berenice ins Ohr. *¡Estamos en la película falsa!*, raunte ich in meinem ehedem perfekten Spanisch zurück. Wir mußten uns irgend etwas über *jondes, zapadeados, tablaos* und *cantaores* anhören, dann wurde wieder das Licht ausgemacht, und die nächsten Szenen aus dem Saura-Film flimmerten über den Bildschirm. Häßliche Gestalten, die grauenhafte Klänge produzierten und dazu in widerwärtiger Art und Weise sangen. Trotz meiner zwei Jahre in Madrid verstand ich kaum etwas, nur soviel, daß es scheinbar in jedem Stück um einen entlaufenen Esel ging, dessen Verlust mit verschiedensten Stilmitteln menschlicher Ausdrucksfähigkeit beklagt wurde. Das wichtigste Instrument schien ein großer Holzeimer zu sein, in den ein dicker Holzprügel gestoßen wurde, dazu spielten ausgeleierte Gitarren und verstimmte Katzen. Die ähnlich wie Berenice herausgeputzte Haupttänzerin, die den Flamenco auf der *tabla* tanzte, war noch wesentlich häßlicher als Berenice. Ich wollte schon gerade zu Berenice sagen, schau, die ist ja noch häßlicher als du, als ich plötzlich neben mir einen ohrenbetäubenden Schrei hörte. Geistesgegenwärtig stand ich auf, knipste das Licht an und sah die Bescherung, die die müde Flamenco-Gemeinschaft, die schon geschwollene Füße vom stundenlangen Herumsitzen hatte, zu einer Reihe kaum vorherzusehender Aktivitäten veranlaßte. Mehrere fielen in Ohnmacht, einige liefen schreiend weg, der Dozentin wurde übel, ihr Kleid mußte anschließend in die Putzerei zur Reinigung.

Berenices Kopf lag in einer unvorstellbar ausgedehnten Blutlache auf dem Tisch, an dem sie gesessen war, wie ein Grabeskreuz ragte ein Dolch aus dem Rückenausschnitt ihres Kleides und damit aus ihrem Rücken selbst; ein Dolch, der eine Wunde in Berenices Körper gestochen hatte, wodurch sämtliche sechs Liter Blut, die so ein Mensch im Durschschnitt hat, zu entweichen drohten oder, wie es aussah, zum größten Teil bereits entwichen waren. Irgendeiner wollte einen Arzt rufen, am besten Dottore Morelli. Das Blut triefte weiter vor sich hin, bis praktisch alle Kursteilnehmer, die noch bei Bewußtsein waren, endgültig die Nerven verloren und erste Anzeichen vollständiger Zerrüttung zeigten. Ein Entnervter wollte die Fenster aufreißen, was letztendlich unmöglich war, seitdem sich diese Studentin aus einem hinausgestürzt hatte, damit das Mordopfer frische Luft bekomme. Ich dagegen zog den Dolch aus der Wunde, er hatte keine Spitze; die Klinge ist abgebrochen, wir müssen die Klinge herausoperieren!, rief irgendeiner von diesen Geistesnieten. Dieser Dolch ist aus Plastik, sagte ich. Berenice hob ihren Kopf und fragte: *Wie war ich?* Ich klatschte frenetischen Beifall. Die anderen wußten diese Art der künstlerischen Darbietung nicht zu schätzen oder waren immer noch zu geistesverwirrt, um überhaupt zu verstehen, welch perfekt in Szene gesetzte künstlerische Performance sie hier miterleben durften. Ein durch und durch undankbares Publikum, meinte Berenice hinterher draußen, vor dem Eingang zur Universität stehend, während ich ihr notdürftig mit einem Sacktuch ein paar Liter Theaterblut aus dem Gesicht wischte, ihr sei wirklich langweilig gewesen, sie habe etwas machen müssen, schließlich habe sie immer alles für einen Selbstmord Nötige dabei. Vor der Uni bekam Berenices Bora gerade trotz des hinterlegten Presseausweises einen Strafzettel verpaßt; geistesgegenwärtig hielt ich der Wegelagerin mit der Schreibwut einen Beipackzettel meiner Muntermacher unter die Nase und sagte, ich sei Dottore Morelli, dies sei ein Notfall, ein Bombenanschlag österreichischer Separatisten; Berenice hatte dafür immer noch genug Blut im Gesicht und am Oberkörper, und so zog diese Ausrede fürs Falschparken. Seht mal, der weltberühmte Dottore Morelli!, hörte ich die Frau noch kreischen, als wir einstiegen, Berenice selbstredend auf der Fahrerseite. Die kreischende Politesse mobilisierte einigen Pöbel und noch mehr Touristen, aber Berenice fand trotzdem noch Zeit, sich in aller Ruhe ihre fingerspitzenlosen, gelochten Lederautofahrerhandschuhe überzustreifen, sie tat das in einer Weise, wie Chefärzte ihre Latexhandschuhe vor einer lebenswichtigen Operation anzulegen pflegen, mit einer gewissen Noblesse und Arroganz, und vor allem immer schön pomali. Der Motor brüllte auf, und so rasten wir davon. Ohne irgend etwas sagen zu müssen, war uns beiden bewußt, heute zum letzten Mal im Leben eine Universität betreten zu haben, wenn auch nur zu einem Flamenco-Kurs. Von nun an, das war uns klar, würden wir uns nur noch der Kunst widmen, nichts anderem mehr. Am nächsten Tag schon wohnte ich einer Probe (es war wohl die erste überhaupt) von Berenices sogenannter Gothic-Metal-Band bei, da man händeringend nach einer Violine suchte und man mich überzeugen wollte, in ihre Band einzusteigen; als Hochstapler war ich in der Beliebtheitsskala einige Plätze nach oben geklettert; ich hatte das untere Tabellendrittel, wo sich Spießbürger, Lehrer, Versicherungsvertreter und Gebrauchtwagenhändler tummeln, weit hinter mir gelassen, seit ich mich endgültig für eine Existenz als Künstler entschieden hatte. Die Bandmitglieder waren, neben Berenice selbst (Sopran), Berenices Bruder Don Metal (Gitarre), ein gewisser Nosferatu (Baß), Monster (Schlagwerk) und, man glaubt es kaum, eine gnadenlose Schönheit namens Mutter Hentjen (Tasteninstrumente); sie habe sich nach einem Roman von Hermann Broch benannt, erläuterte diese üppige Gutaussehende, die somit weder Mutter war noch Hentjen hieß. *Esch oder die Anarchie*, sagte ich, denn damals hatte ich noch Bücher gelesen, lesen müssen, im Bundesrealgymnasium in der Salzburger Akademiestraße. Alle hatten extrem lange Haare, waren ebenso geschminkt, wie Berenice immer geschminkt zu sein pflegte, wenn sie nicht gerade einen geschmacklosen Selbstmord inszenierte, alle hatten Pentagramme umhängen, waren schwarz gekleidet und versuchten, einen möglichst grimmigen Eindruck zu machen. Sie spielten mir drei Stücke vor, d. h. die Instrumente machten einen Höllenlärm, selbst der Produktionsbetrieb schräg gegenüber rief später mehrmals die Polizei wegen Ruhestörung, während Berenice mit ihrer Sopranstimme entsetzlich melancholische Texte mit Melodien sang, die sich verdächtig nach Verdi-Arien anhörten und überhaupt nicht zum Rhythmus und zu den Tonfolgen paßten, die die Instrumente vorgaben. Diese Dissonanzen waren aber nicht Berenices Schuld, sie konnte viel besser singen, als ihre Mitstreiter ihre Instrumente beherrschten. Ich sollte hier wohl Entwicklungshilfe leisten, und zwar von Grund auf; als ich auf die Grundmängel, die ich sofort bemerkt hatte, hinwies, entgegnete mir Don Metal, dies sei atonale Musik. Ich erklärte ihm erstmal den Begriff *atonal.* Auf den zweiten Blick bemerkte ich, niemand konnte Noten lesen; also sah ich mich auch noch Kurse in Tonsatz geben; ich hatte zwar einiges an dieser sogenannten Band, die nicht einmal einen Namen besaß, zu bemäkeln, aber ich hatte mich innerlich von vornherein entschlossen, hier einzusteigen, schließlich war ich jetzt wieder Künstler, nicht mehr Spießbürger; ich sagte also zu, hier die Geige zu geben, hier in dieser Stadt aus Papier, in dieser Stadt des Todes, wo jeder nur daran denkt, Geld zu verdienen; endlich war meine Phase des *Nichts-Machens* beendet, endlich war meine durch und durch spießbürgerliche Existenz einer durch und durch künstlerischen gewichen, und zwar mit allen Konsequenzen. Deine Schönberg-Studie kannst du noch schreiben, wenn du dich nicht mehr bewegen kannst, dachte ich in der Musikalienhandlung, wo ich am nächsten Tag einen elektrischen Tonabnehmer und einen elektrischen Verstärker für meine Violinen erstand. In der Musikalienhandlung wollte man mir noch eine Violinschule andrehen, die Mozarts Vater verfaßt hatte. Am selben Tag, mit der üblichen viertägigen Verspätung, erfuhr ich aus den Salzburger Nachrichten, in Triest sei ein Betonmischerfahrer festgenommen worden, der seine Frau ermordet und in eine Baugrube geworfen haben soll. Aus dem Beton habe man eine Frauenleiche herausmeißeln können; der Betonmischerfahrer streite die Tat ab, die Ermittlungen dauerten noch an. Mit der Band ging es gut voran, nach einigen Wochen hatten wir ein Repertoire von fünf Stücken beisammen, die fehlerfrei über die Bühne gingen. Wir wären vielleicht sogar berühmt geworden, wenn ich nicht dummerweise vor Weihnachten mit Berenice nach Salzburg gefahren wäre. Wir fuhren überhaupt viel in der Gegend herum, teilweise kam ich mir schon fast vor wie in einem Road-Movie; Godards *Week-end* ist ja in gewisser Weise auch ein Road-Movie. Kurz vor unserem gemeinsamen Auftritt in einem Film, auf den ich gleich noch kommen werde, fuhren wir zur IAA nach Frankfurt, zumindest hatten wir das gedacht. Wir fuhren um fünf Uhr morgens in Triest im Maserati Bora los, d. h. Berenice fuhr, und nahmen an, etwa vier Stunden für die Fahrt, für die etwa tausend Kilometer, zu brauchen, wir waren aber schon eher am Frankfurter Messegelände; wir wären noch früher angekommen, wenn Berenice nicht in höchster Erregung, endlich Millionen neuer Automobile sehen zu können, versehentlich zu früh, also schon ein oder zwei Ausfahrten vor der zur Frankfurter Messe, die Autobahn verlassen hätte. Ich hatte sofort bemerkt, Frankfurt-Uniklinik müsse die falsche Ausfahrt sein. Es ist schon ein Erlebnis, mit einem wirklich schnellen Automobil zu fahren; die Landschaft fliegt immerzu an einem vorbei, wirkt wie verwischt, schließlich hatte Berenice stets einen Durchschnitt von etwa zweihundertsiebzig Stundenkilometern gehalten, nur die drei oder vier Tankstops hatten uns aufhalten können. Auf dem Parkplatz der Frankfurter Messe zahlten wir unsere Parkgebühr von neun Mark und fuhren mit dem Shuttle zu den Messehallen. Schon im Bus kam mir einiges spanisch vor. Diese Leute hier sahen nicht unbedingt wie Autohändler aus, zu viele Frauen darunter, die Kleidung nicht geschmacklos genug usf. usf. Eigentlich hatte ich alles von Anfang an durchschaut, ich wollte es aber innerlich nicht wahrhaben; Berenice überlegte noch laut, ob sie sich zuerst den Maseratistand oder lieber doch erst die Ferrariausstellung ansehen sollte, als mir bereits ein schrecklicher Verdacht kam, der sich leider bewahrheiten sollte. Wir wurden vor dem imposanten Eingang Galleria abgesetzt. Endlich mal eine große Stadt, seufzte Berenice noch, kurz darauf sollte sich ihre Laune jedoch ganz deutlich verschlechtern. An der Kasse zeigte sie noch freudestrahlend ihren gefälschten Presseausweis vor, wir wären nämlich sonst erst gar nicht eingelassen worden, weil Berenice extra einen Messetag ausgesucht hatte, an dem nur Fachpublikum zugelassen war, da sie es wie die Pest haßte, wenn ihr Menschenmengen vor den spitzen Schuhen herumtrampelten, doch kurz nachdem wir den horrenden Eintrittspreis entrichtet und an einem Kontrolleur vorbei die geheiligten Messehallen betreten hatten, verschlechterte sich Berenices Laune abrupt. Ich hatte es, wie gesagt, geahnt, man konnte es fast riechen. Ich warf ein paar Muntermacher ein, während Berenice, wie von einer Zwille abgeschossen, die erste Messehalle in der Erwartung funkelnden Blechs erstürmte. Sie rammte keinen Ferrari, keinen Maserati, auch keinen Opel oder Ford, sondern einen Stapel *Bücher,* Doktor. Es waren nutzlose Bücher, für die wir über tausend Kilometer gefahren waren, was das allein an Benzingeld gekostet hatte. Für einige Minuten glaubte Berenice noch, sich in der Abteilung für Automobilliteratur zu befinden, während sich bei mir immer mehr der Eindruck zu festigen begann, schlichtweg auf der falschen Messe zu sein. Ich dachte an Köflachers These vom Geruch des Kollaps'; hier roch es eben schon völlig anders, als wir erwartet hatten, hier roch es nicht nach Chrompolitur, nach neuem Gummi, nach frischem Lack, nach Mobilität, hier roch es nach Muff, nach

Stagnation, nach Verfall, eben nach Büchern, um diesen ganz offenkundigen Sachverhalt erriechen zu können, mußte man nicht einmal einen solchen Rüssel haben wie Berenice; diese jedoch hoffte weiterhin, noch irgendwelche Automobile zu Gesicht zu bekommen, und sie wurde enttäuscht, und zwar ganz gewaltig. Man sah hier keine Automobile, sondern nur Druckwerke, und diese haufenweise. Man sah hier keine richtungsweisenden Innovationen, sondern nur Leute, von denen man niemals geglaubt hätte, sie jemals wiederzusehen, da man dachte, diese Figuren seien längst von der Bühne des Lebens abgetreten, wie etwa Udo Lindenberg, HP Kerbach, Peter Bursch oder Günter Grass. *¡Estamos en la película falsa!*, sagte ich zu Berenice, die völlig am Ende war; noch nie sei ihr so etwas passiert, so eine Totalkatastrophe, das sei das Ende ihres Daseins. Ausgerechnet sie, die immer alle Termine, Automobile betreffend, im Kopf habe, müsse die Internationale Automobil Ausstellung verpassen, das sei ein unverzeihlicher Fehler, durch nichts zu entschuldigen, so Berenice in völliger Verzweiflung. An diesem Punkt wurde mir mit aller Deutlichkeit bewußt, Berenice hatte zwar erst zweiundzwanzig Lebensjahre *hinter* sich, aber keine mehr *vor* sich; diese Frau war am Ende, und zwar vollständig, mit allen Konsequenzen, obschon sie in der Blüte ihres Lebens zu stehen *schien.* Einen solchen Totalausfall, zur falschen Messe zu fahren, *einen solchen Totalausfall* kennt man ja sonst nur von furchtbar alten Leuten, die vollkommen verkalkt sind, geistig, dachte ich, mir war, wie gesagt, *vollkommen bewußt,* Berenice würde nicht mehr lange zu leben haben, das zeichnete sich bereits auf der Frankfurter Buchmesse, auf der wir uns schlußendlich befanden, ab. Wir waren über tausend Kilometer für ein paar Bücher gefahren, und das mit einem Maserati Bora. Wir hätten vielleicht mit dem Zug, mit einem Reisebus, mit einem Steyr Waffenrad *versehentlich* zur Frankfurter Buchmesse fahren können, nicht aber mit einem Maserati. Berenice baute seit diesem Zwischenfall ab; das fällt mir zwar erst heute auf, aber eigentlich fiel es mir schon in Frankfurt auf. Am Stand von Einaudi, wo sich Gerüchte verbreiteten, der Verlag sei im Besitz von Manuskripten Bobi Bazlens, die man jetzt endlich veröffentlichen wolle, um einen neuen Bazlen-Mythos zu schaffen, nämlich den des Autors, der zwar alles mögliche geschrieben hatte, aber nichts publizieren wollte, trafen wir die italienische Rocksängerin Francesca Chiara, die ebenfalls auf der falschen Messe war und die ebenfalls die Haare in der gleichen Weise wie Berenice trug, nicht aber so häßlich war. Francesca Chiara, die gerade mit ihrer CD *Il parco dei sogni* reüssierte, war der Ansicht, spätestens im nächsten Jahr ins Altersheim zu müssen; das sei eine so peinliche Situation, jedenfalls für einen so jungen Menschen wie sie, ein ganzes Jahr zu spät zu kommen (zum Vergleich: die Salzburger Nachrichten kamen nur vier Tage zu spät, das aber regelmäßig), und dann auch noch zur wichtigsten Automobilmesse überhaupt, die bereits im Vorjahr stattgefunden hatte, zu spät zu kommen. Man hätte nach Paris fahren müssen. Irgendwie war immer alles unzeitgemäß: Mal kam man vier Tage zu spät, mal ein Jahr. An sich sei das Zu-spät-Kommen keine Schande, aber als junger Mensch, so Francesca Chiara, gleich um ein komplettes Jahr zu spät zu kommen, das sei schon eine ziemliche Entgleisung, für uns alle. Das Zu-spät-Kommen entwickelt sich langsam zu einem in jeder Hinsicht unzeitgemäßen Problem, da normalerweise, wie es heutzutage so üblich ist, praktisch immer alle zu früh kommen, also zu früh zu Veranstaltungen, zu früh zu Verabredungen usf. usf. Berenice erholte sich von diesem Zu-spät-Kommen jedenfalls nicht mehr; das wurde mir zwar nicht direkt in Frankfurt bewußt, aber kurz darauf, also genaugenommen kurz vor Weihnachten in Salzburg. Berenice war eine durch und durch unzeitgemäße Frau, wie auch ich ein in jeder Hinsicht unzeitgemäßer Mann war und immer noch bin. In Frankfurt, auf der Buchmesse, die eigentlich eine Automobilmesse hätte sein sollen, konnte man, objektiv betrachtet, von dem unmittelbar bevorstehenden Tod Berenices nichts bemerken, wirklich gar nichts. Jedenfalls bemerkte ich nichts, obwohl ich Berenice von vornherein durchschaut hatte, wie sie auch mich. Nicht einmal die Salzburger Nachrichten gab es in Frankfurt zu kaufen, das wäre ja noch etwas gewesen, die Salzburger Nachrichten ausgerechnet in Frankfurt pünktlich kaufen zu können, trotz der viel größeren Entfernung Frankfurts von Salzburg im Vergleich zu der von Triest, wo die Salzburger Nachrichten immer mit absoluter Regelmäßigkeit vier Tage zu spät eintrafen. Aber keine Spur davon. Die Salzburger Nachrichten waren in Frankfurt ebenso wenig vertreten wie Bobi Bazlens Literatur in Triest, aber trotzdem immer anwesend, jedenfalls in meinem Gehirn; Bobi Bazlens Werk war durch seine Nicht-Existenz, durch seine Abwesenheit, gekennzeichnet und berühmt geworden, genauso waren die Salzburger Nachrichten durch ihre permanente Abwesenheit in Frankfurt immer anwesend, jedenfalls in meinem Gehirn; dieser Sachverhalt war durchaus vergleichbar mit meiner Arbeit an meiner Schönberg-Studie, die immer in meinem Gehirn präsent war, sonst aber durch Abwesenheit glänzte. Diese Nichtvorhandenheit machte den Glanz meiner Schönberg-Studie aus, analog zur Nichtvorhandenheit des literarischen Werkes Bazlens, dessen Ruhm eben auf dieser Nichtvorhandenheit basiert. Ich hatte letztendlich noch in Triest zwei ernsthafte Versuche unternommen, meine Schönberg-Studie doch noch zu schreiben; Berenice kannte den (angeblichen) Fürsten von Duino höchstpersönlich, sodaß mir der Fürst von Duino auf Vermittlung Berenices einen Raum in seinem (neuen) Schloß zum Arbeiten an meiner Studie zur Verfügung stellte. So saß ich tagelang im Schloß Duino, wo schon Rilke versucht hatte zu dichten, vor meinem leeren Blatt Papier; der Fürst war wirklich sehr freundlich, sehr vornehm, sehr zurückhaltend; er fragte mich jedenfalls nicht alle fünf Minuten, wie weit ich mit meiner Studie fortgeschritten sei, sondern ließ mich in Ruhe arbeiten, was auch schon das größte Problem war: In vollkommener Abgeschiedenheit, in vollkommener Stille, hinter schätzungsweise acht Meter dicken Mauern konnte man nicht schreiben; ich hatte mich so an den Lärm Triests gewöhnt – ich konnte sogar schon ein Vespa-Dreirad von einem Ape-Dreirad nur am Klang ihrer Motoren unterscheiden –, daß ich diesen Lärm Triests praktisch zum Arbeiten brauchte, ohne diesen Lärm Triests zum *Nichts-Machen* verurteilt war. Nach einigen Tagen auf Schloß Duino sammelte ich meine Unterlagen zusammen (das leere Blatt Papier) und verabschiedete mich *cordialmente* vom Schloßherrn. Ich ließ den Fürsten im Glauben, meine Studie bereits abgeschlossen zu haben, und dankte ihm für die herrliche Stille, die mir nach dem Lärm in der Stadt wirklich gut getan habe, und auch meinen Studien. Nach und nach avancierte ich tatsächlich zum professionellen Schauspieler. Dasselbe Ergebnis brachte ein Arbeitsaufenthalt im Kastell Miramar. Auch dort konnte ich wegen der herrschenden unheimlichen Ruhe nicht an meiner Schönberg-Studie arbeiten. Immerzu mußte ich daran denken, wie der einstige Schloßherr von Miramar in Mexiko ermordet worden war, dieser Maximilian, Kaiser von Mexiko. Mexiko – Berenice hatte doch einen Maserati gleichen Namens in ihrer Lagerhalle in Triest stehen. Auf der Rückfahrt im Shuttle zum Parkplatz der Frankfurter Messe sagte die völlig zerknirschte Berenice noch, wäre ich doch in Triest bei meinen Maseratis geblieben; über tausend Kilometer für ein paar blöde Bücher bin ich gefahren, das wird mir kein Mensch glauben. Wir beschlossen, es auch keinem Mensch zu erzählen, da wir fürchteten, uns vor allen lächerlich zu machen. Auf der Rückfahrt von Frankfurt nach Triest stellte die wegen der erlittenen Enttäuschung und Schmach aufgrund des Ein-Jahr-zu-spät-Kommens wütende und fluchende Berenice einen neuen Zeitrekord für die Strecke Frankfurt–Triest auf; sie holte alles aus ihrem Maserati heraus, ich hatte noch nie solche Todesängste während einer Autofahrt ausstehen müssen. Ich regte an, den nächsten Trip mit meiner DS durchzuführen, ich wollte dann lieber selbst fahren, Berenice meinte dazu nur, ich spinne wohl, die DS sei für solche Strecken viel zu langsam, sie wolle schließlich nicht bis in alle Ewigkeit im Automobil sitzen, die DS sei wohl eher ein Kurzstreckenwagen. In der Lagerhalle erwartete uns schon Berenices Bruder Don Metal, der den einen oder anderen *dépliant* der neuesten Automobiltypen einsacken wollte, welche ihm Berenice versprochen hatte mitzubringen. Der Kofferraum sei schon voll gewesen, so Berenices wenig überzeugende Ausrede. Meine Schwester war gerade hier, um mir Muntermacher vorbeizubringen. Sie sagte, ich solle mit meinem Bericht jetzt endlich fertig werden, die Ärztekommission warte schon darauf, man wolle schließlich mit der Behandlung beginnen, und ob ich danach noch schreiben könne, sei nicht unbedingt ganz sicher, so meine Schwester. Die Doktoren würden langsam ungeduldig, vor allem die Vorsitzende der Ärztekommission, Frau Doktor Klammer, habe schon mehrmals nachgefragt, wann mein Bericht endlich fertig niedergeschrieben sei, so meine Schwester, mich antreibend. Anfangs mußte ich mich erst an den Gedanken gewöhnen, nach Steinhof eingeliefert worden zu sein. Eine Irrenanstalt!, hatte ich gedacht, du bist in einer Irrenanstalt, und zwar in der größten Mitteleuropas, vielleicht sogar in der größten der Welt. Hier wirst du nie wieder herauskommen, sagte ich mir, wer einmal in Steinhof ist, kommt nicht mehr heraus, jedoch schon fiel mir ein, die Bachmann war doch aus Steinhof wieder herausgekommen, aber die hatte letztendlich, soweit ich weiß, nur ein Praktikum im Rahmen ihres Studiums in Steinhof absolviert. Aber ich schweife ab, ich muß meinen Bericht fertigstellen. In Triest lief alles zum Ende hin ganz gut; dank meiner endgültigen Entscheidung, nur noch eine Künstlerexistenz zu geben, nicht mehr in die Rolle des Spießbürgers zu schlüpfen, konnte ich, soweit das im merkantilen, also auch geist- und kulturfeindlichen Triest überhaupt möglich ist, eine relativ produktive Zeit verleben, bis ich auf die vollkommen absurde Idee kam, mit Berenice nach Salzburg zu fahren. Ich schrieb neue Songs für unsere Gothic-Metal-Band, während Berenices Brüder irgendwelche Ferrari, die sie irgendwoher hatten und irgendwohin brachten, umlackierten und Berenice ihre Vokalpartien einstudierte. Der ganze Universitätsbetrieb konnte mir jetzt gestohlen bleiben, wie hatte ich diesen institutionalisierten Schwachsinn überhaupt so lange aushalten können? Meine Beziehung zu Berenice gestaltete sich etwas kompliziert, wir galten in Triest als *Traumpaar* schlechthin, wir waren jedoch nur im Geiste eng verbunden. Meine sonstigen Annäherungsversuche wies sie mit dem Argument ab, dieser ganze Vorgang, dieser körperliche Akt, sei doch im Grunde genommen ein *tierischer,* ein *widernatürlicher,* man verstehe sich schließlich auch so, wahrscheinlich sogar besser. Zu allem Unglück stellte sie mich ihrer Familie vor, wo es für mich nicht so gut lief. Zuerst trat ich ins Fettnäpfchen, weil ich mich auf irgendeinen freien Platz an der Tafel gesetzt hatte, der für den toten Vater eingedeckt worden war und somit tabu war und freibleiben mußte; irgendeine von Berenices Tanten erkannte den Anzug wieder, in dem ihr Mann aufgebahrt worden war und den ich jetzt trug; ferner hatte ich keinen Löffel mitgebracht, wodurch ich erst eine halbe Stunde vor meinem Nudelberg sitzen mußte, bis Berenice ihren bewältigt hatte und mir ihren Löffel lieh, was bei älteren Familienmitgliedern deutliche Mißbilligung hervorrief. Man kann zwar in Italien in den Familien überall mitessen, man muß sich aber an bestimmte Regeln halten, mußte ich feststellen. Die endgültige Katastrophe folgte nach dem Espresso, der nach den Nudeln gereicht wurde; irgendeine völlig verschrumpelte *Nonna,* die wie ein alter Erdapfel aussah, hatte endlich meinen Namen mitbekommen und daraufhin ein uraltes Fotoalbum herausgekramt. Ich konnte sie kaum verstehen, da sie keine Zähne mehr im Mund hatte und eine seltsame Mischung aus Triestinisch und Friaulisch sprach; sie zeigte auf eine Fotografie aus der k. u. k.-Zeit, auf der eine Frau zu sehen war, die eine gewisse Ähnlichkeit mit meiner Großmutter, wie ich sie von einer Fotografie, die sie als junge Frau zeigte, kannte, aufwies. Wie nun nach und nach herauskam, hatte die ältere Schwester meiner Großmutter irgendeinen Angehörigen der k. u. k. Kriegsmarine geheiratet, der im Zentralkriegshafen Pola stationiert war, später sei man nach Triest gezogen, unter Mussolini haben man den deutschen Namen italisieren müssen. Unglaublich, dachte ich, der Mädchenname meiner Großmutter war in der Tat *von Ketten*, wie konnte ich das nur vergessen! Ich war somit unfaßbarerweise um ein paar Ecken mit Berenice verwandt! Ich wurde nun als neues Familienmitglied aufgenommen, wenn ich auch nur um die zehnte Ecke mit diesem Delle-Catene-Clan verwandt war, was an sich eine extrem ungünstige Lage für mich war, da ich, jedesmal, wenn ich auf das Thema Sexualität zu sprechen kam, von Berenice zu hören bekam, in dieser Hinsicht sei *absolut nichts* drin, schließlich seien wir *Geschwister;* man verstehe sich doch auch so sehr gut, wir beide seien doch auch so ein Traumpaar schlechthin. Nachdem ich also in Berlin, in dieser Zwingburg des Geistes, eine Freundin gehabt hatte, die ich nicht berühren *konnte,* hatte ich nun, in Triest, in dieser Stadt der offen praktizierten Geistfeindlichkeit, eine Freundin, die ich nicht berühren *durfte,* zumindest sträubte sie sich eine ganze Weile, bis sich schlußendlich doch eine Gelegenheit ergab, wo es kein Zurück mehr gab. Wir machten, wie gesagt, einige Ausflüge mit Berenices Automobilen; noch Anfang Dezember waren wir mit ihrem Maserati Mexico bis ins Ruhrgebiet, bis nach Essen, gefahren, um die dort stattfindende Motor-Show zu besuchen, die auch tatsächlich zu dem von uns erwarteten Zeitpunkt stattfand und nicht etwa Monate zuvor. Der Anblick einer unfaßbar großen Zahl neuer Automobile, aber auch Klassiker, ließ die Schmach, die wir nur sechs oder sieben Wochen zuvor in Frankfurt erlitten hatten, fast vergessen. Und Don Metal konnten wir ein paar Kilo Prospekte mitbringen, da der Mexico einen ordnungsgemäßen Kofferraum hat, im Gegensatz zur Bora. Vor der Rückfahrt machten sich Bremsenprobleme bemerkbar; in Dtschld. existieren nur etwa ein Dutzend Maserati-Händler, zufällig residiert einer davon in Essen, und zwar in der Haedenkampstraße. Der Inhaber des Ladens konnte es kaum fassen, als Berenice mit ihrem Mexico vor dem *Italia Centro Essen* vorfuhr; während der Wagen in der Werkstätte durchgesehen wurde, zeigte uns der Maserati-Händler seine Maserati-Sammlung, die auch einen Mexico enthielt. Mit erneuerten Bremsklötzen verließen wir das Ruhrgebiet, diese fürchterlich gigantische Industriezone mit ihren verbauten und aneinandergeklatschten Städten, so schnell es eben ging. Mit dem Facel fuhren wir einmal ruckzuck nach Rom, da Berenice angesichts des angeblich immer näher rückenden Termins unseres ersten Auftrittes unserer Gothic-Metal-Band auf die Idee gekommen war, sich in den kirchlichen Konfektionsgeschäften in der Gegend des Pantheon nach geeigneter Bühnengarderobe umzusehen. Wir erstanden einige sehr schöne Ornate, aber zum ersten Auftritt kam es letztendlich nie, weil ich auf die verrückte Idee gekommen war, mit Berenice nach Salzburg zu fahren. Berenice wollte noch ihrem im Vatikan arbeitenden Onkel, dem Erzbischof Spadolini, einen Besuch abstatten. Berenice zeigte in der Zufahrt zum Vatikan irgendeinen Spezialausweis vor, durch welchen sie berechtigt war, mit dem Automobil bis auf den Petersplatz zu fahren. Wahrscheinlich wurden wir auch nur deshalb durchgelassen, weil ich die für mich bestimmte Kutte, die wir eben am Pantheon erstanden hatten, nach dem Anprobieren gleich angelassen hatte. Berenice verschwand in irgendeiner Eingangstür des Petersdoms, während ich im Wagen blieb und mich von Touristen und Geistlichen gleichermaßen angaffen ließ. Die meisten Gaffer hatten noch nie einen offenen Facel-Véga gesehen, und schon gar keinen mit einem Geistlichen in vollem Ornat, und erst recht nicht mitten auf dem Petersplatz. Berenice kam schnell zurück; die Gaffer waren nun noch erregter, da Berenice aufgrund ihrer stark gotisch angehauchten Kleidung und ihrer offenkundigen Häßlichkeit für großes Aufsehen sorgte. Der Erzbischof sei nicht hier, habe man ihr gesagt, er sei in der *Regina Coeli*, informierte mich Berenice, während sie sich mit lasziver Lässigkeit und mit der wichtigtuerischen Arroganz eines Chefarztes vor einer lebenswichtigen Operation die fingerspitzenlosen Lederautofahrerhandschuhe, sie war praktisch eine *Herrenfahrerin*, überstreifte und beim Anlassen des Facel der gaffenden Menschenmenge zum Abschied noch ihr berüchtigtes Vampirzahnlächeln zeigte. Machen wir also dem verrufensten Gefängnis Roms die Aufwartung, dachte ich, warum nicht. Der Erzbischof war aber nicht, wie zuerst vermutet, als Gefangener in der

Regina Coeli, sondern als Anstaltsgeistlicher. Nebenbei bemerkt, es gibt Millionen Filme, die die Schwierigkeiten, aus einem Gefängnis *herauszukommen*, thematisieren; viel schwieriger ist es jedoch, in ein Gefängnis *hineinzukommen*, wenn man dort keinen Angehörigen *einsitzen* hat. Berenices Aussehen wirkte für solche Fälle nicht vertrauenerweckend genug, es dauerte einige Zeit, bis irgendein Strafvollzugsbeamter meinen Aufzug als den eines vatikanischen Gesandten identifizierte. Endlich kamen wir in das Innere dieses berüchtigten Gebäudes für die Gescheiterten dieser unserer Gesellschaft. Wie mag es wohl Köflacher in Garsten ergehen, dachte ich noch, als uns reihenweise schwere Stahltüren aufgeschlossen wurden. Wir wurden noch nach Waffen durchsucht, ehe wir in einen kleinen Raum treten konnten, wo der Erzbischof gerade mit drei Schwerverbrechern Karten spielte; Sie geben, Signore Moosbrugger, sagte Spadolini gerade. Der Priester war nachlässig gekleidet, wie jemand, der keinen Besuch mehr erwartete, seine Kutte war schmuddelig, er machte insgesamt einen schäbigen Eindruck; er freute sich, Berenice wiederzusehen, spielte die Partie noch zu Ende, stellte dann das Watten ein. Wir drei gingen zusammen in eine Osteria, also ohne die drei Mörder, mit denen Spadolini gewattet hatte, wo uns Spadolini eine völlig unglaubwürdige Geschichte, die er in Essen in Dtschld. erlebt haben wollte, auftischte und aufgrund der er massiven Ärger mit den Behörden bekommen habe. Seine schöne Stellung im Vatikan habe er verloren, die Steuerbehörden hätten dafür gesorgt, daß er seine Maserati-Sammlung habe verkaufen müssen, jetzt habe er nur diesen wenig lukrativen Job in dieser durch und durch trostlosen

Umgebung und müsse mit einem alten Steyr Waffenrad, das er beim Trödler preisgünstig erstanden habe, tagtäglich zum Dienst fahren, trostlos, trostlos, das alles. Erzbischof Spadolinis Ornat verströmte den Geruch von Kollaps, er machte den Eindruck eines letztendlich Gescheiterten; dafür hatte er aber sofort durchschaut, in meiner Person keinen Geistlichen vor sich zu haben, sondern einen Schauspieler; seine Nichte umgebe sich grundsätzlich nur mit Künstlern, nicht aber mit Geistlichen. Es wurde ein langer Abend; Erzbischof Spadolini ließ sich noch den Facel-Véga genau vorführen und beantragte eine Probefahrt. Wir fuhren durch halb Rom; bis wir Erzbischof Spadolini wieder an seinem Steyr Waffenrad absetzen konnten, war es nach Mitternacht. Um nach Triest zurückzufahren, war es zu spät, somit übernachtete ich mit Berenice im *Hotel Hassler,* in getrennten Zimmern. Am nächsten Morgen genossen wir wenigstens gemeinsam vom Frühstückssaal aus die Aussicht auf die Spanische Treppe. Ein Geistlicher und eine Hexe im gemeinsamen Hotelzimmer, das wäre eh unpassend gewesen, das schickte sich nicht. Wir fuhren weiter nach Pompeji; Berenice war bester Laune, der Facel lief gut, es geht doch nichts über amerikanische Achtzylindermotoren, Hubraum ist eben durch nichts zu ersetzen, das mußte sich Camus wohl auch gedacht haben, als er sich in den Facel seines Verlegers setzte, obwohl er schon eine Fahrkarte in der Tasche hatte. Pompeji machte einen vernachlässigten Eindruck, überall nur Ruinen. Ein amerikanischer Bombenangriff habe dieser sowieso schon arg gebeutelten Stadt neunzehnhundertdreiundvierzig den Rest gegeben, und seitdem habe man einige Anstrengungen zur Rekonstruktion unternommen, erzählte uns der Cicerone, dem wir uns anvertraut hatten. Unser Cicerone war ein ausgewiesener Schwätzer, der Nichtwissen mit Vielrederei zu kaschieren versuchte; für einen Pompeji-Besuch benötigte man einen kompetenten Kenner des Altertums wie etwa Hauensteiner. Mit Hauensteiner wäre es ein Vergnügen gewesen, durch Pompeji zu gehen, nicht aber mit diesem Schwätzer. Vor der Bäckerei beim Haus des N. Popidius Priscus dachte ich noch, Hauensteiner fehlt hier an allen Ecken und Enden, selbst vor dem Atrium in der Casa delle Nozze d'Argento dachte ich dasselbe, obwohl mir von vornherein bewußt war, nur für eine Führung durch Pompeji würde sich Hauensteiner nicht exhumieren lassen. Der Cicerone hatte uns nach dem Kassieren einer unverschämten Summe auf dem Forum zurückgelassen, nun gingen wir noch auf eigene Faust durch die Straßen. Berenice trippelte über die Trittsteine, die ursprünglich die Fußgänger vor Kot und Regenwasser schützen sollten, und strich sich grinsend über ihren Leib, sobald sie die andere Straßenseite erreicht hatte. Das ist eine Szene aus Godards *À bout de Souffle,* dachte ich. Die weibliche Protagonistin, diese Amerikanerin mit dem Kurzhaarschnitt, trippelt in Paris über eine Straße mit Trittsteinen, streicht sich grinsend über ihren Bauch und eröffnet in der nächsten Szene ihrem von Belmondo gespielten Liebhaber, schwanger zu sein. Dieses anagrammatische Wortspiel von *Gradiva* zu *gravida* hatte Berenice gerade eben nochmals aufgeführt, aber Berenice war ja letztendlich keine Frau, deren Gestalt toter Buchstabe bleiben sollte, sondern eine aus Fleisch und Blut. Berenice wollte sich noch das weltberühmte Mosaik der Alexanderschlacht ansehen – oder war es eine Wandmalerei? –, das, wie ich gehört hatte, doch in irgendeinem Museum hing. Diese Stadt machte mich langsam depressiv, während Berenice immer mehr aufblühte. Ich bereute allmählich, heute morgen im *Hassler* nicht wieder in mein Ornat geschlüpft zu sein, sondern Onkels Beerdigungsanzug übergeworfen zu haben, als Geistlicher hätte ich wenigstens die Touristen in Pompeji zum Gaffen anstiften können. Außerdem fragte ich mich langsam, warum Triest den Beinamen *Stadt des Todes* trägt und nicht Pompeji, noch toter als Pompeji kann eine Stadt praktisch schon gar nicht mehr wirken. Auf der Rückfahrt blieben wir in einem Kuhdorf, das, wie ich glaube, noch nicht einmal einen Namen hatte, stecken. Irgendwelche Probleme mit der Hinterachse, ein typisches Facel-Véga-Problem; *das* Fahrwerk ist den Unmengen von Pferdestärken, die der Motor entwickelt, nur bedingt gewachsen; deshalb sollen ja auch Camus und dessen Verleger verunglückt sein, tödlich. Der Dorfschmied sagte zu, gleich morgen früh die Hinterachse provisorisch zu richten, damit man wenigstens langsam fahren könne. Der Dorfschmied hatte noch nie einen Facel-Véga gesehen, er hatte wahrscheinlich außer einem FIAT Topolino noch nie irgendein Automobil gesehen. Wir kamen in der Nähe des Dorfes für die Nacht in einer *fattoria* unter, in einem dieser Landgüter, wo noch alles mit der Hand gemacht wird, mit Sicheln und Ochsen, statt mit Mähdreschern und Traktoren. Das Korn wird gestreichelt statt mit Kunstdünger verseucht, dann wird das Korn liebevoll einzeln abgeschnitten, Halm für Halm, die besten Körner werden handverlesen, handgemahlen, die Zutaten werden handgemischt, der Teig handgeknetet, alles wird schonend in einem Steinofen aus vordantischer Zeit gebacken, um zuletzt per Hand ergriffen und besonders schonend zerkaut zu werden, und zwar von Touristen aus Dtschld., die dafür sogenannte Schweinepreise zahlen. Unser Zimmer war ganz in Ordnung, Balkon, Blick aufs Meer, ich warf meine Beerdigungsjacke, ich war ja genaugenommen gar kein Begräbnisenthusiast, auf einen Sessel und ging nach nebenan, um mir die Hände zu waschen und ein paar Muntermacher zu schlucken. Als ich wieder ins Zimmer kam, stand Berenice am Fenster, blickte hinaus und schluchzte hemmungslos. Ich tröstete sie mit den Worten, der Facel werde schon wieder in Ordnung gebracht. Der blöde Facel, der blöde Facel! Nichts ist in Ordnung, sagte sie unter Tränen. Ein so häßliches Gesicht mit sogenannten Kullertränen, was für eine groteske Zusammenstellung, dachte ich noch, als ich Berenice instinktiv in den Arm nahm, was sie ohne Gegenwehr mit sich geschehen ließ. Sieh nur, flüsterte sie mir ins Ohr, sie haben uns das Hochzeitszimmer gegeben. In der Tat fiel auch mir jetzt das Prachtexemplar von *letto matrimoniale* auf, und nun wurde mir auch klar, *wann* man eine Frau küssen darf. Berenice ließ alles mit sich geschehen, wir liebten uns, als wäre es das letzte Mal, wie man so sagt, dabei war es das erste Mal, und für Berenice auch zugleich das letzte Mal, was wir damals, also vor nur wenigen Wochen, letzthinnig noch nicht wissen konnten, und auch für mich wird es wohl das letzte Mal gewesen sein, denn ich werde hier aus Steinhof nicht mehr hinauskommen, das wird mir, je länger ich an diesem Bericht über meine Geschichte schreibe, immer bewußter, ich werde nie mehr aus Steinhof hinauskommen, nie mehr werde ich Steinhof verlassen können; mir war ja an sich klar, als ich diese meine Geschichte meinem

Psychiater in Salzburg, also Doktor Hollhof, erzählte, mit dem Erzählen dieser deiner Geschichte wirst du im Irrenhaus landen, und zwar endgültig; du wirst im Irrenhaus landen und nicht mehr hinauskommen, nie mehr, wie Dornbirner; auch du wirst im Irrenhaus landen und dort enden, das war mir jetzt überdeutlich geworden. Ich dachte schon nach dieser fantastischen Liebesnacht, als wir den Facel vom Dorfschmied abholten, der die Hinterachse mit irgendeinem dicken Blech verstärkt und dabei einen der sündhaft teuren Kotflügel verbeult hatte, und als Berenice sofort hinterm Steuer einschlief, sodaß ich nach dem Einwerfen einiger Muntermacher den Rückweg zur Metropole des Wahnsinns Triest hinter dem Volant des Facel-Véga bewältigen mußte, wir werden alle noch im Wahnsinn enden, und zwar in einer Irrenanstalt. Berenice blieb dieses Schicksal ja dann doch erspart. Am übernächsten Tag fuhren wir mit Berenices Maserati Bora nach Ferrara, einer weiteren Stadt aus Papier. Vor dem *Palazzo* der *Assicurazione Generali* kam Berenice die Idee, eine Bank zu überfallen, eine der dümmsten Ideen, von der ich je gehört hatte. Wer überfällt schon in Italien eine Bank? Wer will diese Tonnen von an sich wertlosen Münzen und lappigen Scheinen, die nach Schweiß stinken, überhaupt haben? Wer zahlt noch bar? Wie will man das alles wegschleppen? Einen Banküberfall mit einem Maserati Bora durchzuführen erschien mir auch problematisch, weil der Wagen etwas zu selten und zu auffällig ist. Selbst den Motor kann man sehen, weil dieser nur mit einer Plexiglashaube abgedeckt ist; wir würden gefaßt werden, weil sich ein Zeuge die Motornummer hätte notieren können. Berenice ging auf keines meiner Argumente ein, sie hatte sich so sehr in die Idee des Banküberfalls verrannt, daß sie mir gar nicht richtig zuhörte, sondern mich einen Spießbürger titulierte. Also machte ich mit. Wir suchten uns eine Bank aus, die einem Bekannten Berlusconis gehört, und tüftelten einen nicht sehr komplizierten Plan aus. Berenice fragte mich, ob ich mit Waffen umgehen könne. Ich erzählte ihr von meiner Zeit in Madrid, in Franco-Spanien; sie öffnete die vordere Maserati-Bora-Haube, wo zwei Maschinengewehre in Einzelteilen deponiert waren; deshalb hätte Berenice aus Frankfurt eh keine Prospekte mitbringen können. Die kannst du doch zusammensetzen, oder?, fragte Berenice. Ich bejahte und montierte. Aus dem Handschuhfach holte Berenice zwei Nylonstrümpfe, die sie immer mit sich führte, falls mal unterwegs ein Keilriemen seinen Geist aufgeben sollte. Wir komplettierten damit unser Outfit und fuhren zur ausgesuchten Bank. Berenice ließ den Motor laufen, wir wollten uns ja nicht lange aufhalten, und sagte mir noch, ich solle bloß kein Wort von mir geben, bei meinem Akzent säße ich schon nach fünf Minuten in einer Einzelzelle. Der Überfall selbst ging sehr schnell vonstatten. Berenice schrie die üblichen Befehle, die man eben so schreit, wenn man eine Bank überfällt, ich schoß dazu ein paarmal in die Decke. Unsere Argumente waren so überzeugend, daß wir schon nach wenigen Minuten wieder im Wagen saßen; Berenice streifte sogar noch mit der allergrößten Behutsamkeit ihre fingerspitzenlosen gelochten Lederautofahrerhandschuhe über, bis sie endlich losfuhr. Das Publikum in der Bank wird wahrscheinlich aus lauter Angst erst nach einer Woche wieder vom kalten Marmorboden aufgestanden sein, so überzeugend hatten wir unsere Vorstellung inszeniert, dachte ich; es ist viel einfacher, eine Bank zu überfallen, als man denkt. Nur wurden wir leider schon nach zwei oder drei Kilometern auf dem breiten Corso Ercole D'Este von der Polizei verfolgt. Berenice lenkte die Bora mit hoher Geschwindigkeit und mit riskanten Manövern durch die engen Nebenstraßen Ferraras. Berenice schien über eine genaue Ortskenntnis zu verfügen. Trotzdem kam der Streifenwagen immer näher, er klebte fast am Heck des Maserati, Berenice gab wieder etwas mehr Gas und fuhr in eine Sackgasse. Verflucht, dachte ich, man sah schon die Wand einer Lagerhalle bedrohlich näher kommen, der Streifenwagen in kurzem Abstand hinter uns, als Berenice den Handbremshebel hochriß; ihr Maserati drehte sich um die eigene Achse und ließ den Wagen der Carabinieri, der nicht mehr bremsen konnte, am Maserati vorbei ins Leere laufen bzw. vor die Wand. Berenice gab Gas; den Lärm, den geborstener Stahl und eingestürzte Mauern verursach(t)en, kommentierte sie mit der Äußerung, diese Leute könnten eben nicht Auto fahren, das sei eine sogenannte Rockford-Wende gewesen, so Berenice. Oder sollte man diesen Ausdruck lieber mit *Rockford-Dreher* übersetzen? In Berenices Lagerhalle zählten wir, während Don Metal neue Nummernschilder an der Bora anschraubte, unsere Beute. Für Dilettanten war das Ergebnis überhaupt nicht schlecht. Amerikanische Dollars, in appetitlicher Stückelung, das war ein Glücksgriff, damit konnten wir unsere Künstlerexistenz über Jahre hinweg so ganz nebenbei finanzieren. Einen Moment lang machte ich mir schon ein oder zwei Gedanken, warum eine dritt- oder viertklassige Bank in der äußersten Provinz, schließlich ist Ferrara nur ein kleiner Marktflecken, eine Stadt aus Papier, so viele amerikanische Banknoten hortete; die werden ihre Gründe dafür gehabt haben, dachte ich, genau wie wir unsere Gründe für diesen Banküberfall hatten, *nämlich überhaupt gar keine.* In der Zeitung konnten wir am nächsten Tag lesen, bei einem Banküberfall in Ferrara, bei dem zwei Carabinieri zu Tode gekommen seien, hätten ausländische Terroristen circa eine Million Lire erbeutet. Wir lachten uns zuerst krank. Unsere Beute lag erheblich über einer Million, und zwar in harten Dollars, ein paar Lire waren schließlich auch dabei, aber wen interessierten die schon. Don Metal riet uns, sofort das Land zu verlassen, sicherlich sei das Schwarzgeld der Mafia oder sogar der deutschen Partei CDU, dann seien wir in akutester Lebensgefahr, so Don Metal. Wir maßen diesen Ausführungen erst keinerlei Bedeutung bei; die Mafia war in Triest sowieso nicht gefährlich; gestorben wird im Süden, kassiert wird im Norden, das ist neunzehnhundertdreiundvierzig so festgelegt worden, wir hatten somit von der Mafia nichts zu befürchten, und der Einflußbereich rechter deutscher Parteien war ja auch schon vor Jahrzehnten zurückgegangen. Am nächsten Tag fuhren wir mit dem DS-Chapron-Cabrio Richtung Grenze, es war der letzte schöne Tag, bevor die Bora gnadenlos zuschlug. Wir kehrten in einer sogenannten Grenzschänke ein, die praktisch direkt an der Grenze zu Slowenien lag und immer noch liegt. Im Schankraum das übliche Strandgut touristischer Existenzen, dazu einige serbische Fahnenflüchtige, die von irgendwelchen Schlepperbanden zu Horrorpreisen bis hierher gebracht wurden, wo sie hofften, weiter nach New York reisen zu können, obwohl die Schlepper ihr Geld schon auf anonyme Konten in der Schweiz transferiert hatten; Serben, die noch nicht einmal die Abzeichen ihrer Uniformen abgerissen hatten und die hier hemmungslos dem Trunke zugetan waren. Berenice philosophierte, hier so nah an der Grenze zu leben, ohne daß einem normalerweise die Grenze bewußt wird. Triest ist ja praktisch Schnitt- und Endpunkt des Habsburgerreiches, also Mitteleuropas, des untergegangenen Mitteleuropa. Triest selbst besteht in gewisser Weise aus einem italienischen und einem jugoslawischen Teil mit einer umfangreichen Habsburgerkomponente, historisch bedingt. Hier in dieser sogenannten Grenzschänke wurde die große Politik auf das Maß des Mikrokosmos zurückgestutzt; der Kellner, der uns ungarischen Wein servierte, hörte auf den typisch österreichischen Namen Sandbichler, man mußte seine Zeche in italienischer Lira begleichen, und als ich kurz den Abort aufsuchen wollte, mußte ich feststellen, die Türen waren mit den slowenischen Bezeichnungen für *Männer* und *Frauen* gekennzeichnet, die ich nicht verstand. Mit dem DS-Chapron-Cabrio fuhren wir über die Grenze durch den Karst bis nach Mitterburg, wo Dante, aufgrund der Quellen, die hier im Karst plötzlich durchs Gestein an die Oberfläche treten, den Einstieg zur Hölle lokalisiert zu haben glaubte. Inzwischen ist dieser Ort zum Touristennepp verkommen. Jeder Dorfbewohner sitzt in Mitterburg vor seinem Häuschen und sagt gegen Bezahlung einige Verse aus Dantes *La Divina Commedia* auf; es gebe schließlich die unterschiedlichsten Darstellungsformen der Hölle, aber warum könnte die Hölle nicht in der Tat wie Mitterburg aussehen, sagte ich zu Berenice, die mir durchaus beipflichtete. Warum sollte nicht Mitterburg den Einstieg zur Hölle beherbergen; warum sollte nicht Mitterburg die

Hölle sein statt, wie ich bisher immer angenommen hatte, Berlin, Triest oder Salzburg? Berlin war die Hölle, Triest war die Hölle, Salzburg war die Hölle, aber warum sollte sich nicht der Einstieg zur Hölle im Karst, in Mitterburg, also im ehemaligen Habsburgerreich, befinden, wie sich ja Auschwitz an sich ebenfalls im Habsburgerreich befunden hatte. Das Fürstentum Auschwitz gehörte bis zum Verfall des Habsburgerreiches zu eben diesem, wie auch Triest, das praktisch der bedeutendste Handels- und auch Freihafen Österreich-Ungarns war, heute jedoch nur ein italienisches Provinznest ist, ohne Zukunft, dem die jungen Leute scharenweise davonlaufen. Durch den *Verlust* von Mitteleuropa, das gewissermaßen spurlos verschwunden ist, hat Triest seine Bedeutung vollständig eingebüßt. Triest war ein Konzentrat des Habsburgerreiches, aus Gegensätzen zusammengesetzt, mit dessen Auflösung der Prozeß des Unterganges Triests eingeleitet worden ist; aber dennoch arbeitet Triest in heroischer und quälerischer Selbstverstümmelung an ebendieser Auflösung und damit am eigenen Niedergang mit. Das ist die Qual der zwei Naturen, die aufeinanderprallen, um sich gegenseitig auszulöschen: die kommerzielle und die italienische. Diese alleritalienischste Stadt, *la città italianissima*, ist geteilt zwischen Geist und Profit; der Handelscharakter liegt wie graues Blei über dieser Stadt mit dieser antiliterarischen Einstellung ihrer Bewohner. Das ist die geradezu bestialische Gesellschaftsabsurdität dieses Schmelztiegels und Schnittpunkts der Kulturen des ehemaligen Mitteleuropa. Triest hatte zum ökonomischen Kosmos Österreichs gehört, und das wahre Österreich ist die ganze Welt. Ich dagegen hatte dem aktienraffenden Spießbürgertum abgeschworen und somit meiner jämmerlichen Professoren-Gehalt-Existenz ein Ende gesetzt, und zwar mit allen Konsequenzen, und diese meine widerwärtige Geldschein-Existenz in eine mir naturgemäße Künstlerexistenz überführt; ich sagte noch zu Berenice, als wir durch den Stadtpark schlenderten und am Italo-Svevo-Denkmal vorbeikamen, selbst dieser Ettore Schmitz, der Kaufmann und Literat gewesen sei, sah die bürgerliche Existenz als absolute Form des Auf-der-Welt-Seins an, obwohl er an sich Künstler gewesen sei; hätte ihn James Joyce nicht auf den richtigen Weg gebracht, wäre *La coscienza di Zeno* nie erschienen; Svevo war sich seiner Künstlerexistenz, die unter der Oberfläche einer absurden Couponschneider-Existenz schlummerte, gar nicht bewußt, selbst Edoardo Weiss hätte seine verborgene Künstlerexistenz nicht ausgraben und offenlegen können. Ich sagte noch zu Berenice, als wir in ihrem DS-Usine-Cabrio vor der Absteige *Blaue Krone* in der Via XXX Ottobre vorfuhren, wo ein Casting für Statistenrollen für irgendeinen Fernsehfilm der RAI stattfand, der das Triester Konzentrationslager *Risiera di San Sabba* zum Thema haben sollte und in dem wir dann tatsächlich Statisten mimten, wie überglücklich ich sei, nun nicht mehr zu der Gruppe dieser Dozenten gehören zu müssen, wie sie an unseren Universitäten zu vermodern pflegen. Die RAI suchte Statisten für eine Massenszene mit Häftlingen in besagtem KZ; Berenice und ich wurden in der Tat ausgewählt, trotz Berenices außergewöhnlicher Häßlichkeit. Auf einer Vorbesprechung wurden wir auf den historischen Hintergrund des Themas eingestimmt. Nach dem Waffenstillstand vom achten September neunzehnhundertdreiundvierzig wurde der größte Teil Italiens von der deutschen Wehrmacht besetzt. Triest und Umgebung wurden als *Adriatisches Küstenland* dem Gauleiter von Kärnten, Friedrich Rainer, unterstellt. In der ehemaligen Reisfabrik *Risiera di San Sabba* wurde daraufhin das einzige KZ auf italienischem Boden eingerichtet. Wir Statisten hätten nur die Aufgabe, bei Hofappellen, oder wenn mal ein Häftling von einem Deutschen Schäferhund zerfleischt werde, den Hintergrund der Szene zu füllen; ebenso brauche man Statisten, die strammstehende Wehrmachtssoldaten zu verkörpern hätten, mehr nicht. An den Drehtagen war unser Treffpunkt das *Mignon* in der Via Junker, von wo aus wir mit klapprigen FIAT-Bussen der RAI zum Drehort gekarrt wurden; zur Einstimmung in die KZ-Thematik wäre ein Transport in Viehwaggons vielleicht stilechter gewesen, der Unterschied war jedoch sicherlich nur der geringste. Auf dem Busparkplatz wurden wir am ersten Drehtag, gewissermaßen von der Rampe weg, aussortiert und verschiedenen Gruppen zugeteilt; Berenice und ich wurden getrennt. Wahrscheinlich kommt sie erst noch in die Maske, dachte ich, mit diesem gotisch geschminkten Gesicht wirkt man ziemlich unglaubwürdig, kurze Zeit später war ich selbst drin, in der Maske; zuerst steckte die Requisite mich jedoch in eine schneidige Nazi-Uniform, im Waffenlager bekam ich ein Sturmgewehr ausgehändigt, abschließend wurde in der Maske mein Gesicht mit Schminke zugedeckt, damit man im Film keine Reflexe von Fett sehen könne, mittels eines Messerschnitts erhielt meine Frisur die nötige Nazi-Fasson, immerhin betrat ich zum ersten Mal in meinem Leben ein Konzentrationslager, oder wenigstens die Kulissen davon. Hier also hatte Gianni Stuparich einsitzen müssen, dachte ich auf dem Appellplatz. Irgendein Assistent des Aufnahmeleiters ordnete mich meiner Einheit zu und erläuterte uns, wann und wo wir in möglichst militärischer Haltung herumzustehen hatten. An meiner Nazi-Uniform wurde ein fehlender Knopf bemäkelt, ich mußte nochmals zur Requisite. Die Hauptrollen wurden im Alfa Romeo aufs Filmgelände gefahren, was schon seltsam aussah: Nazi-Generäle, SS-Schergen und geschundene KZ-Häftlinge stiegen aus den noblen Sportlimousinen aus; das war grotesk und absurd anzuschauen. Ansonsten sah unser KZ genauso aus, wie ich mir ein KZ immer vorgestellt hatte: Baracken, Stacheldraht, ein paar scharfe Hunde, die jetzt noch träge herumlagen, eine Wand mit unzähligen Einschußlöchern usf. usf. Und das hier soll mal eine Reisfabrik gewesen sein? Ich mußte an *Bitterer Reis* denken, als ich meinen Tagesbefehl entgegennahm. Berenice war übrigens in die Gruppe der Häftlinge geraten; ihre Maskerade war ein schmutziges, zerrissenes, längsgestreiftes, sackartiges Kleid aus grobem Stoff, einziger Schmuck war ein gelber Davidstern; ihre schönen, langen, glatten Haare hatte man wild zerzaust und mit einer Brennschere ausgefranst. Berenice war naturgemäß mit ihrer Rolle nicht sehr zufrieden, aber eine Vollblutkünstlerin muß auch einmal eine weniger attraktive Rolle, die keine Möglichkeit bietet zu reüssieren, übernehmen können, ohne gleich an Selbstmord zu denken. Für eine ausgesprochene Filmdiva war Berenice schließlich im Grunde genommen viel zu häßlich. Das mußte sie bereits selbst eingesehen haben. Die Dreharbeiten waren nicht besonders spektakulär; die weltberühmten Schauspieler, die ich alle nicht kannte, benahmen sich so, wie man es von weltberühmten Schauspielern erwartete, nämlich übertrieben arrogant und exaltiert; um acht Uhr morgens schickte der Hauptdarsteller die Catering-Gruppe los, um irgendwo spanische Erdbeeren auftreiben zu lassen usf. usf. Meine Dreharbeit bestand in erster Linie darin, stundenlang mit geschultertem Sturmgewehr in der prallen Spätherbstsonne möglichst militärisch herumzustehen. Und dann diese Pannen. Erst am dritten Tag fiel dem Produktionsleiter auf, daß die Naziflagge, die auf dem Appellplatz wehte, ein seitenverkehrtes Swastika zeigte; eine Massenerschießung mußte wiederholt werden, weil irgendein Trottel vergessen hatte, an seinem RAI-Übertragungswagen die Handbremse anzuziehen, sodaß dieser seelenruhig in die Schußlinie rollen konnte; beim Zusammentreiben der Häftlinge entdeckte ich mehrere ganz moderne Armbanduhren an den Handgelenken derselben; ich meldete dieses Vorkommnis jedoch nicht den Befehlshabern. Am sechsten oder siebten Drehtag bekam ich sogar eine Rolle mit etwas *Action.* Ich sollte beim Zusammentreiben der Gefangenen eine junge Jüdin mit dem Gewehrkolben auf den Kopf schlagen, weil diese sich etwas zu langsam bewegte, und zu Boden werfen. Als junge Jüdin hatte der Regieassistent Berenice ausgesucht, deren Schauspieltalent in diesem Heer der Ahnungslosen scheinbar aufgefallen war. Leider vermasselte ich die Szene etwas, wenn auch nicht unter künstlerischen Gesichtspunkten; ich schlug mit dem Gewehrkolben zu, Berenice schrie laut auf, ein Schwall Blut spritzte aus ihrem Schädel, ich warf diese junge Jüdin zu Boden. Wie im Drehbuch. Der Regieassistent war begeistert von unserer schauspielerischen Leistung, die Szene mußte nicht einmal wiederholt werden. Berenice stand nicht mehr auf. Ich hatte sie versehentlich *wirklich* am Kopf getroffen, weshalb diese Szene so realistisch wirkte. Berenice war benommen, zusätzlich zum Theaterblut lief ihr ihr eigenes übers Gesicht; sie hatte eine kleine Platzwunde erlitten, die im *Ospedale Maggiore* genäht werden mußte. Berenice war noch am nächsten Mittag stinkesauer auf mich. So kam es zu einem netten kleinen Eklat. Irgendwer kam am besagten Mittag in der Drehpause auf die Idee, mal etwas Frisches essen zu wollen, nicht mehr diesen Fraß aus der Gulaschkanone. Er überredete einen Busfahrer der RAI, in die Stadt zu fahren, zur *Pescheria Grande,* der Fischhalle, in der es aber auch Obst und Gemüse zu kaufen gibt. Berenice und ich und weitere dreißig oder vierzig Personen fuhren mit, und zwar in voller Verkleidung. Was müssen wir für die ahnungslosen Verkäufer und Kunden in der *Pescheria Grande* für ein Bild abgegeben haben: Nazis und SS-Schergen in voller Montur in Begleitung einiger unappetitlich anzuschauender Gefangener in verwahrloster KZ-Kleidung. Den Anwesenden in der Fischhalle stand das Entsetzen ins Gesicht geschrieben, viele überlegten offenkundig, ob sie fliehen, unter den Verkaufstischen in Deckung gehen oder einfach nur die Polizei rufen sollten. Wir verteilten uns im Raum. Berenice kaufte ein paar Paradeiser, während ein Wehrmachtsoffizier am Stand nebenan fragte, ob die Ware auch frisch sei. Der Verkäufer geriet bei seiner Antwort ins Stammeln und begann am ganzen Körper zu zittern; einer von diesen SS-Henkern verlangte ein Kilo *cozze,* war dabei jedoch äußerst wählerisch und suchte sich jedes Müschelchen einzeln aus; der Verkäufer packte ihm seine Ware in ein Sackerl mit dem Kommentar in deutscher Sprache: *Ist es so recht, mein*

Führer? Ich sah mir gerade die traurig aus ihren toten Glubschaugen schauenden Fische an, als Berenice meinte, ich sei ein Idiot, ja sogar ein Vollidiot. Die Schauspielkunst zeichne sich dadurch aus, daß etwas *dargestellt* werde, nicht aber, daß etwas *wirklich gemacht* werde. Ich sei ein Dilettant auf dem Gebiet der Schauspielkunst. Ich hätte ihr aufgrund meiner Dilettanz auf schauspielerischem Gebiet fast den Schädel gespalten. Ich entschuldigte mich kleinlaut. Berenice fuhr mit ihren Vorwürfen fort. Ich sei an sich gar kein Schauspieler, sondern jemand, der nur *vorgebe,* ein solcher zu sein; gewissermaßen spielte ich nur die Rolle des Schauspielers, ich schlüpfte praktisch nur in die Rolle eines Schauspielers, mit dem Ergebnis, daß Jüdinnen krankenhausreif geschlagen würden. Sie habe unglaubliche Schmerzen erleiden müssen und gar vorübergehend das Bewußtsein verloren. Und Höllenqualen habe sie erleiden müssen, als sie im *Ospedale Maggiore* von diesen Metzgern ohne Betäubung mittels einer Notoperation wieder halbwegs zusammengeflickt worden sei. *(furioso)* Und du bist noch nicht einmal mitgegangen! Du hast mich ganz allein diesen Fleischhauern überlassen! *(piano)* Schuft! *(accelerando)* Todesängste mußte ich ausstehen, und das minutenlang. *(vivace)* Ganz allein hast du mich gelassen! *(presto alla tedesca)* Aber der feine Herr wollte sich ja nicht seine schicke Uniform schmutzig machen! *(agitato)* Das ist nämlich die ganze Wahrheit! *(con sentimento ed espressione)* Ich hätte deinen Beistand so dringend nötig gehabt. *(legato)* Aber auf Nazis sollte man sich eben nicht verlassen. *(non troppo vivo)* Wenn man Nazis einmal braucht, sind sie nicht da. *(più mosso, forte)* Du bist ein ganz mieses Subjekt! Und mit diesen Worten ergriff Berenice einen dicken Fisch beim Schwanz und schlug ihn mir um die Ohren. Instinktiv schlug ich zurück. Im folgenden mischten sich einige Umstehende ein, was zu einem Handgemenge führte, das in einer Massenschlägerei endete. Als die Polizei eintraf, blickten die Beamten auf folgende Szenerie: Nazi-Offiziere, die Wehrmachtssoldaten verprügelten, SS-Schergen, die zusammen mit Juden in KZ-Kleidung einen Paradeiserverkäufer schlugen, Kundinnen, die mit Handtaschen und Regenschirmen auf Nazis in Uniform einschlugen, ausgemergelte KZ-Gestalten, die sich zwischen Fischen, Meerestieren, Obst und Gemüse wahre Ringkämpfe lieferten. Wir wurden überwältigt und alle in Handschellen abgeführt; als wir am Riva N. Sauro in die Polizeibusse gequetscht wurden, riefen einige Passanten beim Anblick unserer Uniformen: Hängt sie auf! Am nächsten Tag waren wir wieder frei; den Schaden zahlte unbürokratisch die RAI, dafür wurde uns einiges von der Gage abgezogen. Berenice versöhnte sich wieder mit mir, und einige Tage später sind wir ja, wie ich schon schilderte und wie ich zuvor Hollhof in Salzburg erzählt hatte, zusammen nach Essen zur Motor-Show gefahren. Wir verbrachten zuvor noch einige Tage in Triest, bis Don Metal uns anregte, mal ein paar Tage aus Triest zu verschwinden, da der Banküberfall, den wir zuvor in Ferrara verübt hatten, noch einiges nach sich ziehen könnte. In der Zeitung war nämlich ein wesentlich geringerer Betrag genannt worden als der, den wir wirklich als Beute erzielt hatten. Selbst in den Salzburger Nachrichten, wie ich mit viertägiger Verspätung lesen konnte, war dieser viel geringere Betrag gestanden. Allein die Dollars mußten mich schon mißtrauisch werden lassen; meine

Arglosigkeit war eine riesengroße, denn ich dachte mir nichts dabei, als mich Don Metal letzten Endes dazu überredete, mich mit seiner Schwester aus Triest abzusetzen, da hier aufgrund unseres dubiosen Banküberfalls keine Sicherheit für unser Leben mehr gewährleistet sei. Ich schlug Berenice vor, nach Salzburg zu fahren. Eine unglaubliche Dummheit von mir. Berenice war auch gar nicht von dieser Idee begeistert. Nach Österreich? Was sollen wir in Österreich? Dieses düstere, unheimliche Land, davor graut es mir. Berenice hatte eine regelrechte Angst vor Österreich, Doktor, und vor Salzburg im speziellen. Eine fast schon klinisch oder pathologisch zu nennende Salzburg-Phobie, Sie kennen das, Doktor, sagte ich schon in Salzburg zu Hollhof. Ich konnte Berenice letztendlich doch davon überzeugen, nach Salzburg mitzufahren. Wir packten ein paar Sachen zusammen in die DS, auch meine drei Geigenkästen, den Koffer mit der Million Schilling, den ich zuvor aus Salzburg mitgenommen hatte, und Thomas Manns *Der Tod in Venedig,* das Exemplar von meinem Berliner Professor; Berenice packte ein paar ihrer schwarzen Spitzenkleider ein, nur das Nötigste, und am dreizehnten Dezember zweitausend, im Morgengrauen, verließen wir Triest, die Stadt, in der nun schon die eisige Bora für eine ungemütliche Kälte sorgte, diese Stadt des Merkantilen, diese geist- und kulturfeindliche Grenzstadt, diese Stadt aus Papier, diesen Unort zum Denken, diese Metropole des Wahnsinns, diese Stadt des Todes, mit dem Ziel, eine Stadt aufzusuchen, auf die diese Zuschreibungen ebenfalls haargenau zutreffen: *Salzburg.* Und Berenice sollte Triest nie wiedersehen, aber das wissen Sie schon, Doktor, sagte ich zu Hollhof in der Landesnervenklinik. Gegen Mittag erreichten wir mein Steingassenland im Hause Österreich. Alles war noch so, wie ich es vor über zwölf Jahren verlassen hatte, um in die Metropole des Wahnsinns Berlin zu reisen. Als ich die Haustür aufsperrte, kam uns ein Gestank entgegen, eine Art Geruch nach Kollaps, angereichert durch den leichten Duft nach Tafelspitz mit Kirschknödel. Ich riß sofort alle Fenster auf, um endlich einmal etwas frische Luft in diesen muffigen Bau zu lassen, was zuerst nur zu einer extremen Aufwirbelung von Staubflocken führte. Berenice fragte mich nach meinen Eltern und meinen Geschwistern; ich entgegnete, die Meinigen seien zur Sommerfrische gefahren, wonach ich mir gründlich die Hände wusch. Ich sagte zu Berenice, sie könne im Zimmer meiner Schwester schlafen. Wir packten aus; ich sah nach der Post, die sich in zwölf Jahren angesammelt hatte; die meisten der vergilbten Umschläge, die unter der Eingangstür durchgeschoben worden waren und die sich nun auf dem Fußboden inmitten dicker Wollmäuse befanden, warf ich nach kurzer Sichtung weg. Interessant war für mich nur ein Brief eines gewissen Pierre Boulez, der mir mitteilen ließ, von meinen an ihn geschickten Sinfonie-Partituren begeistert zu sein, und eine davon wolle er auf Schallplatte aufnehmen; es war die mit dem Titel *Franco el matador.* Ich sollte entweder persönlich nach Paris kommen oder ihm bis März neunzehnhundertneunundachtzig eine schriftliche Genehmigung zur Aufnahme meines Werkes zusenden. Erwähnenswert ist noch der Brief einer Assekuranz, der an meinen Vater adressiert war, obwohl dieser zu dem Zeitpunkt der Datierung des Schreibens bereits seit fünf Jahren verstorben war, in dem diese Assekuranz meinem Vater mitteilte, weder für seinen

Jaguar noch für seinen Citroën bestehe ab sofort irgendein Versicherungsschutz, da etwaige Zahlungen der Prämien trotz mehrfachen Anmahnens seit Jahren ausgeblieben seien. Ich hatte somit einige Fahrten ohne jeglichen Versicherungsschutz unternommen, ich war praktisch *unversichert* gefahren. Ich ließ Berenice kurz allein, um in der Garage in der Nähe nachzusehen, ob der Gräf & Stift und der Steyr Baby noch vorhanden waren, und stellte meine DS, die eigentlich die meines Vaters war, daneben. In Salzburg braucht man kein Automobil; man kann in den engen Gassen dieser sogenannten Festspielstadt mit einem Automobil nichts anfangen, wir alle wissen das, und trotzdem kaufen wir immer wieder welche, immer und immer wieder. Berenice und ich machten den ersten Rundgang durch die Salzach-Metropole, d. h. nur für Berenice öffnete *Die Bühne der Welt* (Eigenwerbung) zum ersten Mal ihren Vorhang. Ich zeigte Berenice einige auf dieser selbsternannten Bühne der Welt befindliche Sehenswürdigkeiten, sogenannte, und einige Orte meiner Kindheit und Jugend, aber Berenice interessierte sich für nichts. Ich erklärte Berenice, welches der Kapuzinerberg und welches der Mönchsberg ist; Berenice interessierte es nicht, sie schien gar nicht zuzuhören. Wir gingen zum Mozarteum, wo ich eine meiner größten persönlichen Niederlagen erlitten hatte, und das jetzt nicht mehr wegen Verseuchung geschlossen war, aber Berenice machte nur einen gelangweilten Eindruck und hörte nicht einmal, *wie* furchtbar falsch gespielt wurde. Ich zeigte Berenice, wo Thomas Bernhard seine bedauernswerte Existenz als Insasse eines katholisch-nationalsozialistischen Schülerheims fristen mußte; Berenice sah nichts. In der Linzer Gasse kamen wir an dem mittlerweile zugesperrten Kino vorbei, wo immer noch ein Plakat des Films *Das Leben ist schön* im Fenster hing. Stell dir vor, sagte ich zu Berenice, ganz Salzburg wäre mit diesen Plakaten zugekleistert, das wäre ein absoluter Hohn; oder Triest: Stell dir vor, die ganze Stadt wäre mit *La vita è bella* vollgeklebt, was für eine vollkommen absurde Vorstellung; ich mußte lachen, Berenice verzog keine Miene. Wir gingen über die Staatsbrücke; ich erklärte Berenice, diese sei von Zwangsarbeitern im Dritten Reich errichtet worden, trotz der an der Brücke aufscheinenden Jahreszahl *1948;* Berenice interessierte das alles nicht. Für die gespenstisch über der Bühne der Welt aufragende Festung Hohensalzburg, die in der Dunkelheit richtig bedrohlich wirkte, hatte Berenice keinen Blick übrig. Die Kollegienkirche, den Dom, die Festspielhäuser und das merkantile Treiben auf dem Christkindlmarkt ignorierte Berenice völlig. Ich fragte sie, ob sie mit einem der Fiaker fahren wolle, sie gab mir nicht einmal eine Antwort. Berenice wirkte hier in dieser Menge der Unglückseligen wie die Allerunglückseligste; sie wirkte wie verpflanzt, und zwar verpflanzt in einen vollständig falschen Boden, in eine vollständig verkehrte Umgebung für sie. Berenice kam mir auf einmal vor wie diese hochbetagten Leute, die sich für rein gar nichts mehr interessieren und statt dessen nur noch auf ihr Ende warten, mit allen schrecklichen Konsequenzen. Ich konnte zu diesem Zeitpunkt ja noch gar nicht wissen, wie nahe ich völlig unbeabsichtigt mit dieser meiner Überlegung an die Wahrheit herangekommen war. Ich hatte nicht einmal den Eindruck, Berenice drohe überzuschnappen, mich beschlich eher das Gefühl, sie habe die meisten Lebensfunktionen fast auf Null reduziert. Ich versuchte Berenice aufzuheitern, indem ich sie daran erinnerte, wie in meinem Kurs alle vor Lachen gebrüllt hatten, wenn sie *Presente!* rufen mußten, nur weil ich nicht gewußt hatte, daß in der Nähe Triests, am Isonzo, dieser monumentale Soldatenfriedhof der Faschisten existiert, wo hunderttausende Gräber der Gefallenen, stiegenförmig angeordnet, mit den in Stein gemeißelten Buchstaben *Presente!* versehen sind; man blickt praktisch auf einen gigantischen Hügel, auf dem eine versteinerte Armee, die, in der Ewigkeit anwesend, zum permanenten Appell angetreten ist. Das ist lächerlich und absurd, sagte ich. Schwarzer Humor kam erst recht nicht an. Die Boutiquen in der Getreidegasse, die ihr wohl nicht gotisch genug waren, interessierten Berenice noch weniger, Mozarts Geburtshaus überhaupt nicht. Ich dachte noch, alle reden davon, Salzburg sei die Hölle, aber Berenice schien sich hier wirklich wie in der Hölle zu fühlen. Nahrung wollte sie auch keine zu sich nehmen, ihr sei bereits unwohl. Ich konnte Berenice weder für Palatschinken oder Käsekrainer noch für Original Mozartkugeln oder faschierte Laibchen begeistern. Ich selbst erstand um zweiunddreißig Schilling an einem mobilen Verkaufsstand am linken Ufer der Salzach ein Paar Frankfurter mit scharfem Senf und einer Semmel, meine erste vernünftige Mahlzeit seit zwölf Jahren, dachte ich, während Berenice mir angewidert beim Essen zusah. Sie begann zu frösteln, wir gingen zurück. Auf der Staatsbrücke machte ich irgendeine Bemerkung über den Untergeher, von dessen Abschneiden bei der diesjährigen *Regata Barcolana* man nichts mehr gehört hatte. Berenice blickte melancholisch in die trüben Fluten der dunklen Salzach und hatte ihre Riesenlauscher auf Durchzug gestellt. In der Steingasse konnte ich den Thomas Mann mit der Widmung um ein stolzes Sümmchen an ein Antiquariat verkaufen, was Berenice, so glaube ich, nicht einmal bemerkte. Kurz vor meinem Elternhaus fing Berenice zu trippeln an und strich sich grinsend über ihren Leib. Ich sollte sie vielleicht einmal zum Psychiater in die Goldgasse schicken oder besser zu dem in der Linzer Gasse, der auf C. G. Jung macht, dachte ich. Nachdem wir im Steingassenhaus das Nötigste für die Nacht hergerichtet und etwas sauber gemacht hatten, eröffnete mir Berenice so ganz nebenbei auf italienisch, *verdammt schwanger zu sein.* Zugegeben, ich reagierte auch nicht unbedingt mit der größten Freude auf diese Nachricht, ich dachte allein an die Umstände, die es machte, einen Namen für einen Nachkommen zu finden. Da hat man gerade eine Schönberg-Studie in Arbeit, den Kopf übervoll mit Schönberg, und von jetzt auf gleich muß man sich alle möglichen *Vornamen* durch den eh schon überstrapazierten Kopf gehen lassen; wenigstens muß man sich nicht auch noch den *Namen des Vaters* ausdenken, so dachte ich, aber allein das Aussuchen des *Vornamens* macht ja schon Mühen genug, Doktor. Wählt man einen oder mehrere *ausgefallene Vornamen,* werden die Kleinen gleich in der ersten Schulklasse aufs grausamste von ihren Mitschülern verspottet und für ihr ganzes weiteres Leben zutiefst verstört, wie ich es selbst habe erfahren müssen, Doktor; wählt man jedoch einen oder mehrere *Allerweltsvornamen* wie die meisten Eltern, verurteilt man seinen Nachwuchs zu einer lebenslänglichen Sparkassenschalterexistenz oder zu einer lebenslänglichen Buchhalter- oder auch Leitzordnerexistenz, in jedem Fall immer zu einer allumfassenden *Spießbürgerexistenz,* und dies ein Leben lang. Soweit gingen Berenices Überlegungen allerdings nicht; sie fürchtete einen unheimlichen, alles erschütternden Skandal, schließlich sei sie von ihrem Bruder geschwängert worden. Ruhig erklärte ich ihr mit allen mir zur Verfügung stehenden Argumenten, wir seien nur über zehn Ecken miteinander verwandt, dazu noch in zwei verschiedenen Staaten; wenn überhaupt, so machte ich Berenice klar, sind wir in einem Abstand von dreihundertachtzig Kilometern Luftlinie miteinander verwandt, falls man diesen Verwandtschaftsgrad überhaupt noch fassen kann, begrifflich eh nicht, es gibt im Italienischen letztendlich nicht einmal verschiedene Bezeichnungen für Enkel, Nichten und Neffen. Und, um die ganze Absurdität des Gedankengebäudes, das Berenice sich da in ihrem Geist zusammengebaut hatte, endgültig aufzuzeigen und ihr Gedankengebäude somit zum Einsturz zu bringen, sagte ich noch: *Ascolta! Ich bin sicher mit Adolf Hitler enger verwandt als mit dir, liebe Berenice.* Sie machte einen verwirrten Eindruck und legte sich schlafen, in das Bett meiner Schwester, die es nie mehr brauchen würde, und das wir zuvor frisch bezogen hatten. Ich schlief die Nacht unruhig und traumlos. Am nächsten Tag machten wir unseren zweiten Rundgang durch diese sogenannte Festspielstadt; es sollte Berenices letzter sein, was ich zu dem Zeitpunkt nicht wissen konnte, Doktor. Besorgt nahm ich Berenice an die Hand, damit sie nicht im Gassengewirr Salzburgs verlorenging. Ich führte sie zum sogenannten Selbstmordfelsen am Neutor, wo sich sonst immer komplette Schulklassen in die Tiefe stürzen, an dem Tag jedoch ausnahmsweise nicht. So gab es nichts zu sehen, und wenn es etwas zu sehen gegeben hätte, wäre Berenice nicht daran interessiert gewesen. In den Salzburger Nachrichten werden diese Selbstmorde inzwischen nicht mehr gemeldet, sondern einfach *totgeschwiegen.* Berenice hatte eiskalte Hände. Die Pferdeschwemme am Herbert-von-Karajan-Platz, der allerdings im Winter eher trostlos wirkende Mirabellgarten, die renovierte Scherzhauserfeldsiedlung, all das ließ sie kalt. Hätte ich Berenice nur *wörtlich* genommen, Doktor, vielleicht wäre alles ganz anders gekommen, sagte ich schon in einer der Sitzungen zu Hollhof. Wir wanderten noch zur Akademiestraße. Wie zur Verhöhnung aller Passanten war in einer der oberen Etagen des Bundesrealgymnasiums in einer Fensterfront ein Transparent mit der Aufschrift FREUT EUCH DES LESENS weithin sichtbar angebracht. Sieh dir das an, Berenice, sagte ich, indem ich auf diese wie DDR-Plattenbauten anmutenden Gebäude wies, über zehn Jahre habe ich im Bundesrealgymnasium mit Blick auf das Institut für Germanistik gegenüber abgesessen, verurteilt zum *Nichts-Machen,* anschließend bin ich im germanistischen Seminar der weltberühmten Universität Salzburg mit Blick auf das Bundesrealgymnasium gegenüber gesessen, verurteilt zum *Nichts-Machen.* Ist das nicht geradezu eine kafkaeske Situation? Berenice reagierte überhaupt nicht mehr. Sie war schon in der Akademiestraße wie geistig weggetreten, was in der Akademiestraße nicht weiter auffällt, da dort alle geistig weggetreten sind, und zwar permanent. Berenice machte einen durch und durch kranken Eindruck, obwohl ihr eigentlich nichts fehlen konnte, was ja auch die Obduktion später ergab. Ich vermutete einen Anfall schwärzester Melancholie, weil Berenice sich so weitab ihrer Heimat befand. Und der

Banküberfall von Ferrara mit dem Schwarzgeld und den beiden getöteten Polizisten ist auch noch nicht ganz vom Tisch, dachte ich noch. Mit ihrer durch und durch kränklichen Erscheinung und der kleinen, noch nicht völlig verheilten Platzwunde könnte Berenice die Rolle der KZ-Insassin nun mit noch größerer Wirkung, mit noch größerer Authentizität spielen, dachte ich noch, sogar mit der allergrößten. Ich bemerkte gar nicht, *wie* fertig Berenice bereits in Wirklichkeit war; auf dem Rückweg erlitt sie einen eher unbedeutenden, zu jenem Zeitpunkt *noch* unbedeutenden Schwächeanfall. Sie hatte nichts essen wollen, der lange Marsch, ihre Schwangerschaft, redete ich mir ein. Das sollte ihr letztes sogenanntes luzides Intervall sein. In der Steingasse angekommen, verlangte Berenice allen Ernstes, ins Spital gefahren zu werden; sie, die an sich vor Gesundheit strotzte, wollte in ein Krankenhaus gebracht werden, obwohl sie Krankenhäuser wie die Pest haßte, wie auch ich, schon von klein an. Ich dachte, es mit einer kurzzeitig auftretenden Geistesschwäche, wie sie jeder von uns ab und zu erleidet, zu tun zu haben, holte aber trotzdem die DS, die eigentlich die Göttin meines Vaters war, aus der Garage. Vor dem *Maison Rouge* verlor die DS einiges von ihrer roten Hydraulikflüssigkeit, ich fuhr trotzdem weiter; ich dachte an das Postulat des Wiederholungsverbotes Schönbergs und hörte den *Radetzky-Marsch* und fuhr trotzdem weiter. Ich verfrachtete Berenice, die dem äußeren Anschein nach völlig gesund zu sein schien, was ja auch die spätere Obduktion ergeben hat, Doktor, in die DS, fuhr die Steingasse entlang Richtung Schloß Arenberg, am Blumenladen rechts ab in die Imbergstraße, von da aus zur Staatsbrücke, von der aus ich zu den Landeskrankenanstalten weiterfahren wollte. Ich bemerkte am Giselakai noch ein Plakat, das auf irgendeinen Kongreß hinwies, die vielen Menschen auf der Staatsbrücke; ich sah hinüber zu Berenice, die sich auf dem Beifahrersitz in höchster Todesangst zu befinden schien oder bereits in Agonie; gut, noch die vielen Muntermacher geschluckt zu haben, sonst würdest du eine solche an den Nerven aufs äußerste zerrende Situation gar nicht durchstehen, dachte ich noch, und das war vorerst das Letzte, was ich denken konnte. Als ich auf die Staatsbrücke fahren wollte, nahm mir ein Lastwagen des Landestheaters, der mit Requisiten beladen war, die Vorfahrt; ich konnte nicht mehr bremsen und somit dem Betonpfeiler, der die Oberleitungen trägt, nicht mehr ausweichen, Doktor; ich hörte nur noch das Glasklirren, das ich auch jetzt noch höre, und einen Schrei, den ich ebenfalls jetzt noch höre. Instinktiv hatte ich mir noch den rechten Arm vor die Augen gehalten, Berenice dagegen hatte keine Chance gehabt, von vornherein hatte sie nicht den Hauch einer Chance gehabt. Ich prallte zwar auch gegen die Windschutzscheibe, weil dieser Wagen über keine Sicherheitsgurte verfügte, aber nicht so stark wie Berenice. Ich blickte an meinem blutenden Arm vorbei zu Berenice, die mit der ganzen Wucht des Aufpralls durch die Windschutzscheibe geschleudert worden war und dabei geköpft wurde; Berenices Kopf, der an sich so häßlich aussah, war von ihrem schönen restlichen Körper getrennt worden und lag nun auf der zerknautschten Motorhaube der DS, während ihr Rumpf sich hinter dem Scheibenrahmen befand. Das war keine von Berenices schauspielerisch perfekt inszenierten Selbstmordaufführungen, sondern die bittere Realität. Berenice war auf der sogenannten *Bühne der Welt* als Schauspielerin gescheitert, und zwar in jeder Hinsicht, mit allen furchtbaren Konsequenzen. Sie hatte den Löffel abgegeben. Es bildete sich sehr schnell eine gaffende Menschenmenge, niemand machte Anstalten zu helfen; ich fiel in Ohnmacht und wachte erst im Unfallkrankenhaus wieder auf; Frau Delle Catene sei in die Städtische Bestattungsanstalt am Mozartplatz überführt worden, bekam ich dort zu hören. Eines Tages wird Berenice wiederkommen, redete ich mir ein. Das ist die eigentliche Geschichte, *meine* Geschichte, wie ich sie schon dem mich betreuenden Psychiater, Doktor Hollhof, während unserer Sitzungen in der Salzburger Landesnervenklinik nach und nach erzählen durfte. Mir wird immer bewußter, ich werde nie wieder hier aus Steinhof hinauskommen, vielleicht will ich auch gar nicht mehr aus Steinhof hinauskommen, hier in Steinhof habe ich wenigstens Ruhe zum Arbeiten, ich könnte mich wieder ganz der Schönberg-Forschung widmen, hier herrscht eine Ruhe, wie ich sie weder in Salzburg noch in Berlin und auch nicht in Triest verspürt habe. Hier herrscht eine *gesunde* Ruhe, während in den vorgenannten Städten immer nur *krankhafter* Lärm geherrscht hatte, ja auf Schloß *Duino* derer von Torre e Tasse war selbst die Ruhe eine *krankhafte,* wie auch auf dem Habsburgerschloß *Miramare.* Trotzdem kann ich keine Ruhe finden, nie wieder. Denn, Doktor, so hatte ich zu Hollhof bei meiner Einlieferung nach Steinhof gesagt, ich konnte schließlich nicht ahnen, Sie würden mir tatsächlich glauben, ich hätte meine Eltern und meine Geschwister umgebracht; Sie glaubten mir letztendlich meinen Mord an Mignon auch nicht unbedingt. Sie müssen bedenken, Doktor, sagte ich weiter zu

Hollhof, als ich Ihnen von dem Mord an meinen Eltern und meinen Geschwistern erzählte, stand ich noch gewissermaßen unter Schock; der schwere Autounfall, der Tod Berenices an derselben Stelle, an der meine Eltern mit meinen Geschwistern tödlich *verunglückt* waren, nur weil mein Vater sich noch einmal, trotz seines Berliner Schlaganfalls, ans Steuer seines Jaguars setzen mußte, *für einen Familienausflug*, obwohl mein Vater völlig *unfähig* war, eben aufgrund seines Berliner Schlaganfalls, irgendein Automobil zu beherrschen, geschweige denn einen so schweren Wagen wie den Jaguar Mk X. Schlußendlich war mein Vater in der Tat nur wenige Meter weit gekommen und ungebremst auf denselben Betonpfeiler geknallt, wie es nun mir, wenn auch unter völlig anderen Voraussetzungen, ich war ja *nicht schuld*, passiert ist. Sie, lieber Doktor, sagte ich auf der Fahrt hierher zu Hollhof, bevor ich ruhiggestellt wurde, hätten von dem *Verkehrsunfall* mit vierfacher Todesfolge im Archiv der Salzburger Nachrichten lesen können; Sie, lieber Doktor, hätten den dieses *Unglück* betreffenden Zeitungsausschnitt, den ich immer aufbewahrt habe, in der Steingasse finden müssen; Sie, lieber Doktor, hätten in der Alpenstraße nachfragen können, vielleicht hätte sich dort noch jemand an diesen zwölf Jahre zurückliegenden Unglücksfall erinnert. Ich konnte wohl kaum ahnen, Sie würden mir diese völlig wirre Geschichte vom Mord an meinen Eltern und meinen Geschwistern glauben, Doktor. Niemand bringt jemanden um, nur weil er jeden Tag Tafelspitz mit Kirschknödel essen und anschließend noch den *Radetzky-Marsch* hören muß, wenn auch bei vollster Lautstärke. Dieses Motiv wäre für einen Kriminalfilm ein viel zu schwaches; höchstens ein

Wahnsinniger würde dieses Motiv als ein solches auffassen, Doktor. Die Durchführung der Tat, so wie ich sie Ihnen geschildert habe, Doktor, sagte ich zu Hollhof, also die Injektion von Schlafmitteln, die ich mir aus der Engel-Apotheke in der Linzer Gasse besorgt haben will, in die Kirschknödel, die dann nach deren Genuß zur tiefen Bewußtlosigkeit meiner Eltern und meiner Geschwister geführt haben sollen, das Verfrachten vier schlafender Personen in die DS, die ich mit laufendem Motor in der Garage stehengelassen haben will, bis alle vier Meinigen verstorben waren, an den Abgasen der Göttin erstickt, um anschließend diese vier Leichen in unseren Keller zu tragen, um sie dort zu vergraben, wie ich es Ihnen zugegebenermaßen, wenn auch unter Schock stehend, erzählt hatte, diese Art und Weise der Durchführung der Tat ist doch so *hanebüchen,* Doktor, ich hätte wirklich nie damit gerechnet, daß Sie mir diese verrückte Geschichte vom Mord an meiner Familie tatsächlich glauben würden, Doktor. Ich konnte schließlich überhaupt nicht ahnen, daß Sie nur aufgrund meiner wirren, an sich unlogischen und zudem von Ihnen nicht nachgeprüften Aussagen gleich einen Polizeitrupp losschicken ließen, der den Keller in unserem Haus unter die Lupe nehmen sollte; letztendlich bin nicht ich verantwortlich für das Zerstören, Umgraben, Aufmeißeln oder Zerhacken sämtlicher Kellerböden in der gesamten Steingasse. Ich kann auch nichts dafür, daß die paar Knochen, die tatsächlich gefunden worden sind, aus dem sechzehnten Jahrhundert stammten und Schweineknochen waren. Ich verstehe ja, lieber Doktor, Sie wollten mir den Aufenthalt in der Strafvollzugsanstalt Garsten ersparen; Sie sagten sich, Vatermord, Muttermord,

Geschwistermord – das sind zu arge Verbrechen, der wird aus Garsten nie wieder herauskommen, aus der in Mitteleuropa *berüchtigtsten* Strafvollzugsanstalt, jedenfalls nicht mehr lebend. Ich verstehe, lieber Doktor, Sie hatten Mitleid mit mir; Sie wollten mir Garsten ersparen, indem Sie mir Steinhof, das im Vergleich zu Garsten ein Sanatorium ist, unbestreitbar, ermöglichten. Aber Sie hätten die Ermittlungen der Kripo abwarten müssen, bevor Sie mich für *geisteskrank* erklären ließen, um mir den Strafvollzug in Garsten zu ersparen. Nur, ich habe, wie gesagt und wie auch die Kripo ermitteln konnte, weder meine Eltern noch meine Geschwister, die die allerdümmsten waren, umgebracht, Doktor, sagte ich auf der Fahrt zu dieser Irrenanstalt, bevor ich ruhiggestellt wurde, zu Hollhof; ich wäre nie in irgendeinen Strafvollzug geraten, schon gar nicht nach Garsten. Indem Sie mir helfen wollten, mein lieber Hollhof, haben Sie mich erst in diese vollkommen ausweglose Situation gebracht. Sie wissen doch ganz genau, gilt man in Österreich erst einmal als *geisteskrank*, ist man es *für immer*, und Sie haben mir schließlich eine *besonders gefährliche Form der Geisteskrankheit* attestiert. Es ist doch ein *Wahnwitz*, hier in einer Irrenanstalt einsitzen zu müssen, weil man rein prophylaktisch zum Geisteskranken erklärt worden ist. Sie wissen doch ganz genau, lieber Doktor, ich werde hier nie wieder hinauskommen, *Steinhof ist meine Residenz geworden*, meine Sommerfrische, in der ich vermodern werde, daran wird auch dieser mein Bericht an die Ärztekommission nichts mehr ändern, das steht von vornherein fest, das ist eine unumstößliche Tatsache. Ich habe mich damit abgefunden, gescheitert zu sein, und zwar in jeder Hinsicht; ich bin als Spießbürger gescheitert, als Künstlerexistenz und als Schönberg-Forscher. Ich bin ein Rundum-Gescheiterter, der sich in seiner an Dummheit grenzenden Arglosigkeit selbst von seiner Freundin hat hereinlegen lassen. Ich hatte nichts durchschaut. Wie ein während der Obduktion durchgeführter Gentest ergeben hat, war Berenice in der Tat von einem ihrer Brüder schwanger; hätte ich ihr Geständnis nur *wörtlich* genommen. Das ändert jetzt alles nichts mehr, das ist das Ende, und ich weiß es, so wie Berenice ihr Ende erahnt hatte. Meine Schwester kommt nun herein, um mir die Termine für die Elektroschockbehandlungen zu nennen und den Bericht mitzunehmen. Zwischen uns beiden ist etwas Unnennbares, zutiefst Wienerisches. Meine Schwester wird diesen meinen Bericht, *meine Bekenntnisse,* der Vorsitzenden der Ärztekommission, Frau Doktor Klammer, überreichen; für mich bleibt hier, in der größten Irrenanstalt Mitteleuropas, nur abzuwarten, was mit meinem Bericht passieren und wie sich die Ärztekommission letztendlich entscheiden wird. Ich bin gescheitert, und zwar mit allen fürchterlichen Konsequenzen. *Salzburg, Berlin und Triest haben mich zum Wrack gemacht.*

Botho Strauß im dtv

»... ein Erzähler, der für Empfindungen der Liebe Bilder von einer Eindringlichkeit findet, wie sie in der zeitgenössischen Literatur ungewöhnlich sind.«
Rolf Michaelis

Die Widmung
ISBN 3-423-10248-9

Paare, Passanten
ISBN 3-423-10250-0
Ein Mosaik unserer Medien- und Konsumgesellschaft.

Kalldewey
Farce
ISBN 3-423-10346-9
Abbild unserer Wirklichkeit, Seelendrama und Psychofarce.

Der Park
Schauspiel
ISBN 3-423-10396-5

Trilogie des Wiedersehens
Groß und klein
ISBN 3-423-10469-4

Rumor
Roman
ISBN 3-423-10488-0
Die Lebenskrise eines Intellektuellen.

Die Hypochonder
Bekannte Gesichter, gemischte Gefühle
ISBN 3-423-10549-6

Der junge Mann
Roman
ISBN 3-423-10774-X
Es beginnt mit den Schwierigkeiten eines jungen Regisseurs, ›Die Zofen‹ zu inszenieren, läuft über in ein modernes Märchen, die Beschreibung eines utopischen Volkes, eine erotische Spukgeschichte.

Die Fremdenführerin
ISBN 3-423-10943-2

Niemand anderes
ISBN 3-423-11236-0

Besucher
Komödie
ISBN 3-423-11307-3

Kongreß
Die Kette der Demütigungen
ISBN 3-423-11634-X

Theaterstücke 1972–1978
ISBN 3-423-11747-8

Theaterstücke 1981–1991
ISBN 3-423-11748-6

Botho Strauß im dtv

Die Zeit und das Zimmer
Sieben Türen/Bagatellen
Theaterstücke
ISBN 3-423-**12119**-X

Wohnen Dämmern Lügen
ISBN 3-423-**12274**-9
»Strauß sieht, wie wirklich nicht viele sehen können.« (Joachim Kaiser in der ›Süddeutschen Zeitung‹)

Schlußchor
ISBN 3-423-**12279**-X

Beginnlosigkeit
Reflexionen über Fleck und Linie
ISBN 3-423-**12358**-3

Angelas Kleider
Nachtstück in zwei Teilen
ISBN 3-423-**12437**-7

Ithaka
ISBN 3-423-**12595**-0

Die Fehler des Kopisten
ISBN 3-423-**12656**-6
So viel Vorgeschmack auf die Hölle. So wenig Nachgeschmack vom Paradies. Die Geschichte einer stummen, »vorsprachlichen« Liebe.

Die Ähnlichen
Der Kuß des Vergessens
Zwei Theaterstücke
ISBN 3-423-**12834**-8

Theaterstücke
1993–1999
ISBN 3-423-**12853**-4

Das Partikular
ISBN 3-423-**13031**-8

Diese Erinnerung an einen, der nur einen Tag zu Gast war
Gedicht
ISBN 3-423-**19007**-8

»Was man dem Autor vor allem nachrühmen kann: seine Sensibilität für Psychologisches einerseits und seine exakte Beobachtung von Alltäglichkeiten andererseits, seinen makaberen Humor und seinen Sinn für Details, deren Symbolkraft ebenso treffend wie unaufdringlich ist.« (Frankfurter Allgemeine Zeitung)

Eveline Hasler im dtv

»Eveline Haslers Figuren sind so prall voll Leben, so anschaulich und differenziert gezeichnet, als handle es sich samt und sonders um gute Bekannte.«
Klara Obermüller

Anna Göldin
Letzte Hexe
Roman
ISBN 3-423-10457-0
Die erschütternde Geschichte des letzten Hexenprozesses in Europa im Jahre 1782.

Ibicaba
Das Paradies in den Köpfen
Roman
ISBN 3-423-10891-6
Hunger und Elend führen im 19. Jh. in der Schweiz zu einer riesigen Auswanderungswelle. Doch das vermeintliche Paradies Brasilien entpuppt sich für die meisten als finstere Hölle.

Der Riese im Baum
Roman
ISBN 3-423-11555-6
Die Geschichte Melchior Thuts (1736–1784), des größten Schweizers aller Zeiten.

Die Wachsflügelfrau
Roman
ISBN 3-423-12087-8
Das Leben der Emily Kempin-Spyri, der ersten Juristin im deutschsprachigen Raum, und ihr einzigartiger Aufstieg als Kämpferin für die Frauenrechte in der Schweiz und in New York.

Der Zeitreisende
Die Visionen des Henry Dunant
Roman
ISBN 3-423-13073-3
Er widmete sein Leben der Überwindung von Gewalt und Krieg: der Begründer des Roten Kreuzes.

Der Jubiläums-Apfel und andere Notizen vom Tage
ISBN 3-423-12557-8

Novemberinsel
Erzählung
ISBN 3-423-12707-4

Die Vogelmacherin
Die Geschichte von Hexenkindern
Roman
ISBN 3-423-12914-X
Ein elfjähriges Mädchen wird 1652 der Hexerei angeklagt und zum Tode verurteilt.

Siegfried Lenz im dtv

»Siegfried Lenz gehört nicht nur zu den ohnehin raren großen Erzählern in deutscher Sprache, sondern darüber hinaus auch noch zu den ganz wenigen, die Humor haben.«
Rudolf Walter Leonhardt

Der Mann im Strom
Roman
ISBN 3-423-00102-X
Das Schicksal eines Tauchers, der zu alt ist für seinen Beruf und der seine Papiere fälscht, um wieder Arbeit zu bekommen.

Brot und Spiele
Roman
ISBN 3-423-00233-6
Aufstieg und Fall eines Sportidols.

Jäger des Spotts
Geschichten aus dieser Zeit
ISBN 3-423-00276-X

Das Feuerschiff
Erzählungen
ISBN 3-423-00336-7
»In sich schlüssige kleine Kunstwerke.« (Marcel Reich-Ranicki)

Es waren Habichte in der Luft
Roman
ISBN 3-423-00542-4

Der Spielverderber
Erzählungen
ISBN 3-423-00600-5

Beziehungen
Ansichten und Bekenntnisse zur Literatur
ISBN 3-423-00800-8

Deutschstunde
Roman
ISBN 3-423-00944-6
Siggi Jepsen hat einen Deutschaufsatz über ›Die Freuden der Pflicht‹ zu schreiben. Ein Thema, das ihn zwangsläufig an seinen Vater denken läßt.

Einstein überquert die Elbe bei Hamburg
Erzählungen
ISBN 3-423-01381-8

Das Vorbild
Roman
ISBN 3-423-01423-7
Drei Pädagogen in Hamburg.

Der Geist der Mirabelle
Geschichten aus Bollerup
ISBN 3-423-01445-8

Heimatmuseum
Roman
ISBN 3-423-01704-X
Erinnerungen an Masuren.

Siegfried Lenz im dtv

Der Verlust
Roman
ISBN 3-423-10364-7

Die Erzählungen 1949–1984
3 Bände in Kassette
ISBN 3-423-10527-5

Elfenbeinturm und Barrikade
Erfahrungen am Schreibtisch
ISBN 3-423-10540-2

Exerzierplatz
Roman
ISBN 3-423-10994-7

Ein Kriegsende
Erzählung
ISBN 3-423-11175-5

Das serbische Mädchen
Erzählungen
ISBN 3-423-11290-5
und dtv großdruck
ISBN 3-423-25124-7

Leute von Hamburg
Meine Straße
ISBN 3-423-11538-6

Über das Gedächtnis
Reden und Aufsätze
ISBN 3-423-12147-5

Die Auflehnung
Roman
ISBN 3-423-12155-6

Ludmilla
Erzählungen
ISBN 3-423-12443-1

Duell mit dem Schatten
Roman
ISBN 3-423-12744-9

Über den Schmerz
ISBN 3-423-12768-6

Arnes Nachlaß
Roman
ISBN 3-423-12915-8

Mutmaßungen über die Zukunft der Literatur
Drei Essays
ISBN 3-423-13057-1

Lehmanns Erzählungen oder So schön war mein Markt
Aus den Bekenntnissen eines Schwarzhändlers
dtv großdruck
ISBN 3-423-25141-7

Die Klangprobe
Roman · dtv großdruck
ISBN 3-423-25172-7